中国社会科学院A类创新课题

“中华民族传统文化创造性转化和创新性发展研究”（2018MZSCA001）

中国社会科学院创新工程学术出版资助项目

伊玛堪

从民族史诗到非物质文化遗产

YIMAKAN

From Hezhen Epic to Intangible Cultural Heritage

韩成艳 著

社会科学文献出版社
SOCIAL SCIENCES ACADEMIC PRESS (CHINA)

序
从民族史诗到非物质文化遗产：伊玛堪的代表性的建构历程

伊玛堪是赫哲族最重要的口承文学，主要以讲述和唱诵相结合的方式宣扬和反映赫哲族人的英雄传说以及社会生活的其他内容。20 世纪 50 年代初国家民委组织的少数民族语言、社会历史调查发现，这种体裁被当地人称为伊玛堪，这个名称从此被正式采用。到了 80 年代，经过赵秀明、马名超等学者的论证和传播，伊玛堪被定性为赫哲族史诗（参见赵秀明，1984；马名超，1986）。再到 2006 年，伊玛堪进入曲艺类国家级非物质文化遗产名录，并于 2011 年被联合国教科文组织以说唱（story-telling）类别列入“急需保护的非物质文化遗产名录”。

伊玛堪是综合运用语言叙述与音乐歌唱的文学艺术，从凌纯声在 1934 年出版的《松花江下游的赫哲族》中把语言叙述（赫哲故事）与音乐歌唱（乐谱）分开记录开始，伊玛堪的文学内容和综合艺术表现形式就在不同需要下被单独侧重。文学研究的学者在把它归入史诗研究的时候，没有重视它的音乐形式；艺术研究的学者重视它的说唱组合形式，把它归入曲艺、说唱，却又忽视了它作为史诗的特殊价值。我们现在确实面临着对于它的归类的多样选择的问题。不过，如果我们不是去辩论这几个归类（主要是史诗与曲艺）中哪一个是唯一正确的，而是把不同的类别只是看作它的综合性的一个方面的命名，则我们反而能够更加全面、完整地认识它的性质。当然，尽管我们已经确立了对于伊玛堪在叙事上作为史诗、在形式上作为说唱的整体认识，但是这不排除我们可以分别对它开展作为文学的史诗研究、作为艺术的说唱研究。

伊玛堪从赫哲族人祖祖辈辈内部传承的文学艺术，到在全球文化共享的时代成为国家乃至全人类的文化遗产，走过了一段又一段独特的历史，其中的曲折变化，既源于伊玛堪自身的特性和赫哲族人的禀赋，又源于国家在不同时期的不同需要和世界新文化潮流的兴起。

赫哲族具有悠久的历史，虽然其原来没有自己的文字，但是有自己的语言，有特色鲜明的口头语言艺术，伊玛堪是其中的说唱体史诗。赫哲族是我国人口较少的民族之一，全国普查的人口数只有数千人，相对集中地分布在并不相连的五个乡镇里，[①] 所以被称为人口极少民族。在中国现代的人口流动潮流中，由于不能构成独立社区，赫哲族人在学校教育、就业、婚姻、日常生活中与汉族和满族混融在一起，赫哲语逐渐失去了代际传递和公共场所通用语的条件，多年来处于濒危状态，伊玛堪也一度退出了公共生活，不再展演。但是，自 2000 年以来，非物质文化遗产保护运动兴起，伊玛堪先后在 2006 年和 2007 年被列入国家级和省级非物质文化遗产名录，[②] 并于 2011 年被联合国教科文组织列入“急需保护的非物质文化遗产名录”。成为“非遗”之后，伊玛堪重新在社区中焕发了活力，也有机会到各种公共场所展演。伊玛堪现在又重新活跃在当地的社会生活之中，在街津口等地甚至成为旅游观摩的演出节目。

伊玛堪的重要性虽然在名义上是缘于民族史诗和非物质文化遗产的归类，但其内在的依据是它对于不同共同体的代表性。伊玛堪这一原本只在数千人的民族、社区之内口头传承的文学艺术品逐渐引起外

---

① 赫哲族主要分布于黑龙江、松花江、乌苏里江交汇构成的三江平原和完达山余脉，主要集中居住在同江市街津口赫哲族乡、八岔赫哲族乡，双鸭山市饶河县四排赫哲族乡和佳木斯市敖其镇敖其赫哲族村、抚远县抓吉镇抓吉赫哲族村。根据 2010 年第六次全国人口普查统计，赫哲族人口为 5354 人。

② 非遗保护工作启动初期，多省市优先推选第一批国家级非遗名录代表作后才陆续确认了本省非遗代表作名录。2006 年 5 月，赫哲族伊玛堪入选国家第一批非物质文化遗产名录。2007 年，黑龙江省公布第一批省级非物质文化遗产名录，伊玛堪正式被列为省级非遗代表作。

面社会的注意，被记录整理成文，被比较完整地保存下来。它先是能够支持中国存在史诗的论证而备受重视，又在“非遗”保护运动来临时，成为最早的一批国家共同体文化遗产，进而成为国际组织承认的人类共同遗产。这也就意味着伊玛堪现在已经正式成为赫哲族人作为其中一分子的各种共同体的公共文化。这样一个历史进程，实际上是整个人类社会在现代通过物资交易、交通和通信联系、文化传播乃至人口流动所带动的小地方融入大社会的总趋势的一个缩影。

一 从黑格尔论史诗看其对民族的强代表性

在一系列尽管方式不同但目标类似的社会建设和文化建设的国家工程的强力推动下，赫哲族与我们其他所有兄弟民族一样经历了从相对自处的地方成为大共同体的一部分的历史巨变。在这个过程中，赫哲族并不因为其人口规模小而没有分量，而是以其独特的文化对于现代国家的建设做出了自己的重要贡献。除了在生产生活上经历了从渔猎经济到农业经济、工业化和城镇化，再到旅游等服务业的发展，赫哲族还以自己独特的史诗伊玛堪参与了一场中国现代事关重大的文化声誉保卫战。这一大事件竟然是由德国哲学家、美学家、艺术史家黑格尔引起的。

在文学艺术发展史上，有一个中国学者不能接受的黑格尔论断，即中国没有民族史诗（黑格尔，1981：170）。如果纯粹从文学艺术史的体裁比较来说，一个国家、一个民族没有某种具体的体裁，并不是多大的问题。西方有歌剧，中国有京剧、梆子戏；西方有哑剧，中国有相声；西方有钢琴，中国有编钟，如此而已，那又怎样？但是说中国没有史诗，[①] 就非比寻常了，中国学人断然不能接受。为什么呢？因为黑格尔把史诗与民族精神捆绑在一起，史诗已经不仅是一个一般的文学体裁，而且是共同体的内部凝聚力与文化自信的支柱。史诗因黑格尔而成为一个在民族文化中具有特殊地位的体裁。一个民族可以没有其他体裁，但是不能没有史诗；如果不幸没有，那么它的文化自

---

① 在现代学术中被用民族精神赋予特殊权重的体裁并不仅限于史诗，神话也被类似的思维提升到特殊的地位，此不赘言。

信似乎首先就缺了底气。

史诗（epic），在西方文论里一直都是以荷马史诗为范例的，从古希腊就受到重视，亚里士多德在《诗学》中认为一般的诗、史诗、悲剧都是摹仿。他把史诗定义为“用叙述体和‘韵文’来摹仿的艺术”（亚里士多德，1982：82）。他对史诗的评价完全是从艺术性上来判断的，他最看重史诗对于情节的组织和人物性格的塑造，尤其肯定荷马在这些方面的“天赋的才能”。[①] 在艺术效果上，亚里士多德认为悲剧高于史诗，因为悲剧更有艺术效果，能够更好地达到摹仿的目的（亚里士多德，1982：103～107、111），能发挥诗的净化功能。

如果说亚里士多德是从个人情感体验和诗的艺术的角度肯定史诗的价值，那么黑格尔除了从个人的艺术创造的角度肯定史诗，还从集体、民族精神的角度把史诗的地位擢升到一个新的高度。这就同时用艺术的高度（个人创造性）和政治的高度（民族精神）支撑史诗达到一个崇高的地位。

黑格尔认为，史诗的成功在于其处理好了诗的精神性与叙事的外在性和实践目的性，达到了内在一体性（黑格尔，1981：42～44），其代表是荷马史诗。这个内在一体性既是诗人表达的自我精神，也是民族精神（黑格尔，1981：106～107）。诗人表达的是个性，其个性成为民族精神的代表。他的这一论述既坚持了亚里士多德式的关于史诗的诗学定性，又加入了其对于史诗作为民族精神载体的独特发现（黑格尔，1981：108）。

自从黑格尔把史诗这一特定体裁与民族精神的表达对应上，在现代的文明竞争或国家之间的竞争格局下，史诗就成为现代国家建设的一部分。有没有史诗本来不是大事，但是有没有可感可知、可传可续的民族精神的载体就关涉国家的正当性根基了。对于现代的民族国家，没有自觉的民族精神，如何维护民族的独立自主？没有自主的民族，又如何建立独立的国家？寻找史诗，证明我们有史诗，否定黑格尔断

---

① 亚里士多德认为“史诗的情节也应像悲剧的情节那样，按照戏剧的原则安排，环绕着一个整体的行动，有头，有身，有尾，这样它才能像一个完整的活东西给我们一种它特别能给的快感”。他又说“荷马是值得称赞的”，只要他的人物出场，“他们各具有‘性格’，没有一个不具有特殊的‘性格’”（亚里士多德，1982：82、88）。

言，就成为中国现代学术的头等课题之一。

中华文明的厚重包含着丰富的资源，可以用于回应黑格尔的断言。中国学人的回应大致可以区分为两个思路，一个是主要以汉语历史文献为资源的回应，另一个是主要以少数民族的口头文学为资源的回应。黑格尔关于中国没有史诗的论断是在跨文化比较中的一个论断，并非专门针对中国。但是中国学人在反思中国自发实现现代化的文化原因时要避免中国自古就缺少某种要素的论断，倾向于寻找机会论证中国文化并不缺少西方文化传统中的各种优良要素，当然会通过学术努力回击黑格尔的论断。不过，我国学者对于史诗议题的重视，有一些是以马列文论的文献资源为依据的，黑格尔的史诗论述是隐在背后的（陶立璠，1983；徐英国，1988）。我们学界对于少数民族史诗如《格萨尔》《梅葛》等的搜集、整理、翻译、出版在20世纪50年代就卓有成就（徐国琼，1959；云南省民族民间文学楚雄调查队，1959），但是对于史诗的系统研究始于80年代初，[①] 并很快形成学术热点，[②] 从多种思路比较完美地回应了黑格尔的断言。

如果能够直接从以汉族为代表的汉语文献里找到史诗，当然是一种有力的回应。一些学者确实是以这种思路在重新解读经典。例如，陈铁镔针对黑格尔推崇的荷马史诗而直接论证《诗经》史诗的存在。他通过把史诗的内容标准界定为两项（反映一个时代、歌颂英雄）来比较荷马史诗与《诗经》。他写道，第一，“《诗经》中确实也有不少篇史诗。虽然《诗经》中的史诗，其规模不如荷马史诗宏伟，但把许多篇史诗当作‘组诗’来看，同样能系统广泛深刻地反映了较长的历史时代，与荷马史诗可相媲美”。第二，“《诗经》中的史诗，则有《玄鸟》、《生民》、《公刘》、《绵》、《皇矣》、《文王》诸篇，反映了从

---

① 钟敬文主编的《民间文学概论》在1980年由上海文艺出版社出版，其第十一章第一节专门介绍了史诗，将史诗分为了创世史诗和英雄史诗两大类，为中国北方以《格萨尔》《江格尔》《玛纳斯》为代表的英雄史诗和南方以《梅葛》《布洛陀》为代表的创世史诗提供了概念框架，既有利于以英雄史诗证明中国有黑格尔意义上的“正式的史诗”，也有利于以创世史诗突出中国多民族文化特性。

② 这个时期的史诗研究代表性学者仁钦道尔吉和郎樱就很重视20世纪80年代中期对于史诗研究的重要性（仁钦道尔吉、郎樱，1999：3）。实际上，中国的史诗研究在这个时间点形成了一个高峰。

殷到西周前期的社会风貌，歌颂了一系列的英雄人物。与荷马史诗同样，也是集体创造，口头流传下来，最后经过整理、艺术加工而成的”（陈铁镔，1981）。这种以对史诗的鸿篇巨制打折扣的技巧所做的回应，还是不容易让我们建立充分的自信。自1983年以来，《黑暗传》的发现（刘守华，1984）[①] 与史诗体裁的论证[②]为汉族史诗增加了民间来源，可以说，这是学者们继续在这个汉族思路里回应黑格尔论断的努力。

另一种仍然以汉族、汉语代表中国的回应策略，是干脆承认中国没有黑格尔推崇的那种史诗（蓝华增，1985）。有的虽然承认这个历史事实，但是强调这并不影响中国有灿烂的文明。叶桂桐在1986年发表文章说，“长篇巨制的史诗在中国古代没有产生，与史诗有紧密联系的埃斯库罗斯式的悲剧和阿里斯托芬式的喜剧也没出现。这是由中国古代的特殊的经济基础和文化传统所决定的。中国古代的艺术走着自己的路，它很早便有了大册巨帙的《诗经》，有了长篇抒情诗《离骚》，而歌舞、音乐的发达更是世界上少有的，总之，我们有自己的灿烂发光的东西在，大可不必因为没有长篇史诗和悲喜剧而生着缺憾的”（叶桂桐，1986）。这是通过否定黑格尔断言是一个必答题而让我们因放下而轻松的方法。不过，我们放下这道必答题，我们可能还得去做其他的必答题，因为我们无可选择地要为民族精神寻找一个文明早期的锚。

从中国人不限于汉族人的定义来回应黑格尔论断具有很足的底气，因为在20世纪80年代初中国学界回应黑格尔论断的志气与搜集、研究少数民族史诗的热情基本上是相互激荡的。对于少数民族文学中的史诗的发掘与论证在80年代形成了学术热点和文化盛事。其中一个标志性的事件是1983年“第一届全国少数民族史诗学术讨论会”在西

---

① 此时《黑暗传》被定性为“长篇神话历史叙事山歌”。

② 中国民间文艺研究会湖北分会所编的《汉族长篇创世纪史诗神农架〈黑暗传〉多种版本汇编》（民间文学研究资料之六）于1986年7月出版，《文艺报》1986年9月26日第39期以《汉族首部创世史诗〈黑暗传〉问世》为题进行报道。也有学者不认为它是史诗，如郑树森认为它不是史诗，而是长篇神话叙事民歌——见其《〈黑暗传〉是不是汉族长篇史诗》[《上海师范大学学报》（哲学社会科学版）1990年第1期]。但是后续多位学者继续论证它是汉族史诗——如刘守华（2003），认为它是活态的汉族神话史诗。

宁召开。参加这次会议的代表、特邀代表和工作人员共110人，来自12个省、自治区、直辖市，15个兄弟民族，收到的会议论文有86篇，可谓盛况空前。其中，研究《格萨尔》《江格尔》的论文占比最高，也有研究史诗分类和对中国史诗进行评价的理论文章（王克勤，1984）。会后，《民族文学研究》刊发了一组史诗研究的论文，其中，中国社会科学院少数民族文学研究所的王平凡发表了定调的论述，“我国各民族的史诗是我们中华民族的一宗极为珍贵的文化遗产，我们所进行的搜集、整理、翻译、研究各民族史诗的工作，对于激发民族自豪感和爱国主义精神，无疑会产生积极的社会影响”（王平凡，1984）。这里没有提及黑格尔的名字，但是我们能够感受到对于黑格尔论断的隐性回应。他接着在文中提到了两点，其一，从学术上说，我们少数民族的一些史诗可以和世界上的某些著名史诗媲美；其二，从政治上讲，搞好史诗研究，可以提高我们多民族国家人民的自豪感，增强爱国主义情感和各民族之间的相互了解，有助于各民族之间的团结（王平凡，1984）。

当然，对于黑格尔的论断，中国文化界、学界的最有力回应还是史诗作品在中国各地众多民族的广泛发现。中国的史诗类别和史诗作品的丰富性无与伦比。黑格尔推崇英雄史诗，我们很自信地拿出《格萨尔》、《江格尔》和《玛纳斯》来比（降边嘉措，1985）；黑格尔另有一个宽泛的史诗外延，我们可以拿出创世史诗、神话史诗、原始性史诗等来比（降边嘉措，1985）。现在几乎可以说，中国其实是一个史诗的国度（朝戈金、尹虎彬、巴莫曲布嫫，2010：5～27）。其中，赫哲族伊玛堪的搜集整理与翻译出版，被论证为史诗的过程，是使中国学界的回应显得“完美”的一个重要而有意思的组成部分。

二　伊玛堪：作为史诗的强代表性

同样在20世纪80年代，学界完成了“认证”伊玛堪为史诗的学术工程。这个工程的奠基之作是由黑龙江省民间文艺研究会联合中国社会科学院文学研究所、黑龙江省音乐家协会和地方文化工作者在1980年到1981年组织实施的伊玛堪专项调查。该项调查现场采录了伊玛堪歌手吴连贵、尤树林、葛德胜、尤金良等的讲唱，搜集到十余部伊玛堪，发现了伊玛堪的全部艺术形态（黄任远、刁乃菊、金朝阳，2013：639～671）。

伊玛堪史诗的命名过程有三个基本阶段：从凌纯声以“赫哲故事”来记录伊玛堪的叙事情节，到这次全面调查后被称为“赫哲族中长期流传的一种传统讲唱文学形式”（黄任远、刁乃菊、金朝阳，2013：639），再到1984年赵秀明发表文章论证伊玛堪三部作品为英雄史诗（赵秀明，1984：17～39）。赵秀明以《安徒莫日根》、《香叟莫日根》和《满斗莫日根》为例，从作品反映民族的早期历史、英雄性格、讲唱形式及其艺术范本作用等方面论证它们作为伊玛堪的代表作就是英雄史诗。它们具备英雄史诗的特征，甚至“其产生的时代早于荷马史诗”（赵秀明，1984：35）。伊玛堪的演唱大致有两种情况，一个是对长篇故事的演唱，称为“大唱”，其作品是比较典型的史诗；一个是对日常生活故事的演唱，篇幅短小，称为“小唱”，这类作品不是史诗，赵秀明因此认为伊玛堪比史诗的外延宽，它有史诗代表作，也有非史诗作品，只是两类作品在表现形式上都是韵散相兼、讲唱结合（赵秀明，1994），所以在民间都被称为“伊玛堪”。

黑龙江民间文学的重量级学者马名超是从伊玛堪专项调查就发挥主力作用的，他对伊玛堪的史诗定位也经历了一个逐步接受、逐步深化的过程。他执笔调查报告时把伊玛堪定义为“讲唱文学”，是从表现方式而言的，而且这是当时最能够达成共识的一个方面。接下来他提高了对内容阐释的分量，认为伊玛堪是英雄叙事诗，从系列作品来看，伊玛堪的主角经历了从神到人的转化，其表现方式经历了从诗向叙事的转化（马名超，1984）。1986年，他也把伊玛堪作为史诗看待了（马名超，1986），进而论证东北有一条自然形成的史诗带，伊玛堪包含在其中（马名超，1987）。在20世纪80年代之后，作为公共认知，伊玛堪既指赫哲族史诗，也指赫哲族的说唱艺术。

上述诸条线对于中国有史诗的论证揭示出中国学界或直接或间接地在回应黑格尔关于中国没有史诗的论断。从“对话”的策略来看，这些回应实际上是把“有没有史诗”转化为“有什么样的史诗”来发掘资料、组织论述，在结论上是自洽的。

我们在自洽的意义上可以说，这些回应以相当坚实的事实证明中国有丰富的史诗。但是我们还不能说这些回应是在黑格尔史诗观本来的意义上回答了黑格尔关于中国没有史诗的论断，因为他所谓的正式的史诗是要承载“民族精神”的。在对于史诗的艺术分析上，黑格尔是沿袭了亚里士多德的基本范畴的，如叙事、情节、篇幅、英雄性格等，黑格尔的不同之处在于强调史诗与民族精神的内在关联。而民族精神在黑格尔的论述中既是一部史诗作品的内容概念，也是它的发生学的根源。史诗既是诗人的自由创造，又是民族精神的体现。这是因为民族的英雄时代是史诗的摇篮期，民族信仰与个人信仰还未分离，这样的史诗是第一次以诗的形式表现一个民族的朴素的意识（黑格尔，1981：109～110）。民族精神是先在的，但是必须有天才诗人的自由创作，这一精神才得以艺术化（黑格尔，1981：114～115）。

一个民族的各种文艺形式对于该民族都具有一定的代表性，但是史诗对于民族来说是一种具有强代表性的文艺体裁。史诗之所以被黑格尔认为特别重要，不仅在于它的艺术成就，而且在于它是民族精神的载体。他说，一部史诗集，会成为民族精神标本的展览馆（黑格尔，1981：108）。由此而论，史诗的代表性借助于民族精神的加权而成为一种强代表性。伊玛堪在被发现后的一段时间里，学者们只是把它看作具有赫哲族文化历史特色的文艺形式，赵秀明较早体会到了国内史诗话语的加权功能，勉力论证伊玛堪的英雄讲唱的史诗属性，随着马名超等众多学者的努力，伊玛堪被公认为是赫哲族最具有代表性的文化项目。

三　非遗保护：基于正式代表性的共有共享

非遗保护在中国的开展给活态的民族民间文化带来了一个通过正式程序进入共同体的公共文化的机会。那些在史诗论证中受到重视的门类和作品借助民族精神的加持而具有更强的代表性，因而几乎都在第一批或第二批进入省级乃至国家级非遗名录。通过传承人及其基层社区的参与、地方政府部门的申报、专家组的评审形成文化主管部门的代表作推荐名单，国务院批准国家级非遗代表作名录项目，各级地方政府批准本级非遗代表作名录项目。因此，进入名录就意味着在公共文化中具有正式的代表性，其身份和地位是经过法定程序认定的。

对于史诗项目来说，它们被论证为史诗，比其他普通的项目具有更强的代表性；它们进而在非遗保护中被列入代表作名录，获得正式的代表性。显然，作为史诗的强代表性是有利于这些项目成为非遗代表作的。

伊玛堪在由黑龙江省文化部门向文化部申报国家级项目的时候，因为是由音乐专家负责的，所以被归入说唱（曲艺）组，而没有以史诗的名义归入民间文学组。但是，申报书对于伊玛堪的价值的论证是参照史诗来论述的："由于赫哲族是一个只有语言，而没有文字的民族，她的历史、宗教、文化、科学、传统、知识、习惯等所有的精神、物质文化都靠言传身教，'伊玛堪'便是她的知识体系，是她的精神意识的'活书'，表现了赫哲族的全部精神信仰和追求。"（陈恕，2005：7）作为民族精神、民族百科全书式的载体，伊玛堪才是对于赫哲族来说具有强代表性的项目，最有资格和分量进入省级、国家级非遗代表作名录。

伊玛堪因其特殊价值和急需保护的状态，被国内的专家团队认定为适合向联合国教科文组织申报人类非物质文化遗产。2010 年 3 月 15 日，中国非物质文化遗产保护中心在北京召开中国 2011 年联合国急需保护的非遗名录报送评审会，审定赫哲族伊玛堪的申报材料。2011 年 3 月 31 日，赫哲族伊玛堪的申报文本与影像资料被送往联合国教科文组织总部。2011 年 11 月 20～28 日，在巴黎举行的联合国教科文组织保护非物质文化遗产政府间委员会第四次会议上，伊玛堪获得通过，进入了"急需保护的非物质文化遗产名录"。

进入非遗名录之后，伊玛堪在小社区和大社会的能见度不断得到提升。从 2008 年以来，佳木斯敖其赫哲族村、同江街津口赫哲族乡和八岔赫哲族乡、饶河县和同江市成立伊玛堪传习所，由代表性传承人定期开展传习活动。伊玛堪的"大唱"和"小唱"都获得不同程度的恢复。民族语言和历史文化学习被纳入各民族乡的中小学课程体系，为其传承提供语言能力培训。伊玛堪已经重新在本地的公共生活中活跃起来，成为当地的文化认同对象。伊玛堪也逐渐走出了本地社区，出现在全国民族歌舞大赛、中国非遗博览会、中国－俄罗斯博览会等国内国际展示平台上。

中国学界热切地论证中国也有史诗，除了担心国格和民族文化品位被贬低为另类之虞，反复念兹在兹的是要以史诗为人类文明做贡献。降边嘉措的一段论述是很有代表性的。他写道，早在二百多年前，法国作家伏尔泰就在《论史诗》一文中指出，“任何有意义的东西都属于世界上所有的民族”，并由此申说，“毫无疑义，我国各民族的史诗，也应该属于全世界进步人类所共有”（降边嘉措，1985）。不过，从这种良好愿望的声称到某种确定形式的人类共有共享，似乎还需要某种中间环节、机制。联合国教科文组织的《保护非物质文化遗产公约》在国际社会的层面所共建的“人类非物质文化遗产代表作名录”“急需保护的非物质文化遗产名录”等正在发挥这种中间环节和机制的作用。《格萨尔》《江格尔》《玛纳斯》和伊玛堪出自中国的不同民族，但是都是作为中国的文化代表在国内公认的前提下申报成为人类非物质文化的不同类别名录的项目，在一定意义上以黑格尔不曾设想的方式“把各民族史诗都结集在一起”。[①] 人类今天已经通过创造新的机制让民族、民族精神、民族文化这类范畴不是阻隔不同群体的壁垒，而是承担人类共同利益、共享文化的责任方。中国的史诗议题是围绕着黑格尔的论断而开展的，最后却和国际社会一起以一种项目创新形式更好地坐实了黑格尔的预期。

项目进入非遗名录所具有的正式代表性对于史诗的价值实现也具有独特的贡献，因为这种正式代表性承认了史诗作为公共文化被共同体共有和共享的事实。

汉族有广义的史诗，但不是黑格尔的以荷马史诗为范例的“正式的史诗”。少数民族的史诗能够超量超标地达到黑格尔意义的史诗标准，其中既能够满足广义史诗的类型、内容特性的要求，也能够达到英雄史诗的类型和鸿篇巨制的体量标准，并且都是有过之而无不及。然而，少数民族史诗无论是多么充分、完美意义上的史诗，可是，如果它们都只是各个民族自己的史诗而不是中国人广泛知晓、认同的对象，不是中国或中华民族共享的公共文化，那么以它们论证中国其实

---

① 黑格尔写道，“如果把各民族史诗都结集在一起，那就成了一部世界史，而且是一部把生命力，成就和勋绩都表现得最优美，自由和明确的世界史”（黑格尔，1981：122）。

有国民集体认可的史诗，就仍然是有局限性的。

少数民族有史诗，能够否证中国没有史诗，但是不能解决现代国家的民族精神的共享问题，结果可能是：我们有不同民族各自享有的史诗作品，但是仍然没有中华民族意义上的民族史诗。20 世纪 80 年代的史诗论述甚至都不会提出这种问题，遑论予以回答呢。但是，2000 年以来的非物质文化遗产保护的中国实践事实上解答、解决了这个问题，就是通过把代表性史诗列入各级非物质文化遗产名录，用国家制度的各种支持和媒体报道、展演、进校园等举措让史诗成为地方的、国家的公共文化，逐步形成了这些史诗成为中华民族越来越广泛地共享的精神财富的事实。

目录

CONTENTS

第一章　伊玛堪的采录与研究 …… 1

第一节　伊玛堪及研究背景概述 …… 1

第二节　伊玛堪相关研究 …… 7

第二章　伊玛堪的文化生态 …… 17

第一节　赫哲族的历史渊源与自然环境 …… 18

第二节　萨满信仰与英雄叙事 …… 28

第三节　赫哲族的口头传统 …… 40

第三章　书写与传统：伊玛堪的文本类型 …… 49

第一节　“文本”与“史诗文本” …… 50

第二节　伊玛堪的史诗文本类型 …… 55

第三节　虚构的权威：伊玛堪文本迻录检讨 …… 60

第四章　伊玛堪中的程式及其功能 …… 76

第一节　作为结构单元的程式 …… 77

第二节　伊玛堪中的程式 …… 80

第三节　程式的意义和功能 …… 94

第五章　伊玛堪母题的文化解读 …… 104

第一节　英雄史诗中的母题 …… 104

第二节　伊玛堪中母题的类型和文化意蕴 …………………… 111
第三节　伊玛堪史诗母题的文化内涵 …………………………… 135

第六章　作为社区公共文化的伊玛堪 ………………………………… 146
第一节　社会变迁与文化自觉 ………………………………………… 146
第二节　伊玛堪作为公共文化的社区保护和传承 ……………… 154

第七章　伊玛堪的本真性基础与传承发展 …………………………… 166
第一节　原生态与本真性概念辨析 ………………………………… 167
第二节　伊玛堪的本真性基础与传承实践 ………………………… 180

结语　从表达认同到认同表达 ………………………………………… 191

参考文献 …………………………………………………………………… 194

后　记 ……………………………………………………………………… 204

第一章

伊玛堪的采录与研究

第一节 伊玛堪及研究背景概述

一 伊玛堪研究的学术背景

赫哲族是操满 - 通古斯语族语言的民族，目前主要生活在黑龙江省境内的松花江下游，自松花江至乌苏里江的右岸及西岸。据 2010 年第六次全国人口普查统计，赫哲族人口为 5354 人。中国的史籍和俄罗斯的一些史料都表明：明清以来，黑龙江流域、松花江和乌苏里江口是那乃人（赫哲人）生息、活动之摇篮（赫庆云、纪悦生，2016：42 ~ 51）。完备的父系氏族制度，为抢夺妇女、财产或血亲复仇而进行的部落战争，为了生计而进行的频繁的氏族迁徙，以萨满为中介的多神宗教活动等，在很长一段历史时期内是操满 - 通古斯语族语言的各族人民的生活内容，直到 20 世纪 70 年代，渔猎经济还是赫哲族的主要生产方式。赫哲族一直有语言而无文字，在漫长的社会历史进程中形成了富有地域与民族特色的口头传统、生活技艺和歌舞艺术形式。按照史诗发展阶段和基本规律判断，到了氏族社会末期，在氏族社会向阶级社会转变的过程中，在神话、传说、故事、萨满神歌等文艺传统融合发展的基础上，产生了篇幅规模较为宏大、故事情节更为复杂的英雄史诗“伊玛堪”。

伊玛堪是以民族语言讲唱部落联盟征战历史，以歌颂民族英雄莫日根不朽功业为主的民族史诗，代表着赫哲族传统文学的艺术成就，也承载与彰显着赫哲族的生产生活、精神文化与民族心理。进入现代社会以后，伴随着社会生产生活方式的变迁，这种曾经作为赫哲族传统日常生活方式的史诗讲唱活动已经濒临消失。与此同时，生活方式日益呈现现代化面孔的赫哲族人开始在心理上寻求一种民族文化身份的认同感和归属感，此时在现代性冲击下被边缘化的传统文化重新担负起民族认同的功能。尤其是伊玛堪在被列入世界和国家级非遗名录后迎来了新的转机。如何完成这一传统文化事项在当下现代社会中的再植和再生，是我们需要研究和讨论的现实问题。

史诗是普遍存在于世界各民族之中的古老文学样式，在漫长的传承发展过程中融入了大量的民族民间神话、传说、故事、歌谣和谚语等，因此“一部宏伟的民族史诗，是一座民族民间文学的宝库，是认识一个民族的百科全书”（郎樱，1999a），也是“一个民族精神标本的展览馆”（黑格尔，1981：108）。随着史诗文本的大量发掘和历史研究的不断深入，中国学术界开始以大量的事实对黑格尔关于中国没有史诗的论断进行驳斥。同时在全球化和文化自觉的大背景下，世界性的、区域和地方性的传统话语，正在不同层面和维度重构关于史诗的观念体系和研究范式。随着口头诗学、表演理论等研究方法的引入，我国的史诗研究也迎来了发展的契机，逐步构建起更富于阐释力的史诗研究方法和理论体系。

一般认为文学史上对史诗概念的界定和性质的讨论始于欧洲，苏格拉底、柏拉图、亚里士多德、贺拉斯等古希腊哲人都论述过史诗，但是直到16世纪亚里士多德《诗学》被重新发现，人们才开始对史诗进行系统的理论讨论。在亚里士多德建立的以荷马史诗为范例的古典诗学研究体系下，在欧洲的古典学和语文学的涵濡下，西方古典诗学在史诗结构和形式研究领域积累了深厚的学术传统。18世纪欧洲浪漫主义运动掀起了民间史诗搜集与研究的热潮，口头诗歌得到发掘和重视，推动了人们对史诗的起源、流传和创作等方面的探索，为后来学者提出史诗研究范式向口头传统和实证研究范式转变奠定了基础。19世纪中叶，伴随欧洲民俗学的兴起，史诗作为民俗学的一种典型样式再次受到现代学者的关注，在方法论上开辟了史诗研究的新时代。

受到历史研究的启发，以及史诗分析程序的日益精密、严谨，英国古典学家鲍勒（C. M. Bowra）首创了口头诗歌与书面诗歌的比较研究，重新界定英雄史诗，深入阐发其文化意义，开启了20世纪世界史诗研究的新篇章。自20世纪30年代起，美国学者帕里（Milman Parry）与其学生洛德（Albert Bates Lord）以“荷马问题”为试金石，在南斯拉夫进行大量田野调查和口传史诗采录，在此基础上，共同开拓了口头传统比较研究的新领域。他们在研究中揭示出口传史诗传统鲜明的程式化特征与讲述中歌手创作的动力机制，确立了一套严密的口头诗学的分析方法，学界将之命名为“帕里-洛德口头程式理论”。这一理论使史诗研究超越了欧洲古典学科而成为跨文化、跨地域和跨学科的口头传统比较研究。20世纪70年代后，西方史诗研究领域陆续出现的表演理论、民族志诗学等新学说，充分利用口头传统的活态资料，吸收当代语言学、人类学和民俗学的成果，进行史诗研究学科理论和方法论的建构，极大地提高了口传史诗研究的学术地位，同时提高了口头传统的分析理论的阐释力（尹虎彬，2008）。

1949年以后，中国的学术界把史诗确认为民间文艺样式。相对于歌谣、神话和故事各门分支学科，我国史诗学的研究起步相对较晚。20世纪50年代以后，中国少数民族史诗陆续被发掘和采录。到了20世纪80年代，在政府的支持下，专家和学者开始大规模地搜集、采录、整理和出版少数民族史诗，在资料整理方面取得了前所未有的成绩。这回答了闻一多先生在《歌与诗》中提出的“我们原来是否也有史诗”的疑问，也提请人们重新思考黑格尔关于中国没有民族史诗的论断。除却蜚声于世的“中国少数民族三大英雄史诗”《格萨尔》、《江格尔》和《玛纳斯》，数以百计的少数民族史诗更有力地证实我国是一个民族史诗蕴藏丰富的史诗大国。

我国史诗蕴藏丰富，但是史诗研究起步很晚，理论探讨相对薄弱。尽管这种情况近年来有所改变，但中国史诗在我国文学史乃至世界文学史上还没有获得应有的评价。20世纪80年代，处于起步时期的中国史诗研究多受西方古典诗学的影响，将史诗纳入文学和历史学的范畴，一方面偏重体裁、文本等形式的研究，以书面文学的判断标准、分析方法和评价体系进行文本解读，另一方面侧重于关注民族或地域史诗的历史发展，以历史重建的方法揭示史诗反映的社会历史内容，进而把史诗作为民族文学的经典纳入文学史的表述体系之中，而忽略了对史诗自身“口头性”（orality）的微观分析。

20世纪末期，随着口头传统、民族志诗学和表演理论等理论范式与研究方法的引入，学术界开始以民俗学和整体研究的眼光重新打量中国的史诗与史诗传统，从文化多样性视角出发，立足中国史诗活形态的特性，逐渐突破以西方理论为中心的研究范式，进入了中国史诗研究的新阶段。20世纪90年代中期以后，我国的史诗研究学者开始树立“活形态”的史诗观，认为中国少数民族史诗属于口头传统的范畴，自此，中国的口头诗学研究进入新的领域，逐渐转向对口头诗歌内部运作机制的探讨，以传统、体裁和文本为依据，由对史诗的历史、社会和文化的外部研究转向对史诗样式的内部结构研究，从而使我国的史诗研究逐渐走向学科理论体系建构的新层面，也逐渐取得了与国际史诗研究对话和交流的话语权。

文化的多样性和差异性决定了任何外来理论的借鉴和使用都必然要经过一个本土化的过程。在借鉴源于西方文化传统和学术观念的“口头传统”理论，使之为我国史诗研究提供参照的基础上，我们更要立足本土史诗与文化传统，擘肌析理，将其批判地应用于探讨中国史诗传统的独特规律，最终构建真正符合我国史诗传统的理论体系和分析模式。我国形态多样的民族史诗传统，对于揭示史诗形成的规律、进行史诗理论的拓展研究，无疑都是弥足珍贵的第一手资料。更为难能可贵的是中国少数民族的史诗主要是活形态的史诗，这一点是中国史诗学科建设的生长点，也为借鉴西方“口头传统”诗学理论和本土化研究提供了丰富的研究对象和坚实的材料基础，这是本书选取活形态史诗文本进行个案研究的首要动因之一。

本书选择濒临灭绝的赫哲族口传英雄史诗伊玛堪作为研究对象，还源于这个民族的历史文化的特殊性和伊玛堪本身具备的多重研究价值。赫哲族是我国北方人口较少的古老民族之一，居住在三江平原一带，没有文字，以渔猎为生，却创造和保留了丰富多彩的原始渔猎文化和民间艺术形式，其中篇幅巨大、情节曲折的英雄史诗伊玛堪堪称民族文化之集大成者，是记录民族历史、文化的一部“活书”，与其他民族史诗一样，具有叙事学、语言学、民族学、文献学和文化人类学等多重研究价值。在一个只有语言而没有文字、人口较少甚至曾经濒临灭绝的民族中，创造并传唱着一曲曲古远苍凉的英雄赞歌，这种现象本身就是一种文化史上的奇迹，值得我们深思和关注。

在笔者生长的东北地区，在许多少数民族中都发现了活形态的史诗文本。与举世闻名的“中国三大英雄史诗”《格萨尔》、《江格尔》和《玛纳斯》相对应，东北地区鄂伦春族的“摩苏昆”、达斡尔族的“乌钦”和赫哲族的“伊玛堪”被称为“三小民族英雄史诗”，而学术界对于它们的研究还远远不够。在文化自觉背景下，进行非物质文化遗产保护的讨论对于民族的文化自觉具有重要意义。本书试图在民族史诗的研究及其文化传承上能达到以小见大、见微知著的目的，为无文字的北方民族史诗研究略尽绵力。

真正的研究往往是从学术史的结构中启程，又是在具体的学科传统中开展的。这就需要我们要善于把以往及随后的理论和整套术语放在特定的学术发展脉络中加以检验，对自己的研究对象与研究方法做新的界定和阐述，从材料和事实出发，解决实际问题。大致可以从以下几方面对自20世纪30年代起的伊玛堪的采录研究进行梳理。

二　伊玛堪文本的采录、整理、翻译和出版

关于伊玛堪的调查、记录始于20世纪30年代。当时的国立中央研究院历史语言研究所刊行了民族学家凌纯声著的《松花江下游的赫哲族》一书，这是我国来自实地考察的第一部关于赫哲族的民族志著作，也是我国最早的伊玛堪文字记录。这次考察始于1930年，历时三月“在松花江下游，自依兰以至抚远一带实地考察民族生活状况与社会情形”（凌纯声，2012：1）。该书50余万字，分上下两卷，有插图333幅。其中“赫哲故事”共19篇，约30万字，绝大多数是伊玛堪作品。作者将这19篇“赫哲故事”分成四类：英雄故事、宗教故事、狐仙故事和普通故事。其中14篇当属于伊玛堪创作。唯一遗憾的是由于作者搜求故事的目的是为研究文化作参证，因此虽一一地真实记录，却没顾及伊玛堪的讲唱形式，而是采取了唱讲并用散文形式记录的做法，因而没有保存伊玛堪卓有特色的韵文诗体。一些伊玛堪曲调，分

记在赫哲族音乐部分。虽然伊玛堪的艺术形式没有得到恰当的保留，但由于作者严肃的科学态度，较完整地记录下了伊玛堪的情节脉络，而没有过多地添加政治和文学性的内容，使后来的研究者能够看到伊玛堪的原貌，在目前研究资料缺乏的情况下，具有足资凭信的多学科研究价值。

20世纪50年代末，在我国民族研究工作者参与的民族社会历史调查中，伊玛堪受到重视。30余篇伊玛堪名目被查明，6个伊玛堪片断被采录。同江县八岔乡的吴进才讲唱的完整的《安徒莫日根》，饶河四排村葛德胜说唱的长篇伊玛堪《满格木莫日根》被刘忠波等人记录整理，分别发表在此次考察的成果《赫哲族社会历史调查》和刘忠波编写的《赫哲人》中，伊玛堪第一次被称为“赫哲族以口头相传的说唱文学”。紧随其后的主要由中国社会科学院文学研究所、黑龙江省民间文艺研究会合作开展的黑龙江省各民族民间文学普查，一直坚持到“文化大革命”初期。这期间的调查包括对与伊玛堪相关的伊玛堪篇目、讲唱者及个别唱篇和片断的发掘。

伊玛堪采录的丰收季节是20世纪80年代初。中国社会科学院文学研究所、中国民间文艺研究会、中国民间文艺研究会黑龙江分会、黑龙江省音乐家协会，以及地方有关组织和民间文学工作者，组成赫哲民间文学联合调查组，开展了赫哲族民间文学遗产抢救工作。从1980年9月到1981年5月，他们先后两次分别走访了四排、八岔、街津口等赫哲乡里的伊玛堪著名歌手葛德胜、吴连贵、尤树林等。按说唱的艺术形式采录了葛德胜说唱的《满斗莫日根》、《香叟莫日根》、《阿格弟莫日根》、《希尔达鲁莫日根》、《木都里莫日根》和《吴胡萨莫日根》6部伊玛堪作品，经过整理、翻译分别发表在黑龙江民间文艺家协会内部研究资料《黑龙江民间文学》的第2、12、20、21集中。这些汉译译文作品较为准确地表现了伊玛堪的故事内容，韵散结合的记录形式较之前更充分地反映出伊玛堪讲唱结合的叙事特点和体裁特征。

由于伊玛堪及其相关研究一直没有大规模正式公开出版，所以国内外的学术界虽然知道我国黑龙江流域有史诗性的长篇说唱文学形式，但是因为公开资料甚少而对之缺乏广泛深入的了解、认识和研究。因此，1998 年黑龙江省民间文艺家协会将以往发表的伊玛堪作品重新整理，出版了《伊玛堪》作品集上下两卷，包括长期以来采录的十几篇伊玛堪作品及片段，对不同的整理稿做了字词的统一，以便于读者阅读，同时尽量注意保留了口语讲述的风格。在每篇作品后面附记有伊玛堪的作者、采录地点和采录时的相关背景资料，使读者增加了感性认识。此外，在书后附有《葛德胜自传》、《赫哲族伊玛堪调查报告》、《赫哲族的萨满》和《伊玛堪歌手情况简表》，为伊玛堪文化研究工作者提供了更多的研究资料和依据，也进一步提升了伊玛堪在民族民间文学中的影响力。

此外，值得说明的是，1992 年，黑龙江民族研究所出版了赫哲族学者尤志贤编译的《赫哲族伊玛堪选》，共收录了《满都莫日根》和《沙伦莫日根》两部完整的伊玛堪作品及《木竹林莫日根》和《吴胡萨莫日根》片段，不仅有准确优美、散韵结合的汉译译文，还用国际音标标注了赫哲语原文，弥补了以往整理出版伊玛堪作品中的不足。这不仅在保存伊玛堪作品方面做出了贡献，也在保存赫哲语原始资料方面有着重要价值。

第二节　伊玛堪相关研究

一　伊玛堪本体研究

我国民族学先驱凌纯声先生最早以“赫哲故事”的形式记录了伊玛堪作品，在进行了最初的分类后，没有进一步的研究。直至 20 世纪 80 年代，尤其是在伊玛堪采录成果于《黑龙江民间文学》内部资料刊印后，伊玛堪已经引起越来越多学者的关注和讨论，伊玛堪研究有了长足的进展。从调查报告、资料的整理与翻译等实录性质的研究转向对伊玛堪各个方面的研究，使伊玛堪研究不断深化、不断完善，研究涉及的论题也很广泛，大致有对伊玛堪的总体评价、名称意义阐释、产生年代、美学意义、艺术价值、宗教倾向，与赫哲族其他艺术的关系、与赫哲族社会和历史的关系，对说唱歌手的介绍和研究，与国内外其他民族同类史诗的比较研究，整理问题研究、版本研究，等等。

对伊玛堪较早地全面介绍和研究是马名超执笔的《赫哲族伊玛堪调查报告》，1981 年刊于《黑龙江民间文学》第 2 集，为后来的伊玛堪研究开创了一个非常基础而重要的局面。该报告是马名超于 1980 年参与历时近半年的伊玛堪调查和采录后写成的，介绍了调查的时间、地点和采录方法，总结了调查成果，主要包括四个部分。“赫哲族住地的自然、社会和人文”首先介绍了赫哲族人族源历史和生产、生活、宗教信仰和文艺发展概况。“伊玛堪的讲唱形式及其主要篇目”部分对于各时期伊玛堪的搜集整理工作做出了评价，并对伊玛堪现存目录逐一进行了介绍，得出了伊玛堪有三四十部的篇目总量这一结论。此外，报告中还总结了伊玛堪艺术作品特征、伊玛堪的内容和音乐特点等。这篇调查报告资料翔实，内容全面，条理清晰，较为客观地对伊玛堪采录、整理、形式和内容做出了令人信服的评价和判断，成为后来者认识和研究伊玛堪的纲领性材料。

关于“伊玛堪”（Yimakan）一词的意义阐释和文类研究。伊玛堪的名称意义阐释，是认识伊玛堪这一艺术形式的起点，最先成为讨论的焦点。20 世纪 80 年代以前，关于伊玛堪的意义阐释一直处于模糊状态，50 年代末刘忠波等人编写的《赫哲族社会历史调查》一书称：“伊玛堪是赫哲族以口头相传的说唱文学”，“如同汉族的大鼓书评书一样”，上文提及的《赫哲族伊玛堪调查报告》对此“尚难作出语源学的阐释”，“通常情况下，赫哲人把那些长篇讲唱古代英雄故事的口头文学形式，习惯地称作伊玛堪”。1987 年黑龙江民间文学研讨会上，东北师范大学教授汪玢玲在提交的论文《伊玛堪与萨满教》中认为，它来源于赫哲语中的“Imulhan”（阎罗王），并倾向于认为这种说唱文学样式最初可能同阎罗王的崇拜有关，同萨满教的阴世观念有着密切的联系。汪文从以下四个方面论证赫哲族的伊玛堪文学同萨满教的密切关系，即来自萨满教的名称——伊玛堪，来自萨满教的形象——“阔力”，来自萨满教的情节——“追魂”，来自萨满教的幻想——“巫术”。文章论点新颖，资料丰富，说理透彻，结论明确。在有关萨满教文化、赫哲族文化的研究史上，具有创新的意义，引起了热烈讨论。

黄任远在论文《“伊玛堪”原始意义探析》对汪的结论进行了反

驳，并从语源学和赫哲族的图腾崇拜的分析中得出结论，“Imakan”一词可能来源于赫哲语 Imaha（鱼），由此说明伊玛堪这种说唱叙事形式同赫哲族的渔猎劳动之间的深刻渊源。何日莫奇在《谈谈“伊玛堪”——与黄任远、尤志贤同志商榷》一文中表达了对汪文观点的支持。此后徐昌翰在《关于“伊玛堪”一词的语义、来源及其他》中，在上述争论之外进行论证，以操满－通古斯语族语言的民族的萨满信仰为背景进行解析，通过与其他民族类似讲述活动的对比分析，得出伊玛堪是源于萨满信仰的、与跳神活动密切相关的故事讲述。上述对于“Imakan”一词的语义及词源的探讨以及不同意见的争论，虽然问题尚未得到令人满意的解决，但对于深化认识伊玛堪这种口头文学样式同萨满文化以及赫哲族渔猎生活之间的关系等问题，起到了积极的推动作用。

1984 年的《黑龙江民间文学》第 12 集是“赫哲族伊玛堪论文专集”，集中收录了当时具有代表性的研究成果，分别从考古、文献、文学等角度对伊玛堪进行了全面审视和挖掘，其中最重要的成果即当时对伊玛堪文体的论断，对后来的研究有引领和导向意义。

马名超在《赫哲族英雄叙事诗的纵横观》一文中，论述了伊玛堪作为英雄叙事诗的起源和逐渐演变退化的过程和原因，对其诗歌体裁特征予以了确认。他的另一篇同样收录在这本文集中的文章《从〈满都莫日根〉记录看赫哲族伊玛堪的诗体特征》，以及李熏风的《赫哲族英雄叙事诗〈满都莫日根〉》，都从个案研究的角度对《赫哲族英雄叙事诗的纵横观》中的观点进行了佐证和分析。这些有关论述伊玛堪是英雄叙事诗的观点，为后来的伊玛堪史诗文类断定奠定了基础。

赵秀明在《试论英雄史诗——伊玛堪》一文中从史诗概念分析切入，从《安徒莫日根》、《满都莫日根》和《香叟莫日根》三部作品内容出发，探求其产生年代、思想意识，再从表现形式入手，分析讲唱结合的表演特征，最终得出了伊玛堪属于英雄史诗体裁的论断。在《松花江下游的赫哲族》中，凌纯声称之为“北方的大鼓”“南方的苏滩”，在记录时将其归为“赫哲故事”，显然忽略了它讲唱结合的艺术特点。而后来的刘忠波“民间说唱”的说法也没有确定其文类归属。此后，马名超、郭崇林在《终结期北亚民族史诗诸类型及其文化联系》中明确论证了伊玛堪作为赫哲族长篇英雄叙事文学，是正格的史诗。上述文章都是对伊玛堪文类归属的讨论，伊玛堪的体裁认定经历了从“赫哲故事”到“说唱文学”再到“英雄叙事诗”，最后被学界肯定地纳入“英雄史诗”的过程，从而肯定了伊玛堪作为民族民间口头文学的重要历史价值和文化价值，也回应了黑格尔关于中国无史诗的论断。

史诗是民族历史与生产生活的反映与艺术表现，天然地具有史学研究价值。因此，对于伊玛堪的起源与民族社会生活的关系研究也是一个重要方向。一方面，研究者们是从伊玛堪所反映的社会生活内容推断其产生年代的。赵振才的文章《赫哲伊玛堪中的莫日根》就是从伊玛堪中的莫日根这一中心人物形象出发，对比“古典文献中的莫日根”和“考古学中的莫日根”，通过追溯莫日根产生的社会历史条件推演伊玛堪的产生年代。其另一篇文章《赫哲伊玛堪中的阔力》也分别从文献和考古学两个方面，分析了伊玛堪中与英雄并重的女性萨满——“阔力”这一类形象，回溯其象征的本体与当时的社会文化生活传统。这两篇文章材料丰富，论证缜密，令人信服，有助于理解赫哲族人往昔的文化生活和宗教信仰，是以考古和文献法研究伊玛堪起源和赫哲族历史文化生活的代表性作品，印证了伊玛堪与萨满信仰关系密切的论断。晓寒的《赫哲族伊玛堪文学浅谈》则从内容入手，分析了伊玛堪对民族历史、文化和生活的全面反映，从美学和伦理学角度总结了伊玛堪的文学艺术特色，肯定了伊玛堪的文学价值和民族语言学研究价值。

另一方面，人们根据伊玛堪中的意象去还原和理解赫哲族先民的历史和社会生活，张泰湘的《伊玛堪文学的社会历史背景及其他》、黄任远的《从民间传说看赫哲族民族历史、渔猎生活、民族英雄和地方风物》等，展示了伊玛堪作为民族记忆“口碑”的史料价值。

萨满信仰是普遍存在于北方少数民族生活中的信仰体系，关于赫哲族伊玛堪与萨满文化关系的研究自始至终都是热点。萨满信仰为伊玛堪中的情节、文化阐释提供了依据，伊玛堪中有关萨满的文化符号展现了赫哲族萨满信仰的特点。20 世纪 80 年代初期，黄任远在《“伊玛堪”与萨满教文化》一文中提出了“伊玛堪是赫哲族早期的萨满文化”的观点，虽然这种论断较为片面，但在一定程度上唤起了学者对于伊玛堪与萨满信仰之间密切联系的关注。此后，黄任远在《相邻民族多元文化对赫哲族伊玛堪的影响》提出，赫哲族伊玛堪是以萨满文化观念为基本核心发展起来的，在文化构成上呈现了自己独特的历史形成的多元性。现存伊玛堪作品包含的多元文化观念、多元故事情节，以及其中涉及的大量来自不同民族的精神和物质文化现象，都说明伊玛堪在历史发展过程中受到不同地区、不同民族、不同起源的多种文化的影响，包括操满 - 通古斯语族语言的民族的渔猎文化，蒙古族 - 达斡尔族的草原牧猎文化和女真及中原文化（黄任远，1992），自此伊玛堪的文化研究更加全面深入，为跨文化的比较研究提供了线索。

此外，对于伊玛堪文本的叙事艺术、审美价值、民族学价值的论证，使作为民族史诗的伊玛堪的多元价值不断得到再认和肯定。

20 世纪 90 年代以来，有关伊玛堪专题研究的论著相继出现，使伊玛堪研究向更深的领域迈进，论文研究也迈向了整体与比较研究的新境地。

由徐昌翰、黄任远著的《赫哲族文学》，是全国哲学社会科学规划会议确定的“七五”期间国家重点项目“中国少数民族文学史丛书”之一。这本近 34 万字的文学史，是对赫哲族的神话、说唱文学、传说故事、民歌和谚语等口头文学现象进行梳理、研究并对其中一些重要理论问题进行深入探讨的一部卓有见地的科学论著，是赫哲族文学研究史上的一座新的里程碑。作者在掌握大量的第一手资料并总结国内外研究成果的基础上，从赫哲族族源、民族历史和民族的多元构成等问题入手，运用考古学、文化学、语言学和民俗学等方法，对赫哲族渔猎社会口头文学经过认真梳理和潜心研究，比较全面、系统、科学地描述了赫哲族的文学现象和审美心理，总结了它们在历史发展中的内在规律，阐明了它们在民族文学活动中的审美价值，从而使这本文学史不仅保存了大量的难以觅集的赫哲族文学遗产，而且对研究赫哲族口头文学现象有重要意义。

书中有近十万字是关于赫哲族伊玛堪的研究和论述。作者在“英雄史诗”与“说唱文学”的区别，伊玛堪讲唱的比例，伊玛堪与社会经济、历史和文化生活等方面的关系，人物形象、情节模式的分析等方面，基于前人研究成果，对于有把握的问题一一加以阐发，一定程度上，其可以被视为20世纪80年代以来伊玛堪研究的集大成者，为后来的深入研究奠定了基础。

作为初期研究，并限于时代学术视野，在研究方法上，尽管作者已经看到其口头传承的特点，但是在对作品的阐释中仍难免流露出以传统民间文学叙事文本研究为主的批评体制，使其口头性特征被遮蔽。《赫哲族文学》虽然给予了伊玛堪很高的学术评价并进行了多角度的阐释；但是在伊玛堪的文体归属上，作者依旧将其归入赫哲族说唱故事一类进行考察，限定在文化的视角，使伊玛堪的文体特征和艺术成就在一定程度上受到了影响。

孟慧英关于伊玛堪研究的专著《萨满英雄之歌——伊玛堪研究》对赫哲族伊玛堪进行了系统的研究 被认为是近年来伊玛堪研究的最成熟的果实。全书共约27万字，分五章详细论述了伊玛堪研究的重要命题。第一章“伊玛堪概述”比较全面地介绍了研究对象，尤其是详细介绍了伊玛堪艺人的个人资料及其演唱的文本，并且通过对20世纪30年代民族学家凌纯声先生所著《松花江下游的赫哲族》中的伊玛堪作品和80年代采录的伊玛堪资料的比较，考察了半个多世纪以来伊玛堪流传变异的基本面貌。这种对研究对象及资料的科学和动态的把握为下一步的分析研究打下了扎实的基础。在第二章“伊玛堪与英雄时代”中，作者对英雄史诗的特征进行了系统的理论探索，尤其对维柯的英雄史诗与英雄时代论说的阐释成为她论述伊玛堪具备的史诗特征和时代特征的最主要的理论支柱。第三章“伊玛堪的艺术表现”依次谈及了伊玛堪的情节、人物形象、唱段和语言艺术。其中，作者运用普罗普的故事形态学理论和结构主义方法对伊玛堪作品的情节类型及叙事结构进行了归纳，揭示出所有伊玛堪作品结构序列的重复性和主题的单纯、有限、统一。关于伊玛堪韵散文结合的形式，对于目前多数学者持有的“讲的方式同情节发展有关，唱的方式同抒情有关”的观点，作者并没有做理论思辨，而是从基本材料的梳理入手，用具体唱境的研究回答了问题。这种对史诗演唱形式的讨论不局限于分析伊玛堪，对《格萨尔》、蒙古史诗尤其是蒙古族本子故事的探讨也具有重要的借鉴意义。第四章“伊玛堪解读”和第五章“伊玛堪的符号解释”是本书的精粹部分，是作者在伊玛堪研究上超过前人的地方。在这两章中，作者基于自己多年潜心对萨满神话和萨满教的考察，系统阐释了伊玛堪的深层寓意和各种符号，对伊玛堪的宗教和文化内涵阐释了自己的独到见解。

正如书名所体现的那样，孟慧英对伊玛堪的萨满文化内涵的挖掘可谓淋漓尽致，同时又用史诗理论观照着伊玛堪的时代特征和艺术特点。因此可以说，作者对英雄史诗经典理论特别是维柯的理解和阐释为全书构筑了理论框架，而作者长年对萨满教尤其是萨满仪式的考察研究为揭开伊玛堪深层内涵提供了可操作的探究范式，其中一些基础性的归纳和文本分析，为后来者的研究奠定了基础。

到 21 世纪初，在现代民族国家文化自觉、提倡保护文化多样性的社会历史条件下，伊玛堪进入国家非物质文化遗产名录，再次吸引了研究者的目光，在研究方法上逐渐从文本研究，转向文本之外的田野研究。在以往文本本体研究的基础上，对作为非物质文化遗产的伊玛堪的研究强化了史诗传承与保护研究等方面的命题，突出强调了伊玛堪的民族文化认同功能。白晶的《赫哲族文化遗存数字化抢救若干问题研究》以伊玛堪为例，提出了非物质文化遗产现代化保护的相关措施。景圣琪的《伊玛堪的历史记忆与自我认同》强调了伊玛堪的民族文化认同功能，认为对于没有文字的赫哲族来说，其历史记忆与民族认同均要以伊玛堪为依托。其中，历史记忆是前提条件，自我认同是在前者基础上的提炼升华，并浓缩成为该民族所独有的个性文化特征，要以此为核心，不断推动赫哲族伊玛堪的深入研究。高荷红的《赫哲族伊玛堪歌手研究》在对以往伊玛堪歌手资料进行梳理的基础上，以田野调查方法进行补充，描述了伊玛堪歌手的现实生存状况，继而反映了伊玛堪保护和传承中的困难，提出对歌手的关注要从以往的传记记录走向科学的分析和研究。蒋满娟以省级赫哲族伊玛堪代表性传承人尤文凤为个案，考察其学习、传承伊玛堪的具体过程，提出伊玛堪的传承与保护既需要作为个体生命的代表性传承人发挥主观能动性，也需要政府、市场、专家学者、媒体等多种社会力量与其协同合作（蒋满娟，2020）。侯儒围绕伊玛堪传承人研究撰写的《赫哲族伊玛堪说唱家族式传承口述史研究——以吴氏家族为个案》等系列文章，都是从个人生命历程的角度呈现伊玛堪跌宕起伏的现代命运，提出了具体的保护工作的意见和建议。

二 伊玛堪与其他民族说唱文学的比较研究

随着越来越多的民族史诗被发掘、整理，马名超、郎樱等学者发现，在我国北方从天山经内蒙古草原到黑龙江流域，其间生活着 17 个阿尔泰语系民族，其民间文学存在很多共性，民间文学的体裁大同而小异，尤为引人注目的是他们都有本民族的说唱文学，构筑了一条北方“英雄史诗”带。20 世纪 90 年代以来，伊玛堪研究逐渐扩展到与相邻民族传统叙事的比较研究领域，从而拓展了伊玛堪的研究领域。

张嘉宾在《埃文基人的“尼姆嘎堪”与赫哲人的“伊玛堪”》一文中通过对比，得出了如下结论。①埃文基人的“尼姆嘎堪”与赫哲人的“伊玛堪”的主要差异是内涵上的差异。这种差异主要是“伊玛堪”的内涵在历史的演进过程中变得越来越小的结果。②“尼姆嘎堪”与“伊玛堪”在读者上相近。③“尼姆嘎堪”中的英雄传说与“伊玛堪”不论在内容、形式、说唱人，还是在说唱的方式方法上几乎是一样的。④“尼姆嘎堪”与“伊玛堪”有着渊源关系。操满 - 通古斯语族语言的民族之间的文学方式必然有着联系，更重要的是差异研究中显现出的伊玛堪传播和变化的特点（张嘉宾，1996）。

郭崇林基于黑龙江省赫哲族、鄂伦春族英雄讲唱作品的研究，引申出“北亚民族民间英雄叙事文学比较研究”课题，进而与蒙古族联系在一起，选择中国东北地区渔捞、狩猎、游牧三个典型民族的同类作品，做了艺术形式和文化内涵方面的比较研究（郭崇林，1997）。

黄任远、闫沙庆通过对赫哲族和鄂伦春族说唱文学的结构形式、情节内容、英雄形象、表现手法等方面的比较研究，全方位地剖析了这两个民族说唱文学所具有的相同特点及其相同原因，认为这主要是两个民族同属一个语族、居住地域环境相近、渔猎经济生活基本相似、宗教信仰大致相同及其族源关系密切等因素所致（黄任远、闫沙庆，2000）。同时，黄任远、傅明静在《伊玛堪与优卡拉——中国赫哲族与日本阿伊努的民间文化比较之三》中提出，中国赫哲族与日本阿伊努人在信仰文化和民间文化方面十分相似，对于民间口头流传的英雄叙事文学，赫哲族称“伊玛堪”，阿伊努人称“优卡拉”。文章从它们的含义和类型、形式和结构这几个方面对赫哲族和阿伊努人的民间文化进行了比较研究，并探析了其产生的原因，从而拓展了伊玛堪比较研究的范围（黄任远、傅明静，2003）。

综观自20世纪80年代以来的伊玛堪研究，可以2000年前后非遗保护工作开展为节点，分为前后两个阶段。在前一阶段，国内学者的研究仍然集中在文本研究，或者可以说是文献的研究和历史的研究。学者们把伊玛堪当作民族历史和知识的“百科全书”，其研究性质与历史科学的研究是一样的。而从民俗学的角度出发，在史诗传承和口头表演的实际场景中对史诗的口头传统和史诗艺人的表演与技巧、史诗在其社会生活中的状态和功能的动态考察仍然非常缺乏。虽然史诗口头程式理论被介绍进我国已有数年，但在具体研究中人们依然极少用这些理论操作实际的研究工作。其最大的一个障碍是我们几十年以来对各民族史诗的搜集整理在科学方法、学术观念上的不正确引导。对史诗文本的非科学的记录、对史诗表演场景和史诗传承的民俗生活没有科学的民族志描写，尤其是忽视史诗歌手个人资料，对我们今天研究中国少数民族史诗的口头传统与表演造成了很大的困难。我国少数民族史诗一个最重要的特点就是“活形态”，因此我们在继续发扬中国少数民族史诗研究的学术传统的同时，也应该更多地关注我国各民族史诗至今在民间流传的实际情况，多做一些科学的田野工作，多做一些中国史诗的口头传统研究。本书尝试在进行“程式”“语境”分析的基础上，结合母题分析方法，从内容到形式，从创编表演到文本写定全面解读伊玛堪和赫哲族文化。采取民族志诗学的观念和态度，对文本写定和迻录方法进行探讨。

在后一阶段，即伊玛堪被申报成为各级非遗名录，尤其是在进入联合国“急需保护的非物质文化遗产名录”后，受到了社会各界更为广泛的关注和重视。随着保护工作的推进，研究也逐渐转向伊玛堪作为非遗与公共文化的保护和传承，及其与社区经济、文化、旅游融合发展等综合议题，跨学科的研究取向也更为明显。总体来看，这些个案性质的研究成果对于伊玛堪的传承保护进程做出了基本的记录和阐释，也包含了对伊玛堪传承保护实践的总结、判断和具体建议。相对于民俗学、人类学和民族学等传统学科及其对象而言，非物质文化遗产是一个新概念，对其的保护实践也一直在探索中进行。在近二十年的摸索实践和理论总结中，我国在保护工作上的开拓创新取得了令人瞩目的成绩，然而也不得不承认学术界对于非遗的基本概念和性质，对于整体性、本真性等保护工作原则的理解和实践应用路径，一直都未能达成实质性的共识和形成一致的表述。缺乏基本的理论概念和分析框架，让伊玛堪研究的后期理论成果呈现信息丰富、规模庞大却流于经验性的对策建议的特点，使其未能在非遗保护理论建设的学科格局中寻求到自己的独特位置，具体操作建议也往往因为缺乏学理支撑而缺乏前瞻性和针对性。

如何将理论层面的探索与现实层面的非物质文化遗产保护实践相结合，即以赫哲族伊玛堪这一个民族史诗的案例丰富非遗保护的理论方法，用已有的非遗保护理论成果探寻和开拓伊玛堪保护的实践路径正是本研究要探索解决的问题。

第二章

伊玛堪的文化生态

“民族是一个历史形成的人类群体形式，其形成过程中受到自然条件和社会进程的双向影响，前者主要造就了民族的文化特征，即在不同的自然地理、生态环境中所形成的认识自然、适应自然和改造自然的那些方法和价值观念；后者主要造就了民族的社会属性，即社会组织、阶级分化、社会分层、权力结构和国家归属等。”（郝时远，2005：1）

任何民族的文学艺术都产生于一定的时空之中，带有独特的地域特色和生产生活习性的印记，历经继兴更替，不断变化发展。作为赫哲族规模宏大的口头叙事传统，伊玛堪并非静态传播的文字文本，而是在一定时空中立体运行的活态文化，在与外部环境和民族传统的互动中完成了社会性的传承。它的生成和演进一方面承载着民族生境的变迁，另一方面经历着民族文化传统的选择和过滤，最终成为民族集体记忆、智慧和情感的载体而传唱不息。正如黑格尔所说的“史诗是一个民族精神标本的展览馆”，通过对伊玛堪的文化解读，我们可以了解一个民族的精神气质，也可以通过对于伊玛堪的再次发现与传承，唤醒赫哲族日渐沉睡的民族意识，推进其文化自觉。同时，如何将碎片化的伊玛堪在当代社会中重新接续、如何在民族语言土壤贫瘠的族群中恢复口头传统，本质上是如何重建民族的历史记忆与当下社会生活的连接问题。因此，要完成这项工作，首先需要认识和理解民族的历史。本章主要介绍伊玛堪生成的地理环境与文化背景，为理解伊玛堪的文化内涵和现代传承中的创造性转化与创新性发展提供基础。

第一节　赫哲族的历史渊源与自然环境

文化是一种人类区别于动物的精神现象，只有当人类形成一定规模的社会组织形态，才能创造、发展和传承自己的文化。人类社会组织形式的演变规律，大多是由血缘政治向地缘政治进化的。基于血亲关系，不同家庭、部落共同生存于一定的物理空间和自然环境之中，面临着相同的生存困境，不断征服和改造自然，获得相似的生命体验和经历，形成法国社会学家列维－布留尔所谓的“集体表象”，最终分享共同的集体记忆和情感，突破血缘关系而被文化的纽带紧紧联结。因此，任何一种群体文化传统，都带有独特的地域印记，也必然是一定物理空间的意义表现。赫哲族世居东北黑龙江、松花江和乌苏里江流域，以渔猎为生，创造了丰富的渔猎文化，涂绘了承载整部伊玛堪宏大深邃叙事的底色。

一　民族历史渊源

赫哲族①是我国东北地区的古老民族，世代居住在黑龙江、松花江和乌苏里江“三江流域”，在得天独厚的自然环境中创造了富有特色的民族文化。赫哲族是一个古老而年轻的民族，说她古老，是因为其先民可以追溯至先秦时的“肃慎”，汉魏时称“挹娄”，南北朝时叫作“勿吉”，隋唐时“靺鞨”中靠近黑龙江的一支叫作黑水靺鞨的一部分是赫哲族人的先祖。辽代在黑水靺鞨的生活区域设立的“五国部”是赫哲族先祖与满族先世杂居的地方。到了明代“女真”分为三部，其中“野人”女真中的一部分是赫哲族人的先祖。清朝前期，“野人”女真再度分化成“东海”两部——呼尔哈部和瓦尔喀部，合称东海窝集部。赫哲族人聚居的区域，“其部族居于松花、乌苏里、黑

① 赫哲族自明末清初形成以来，在其历史发展过程中饱经沧桑。由于沙俄的侵略和中俄《瑷珲条约》、中俄《北京条约》的签订，赫哲族先是被分割为中国的赫哲族和俄国的那乃族。而后又由于苏联民族工作者的失误，在20世纪30年代苏联政府确定民族成分时，那乃族又被分割为那乃人与乌尔奇人两部分，本书所言的赫哲族均指中国境内的赫哲族。

龙江三江汇流之处博和哩，诺尔噶勒、都里达苏，大、小噶里达苏，绰库禅，能吉勒，赫哲喀喇诸屯，皆别出于呼尔喀之屯寨也”（《赫哲族简史》编写组、《赫哲族简史》修订本编写组，2009）。关于“窝集”一名，史书记载纷纭，普遍认为是由“勿吉”蜕变而来，因此也有“赫哲”为“窝集”转音而来的说法。17世纪初，居住在黑龙江中下游、松花江、乌苏里江流域的族群经过迁徙、分裂和融合，最终形成了新的民族共同体，至今大约有三百年，因此赫哲族又是一个年轻的民族。

由于赫哲族的各个部落在居住区内的分布南北纵深较长，故而形成了不同的方言区，族内自称也有差别。居住于富锦市大屯以上沿松花江上游的赫哲人自称“那贝”，居住在富锦市嘎尔当至街津口一带的自称“那乃”；居住在街津口村以下至乌苏里江沿岸的赫哲人自称“那尼敖”，汉语都是“当地人”的意思。他们在与外族进行交往时均称本族为“赫真”或“赫哲”。此外，在不同地区中的不同方位，赫哲族人之间也有自己的称呼。现在我们所说的“赫哲”名称是从“赫真”音变而来的。“赫真”为“黑金”、“赫津”、“黑哲”和“黑斤”等词语的同音异写，意为“居于下游的人”或者“东方的人”，原来是方位词，后来成为民族中居于此方位族人的专有名词，最后统一为全民族的通称。

1663年，清康熙帝正式将这个民族共同体命名为赫哲族，“命四姓库里哈等进贡貂皮，照赫哲等国例，在宁古塔收纳”［《清圣祖实录》（卷八），1985：21］。这是“赫哲”一词在文献资料中第一次出现。被国家定名为赫哲族，标志着一个新的渔猎民族共同体在三江平原上正式形成。

近代以来，赫哲族居于边境，在清王朝的封建统治下，物质生活极端贫苦，缺医少药，疫病流行，卫生条件极差，而造成大量人口死亡；日伪统治时期执行分而治之的种族灭绝政策，赫哲族一度濒于灭亡，按照日本投降前统计的数字，仅有300多人。

1930年，我国民族学先驱凌纯声深入松花江下游（从依兰到抚远地区）进行了为期三个月的田野调查，并于1934年出版民族志调查报告《松花江下游的赫哲族》，从此“赫哲族”在学界渐渐为人知晓。20世纪50年代末期，在国务院的统一部署和领导下，我国的民族工作者对黑龙江的赫哲族进行了更为广泛而深入的调查研究。在完成民族识别后，赫哲族也正式融入了祖国多民族的大家庭中，在民族团结和区域自治制度的支持下，逐渐走上现代化发展的道路。当前，赫哲族主要分布在黑龙江省内，大部分聚居于“三乡两村”，即同江市街津口赫哲族乡、八岔赫哲族乡，双鸭山市饶河县四排赫哲族乡，佳木斯市敖其镇敖其赫哲族村、抚远县乌苏镇抓吉赫哲族村，也有少部分赫哲人杂居于抚远县、同江市勤得利、桦川县苏苏屯、富锦、依兰以及佳木斯市内。据2010年全国人口普查结果，中国境内赫哲族为5354人，仍属于我国人口较少的民族。

二 组织结构

对于历史上赫哲民族社会结构的研究，应该说目前还不够深入。不少学者认为，19世纪末20世纪前半叶的赫哲人，仍处于氏族社会晚期。然而黑龙江沿岸一带的许多民族，其氏族实际上往往仅为一种调节婚姻关系的结构（防止族内通婚），而早就不是严格的血缘生产组织。赫哲族的情况也不例外。所谓“氏族”，就是清代许多史籍里谈到的“喀喇”，亦即今天所指的姓氏。据统计，赫哲族共有二十多个姓氏，其中最古老的姓氏有七个，大多源于最初所居地的地名。这些氏族没有“经典意义”的氏族所具有的那样的生产势力范围——如氏族独占的渔场、猎场——的概念。大多数氏族虽有自己经常使用的渔场、猎场，但这些地方并不被视为某一氏族的专属。因此渔猎季节往往谁来得早，谁的使用权就受到尊重。不同氏族乃至不同民族共同使用一个渔场、猎场，相处得很好以至通力合作是正常的情况。直至19世纪末才发现有偶尔为争夺渔猎地盘发生冲突的现象（徐昌翰、黄任远，1991：13）。

赫哲族的同姓人就起源而言，其构成也不是单一的。人数较多的姓氏往往可以由发生于不同时期、来源于不同地方的好几个分支构成。这些氏族汇入现有的氏族的时间各不相同，在汇入之前各有各的历史。有些人数较多的同姓人在个别情况下甚至可以不遵守同“族”不通婚的禁忌。这样看来，无论是从血缘还是从生产来看，赫哲族的“氏族”同“经典意义”的氏族都有着相当明显的差异。赫哲族的氏族直至新中国成立前仍处于比较活跃的变化组合之中。

几乎在所有的“氏族”内部都很难发现重要的起源一致的特征。“氏族”中的古老成分很难保持自己的“纯洁性”，它们往往同外来成分融合在一起。“氏族”共同生活，或者分化出去向外地迁徙。艰苦的生活条件需要他们通力合作，原来居住一地的不同成分外迁到新的地点后，旧址的名称很可能就成为他们统一的新姓氏。小族、弱族联合起来形成新的氏族的情况也时有发生，因此对同姓而不同宗的记忆依然十分鲜活。外来移民同某一居民点的土著融合、通婚乃至完全同化的过程是赫哲居民点发展的典型过程，而排斥外来者的现象却难得一见。外来户吸收土著文化，同时把自己的文化因素注入土著文化，于是在晚于他们的外来者眼中，先于他们的外来者也成了土著。

这样一个过程长期作用的结果是，人数为几千人的赫哲族分成了几十个姓氏宗族，而每一个姓氏又由起源和来源各不相同的宗族构成。另外，所有的赫哲居民聚居区域，甚至包括仅有几户的小居民点，也都是多姓氏的村落。可见血缘关系已不是赫哲人聚居的主要原因。人们在生产和生活中合作互助的关系更为重要。赫哲族在经济活动中较早地摆脱了家族观念而把人数不多的小家庭作为结构的基本形式。在这一点上，赫哲族同我国南方以农耕为主要经济活动形式的少数民族有着极大的差异。

值得一提的是从近一个半世纪的中外文献来看，赫哲族中几乎从来没有发生过血亲复仇的事件，遇有家族成员被外族杀害的情况，普遍的甚至可以被视为规律的解决办法就是使用重金求得和解，如向受害者一方的家属送毛皮、绸缎、衣物、妇女等。这种情况当然不是偶然发生的，它为我们深入认识赫哲族的口头文学提供了重要的背景材料。

三　自然生态环境

任何族群总是生存于一定的生态环境之中，在适应和改造环境的过程中，创造和发展出适应民族生产和生活、展现民族精神的文化体系，与此同时，他们也将生存环境改造成了富有民族特色的文化空间。这里所说的生态环境就是包括影响人类生存与发展的水资源、土地资源、生物资源以及气候资源在内的资源的数量与质量的总称，是关系到社会和经济持续发展的复合生态系统。生态文化学强调人类文化与生态环境之间的互动关系。赫哲人正是在白山黑水中创造了独特的渔猎文化。

17 世纪中叶之前，赫哲人的先祖主要活动于贝加尔湖地区，后向东迁移至黑龙江流域。黑龙江全长约 4440 公里，流域面积约 185.5 万平方公里，其中 89.11 万平方公里在我国境内，占全流域的 48%，其中大小支流有上万条，湖泊罗布，包括呼玛河、松花江、乌苏里江等大支流，蜿蜒向东，在俄罗斯联邦境内注入鞑靼海峡，融入鄂霍茨克海。

这里所说的黑龙江流域东部地区东起小兴安岭东麓，西至鄂霍茨克海沿岸，南起长白山脉，北至斯塔诺夫山脉（外兴安岭的一部分）。该区域包括松花江、乌苏里江地区，以及黑龙江中下游及其支流格林河和阿姆贡河地区。地形辽阔平坦，沿岸地带平均海拔 50 米以下，以河流冲积平原为主，主要有三江平原（位于中国境内）和阿穆尔河下游平原（位于俄罗斯境内），它们是黑龙江流域两块最大的冲积平原。山脉主要有完达山脉（位于中国境内）、锡霍特山脉（位于俄罗斯境内）。

从气候特征来看，该区域处于寒温带大陆性季风气候带，四季变化相对较为明显。春季少雨多风，夏季短促，冬季严寒干燥且漫长少雪。每年入秋后的 10 月至 11 月，随着一股股强冷的西伯利亚寒流侵袭，湖面水域开始结冰，直至次年 4 月中旬，冰冻期可达半年之久。每年 1 月平均气温为 -22℃ ~ -18℃，7 月平均气温为 20℃ ~21℃。赫哲族生活的乌苏里江流域，最低气温在零下 35℃左右，最高气温在 30℃上下。

黑龙江、松花江、乌苏里江冲积而成的“三江平原”，地势得天独厚，土壤肥沃，物产丰饶，为赫哲族的渔猎生产和采集业提供了可靠的保证。平原北有黑龙江，东有乌苏里江，松花江在此与黑龙江汇合。平原上湖沼星罗，江河棋布，主要有穆棱河、楼肯河、挠力河、七星河、安邦河、七虎力河等河流。完达山余脉蜿蜒伸展其间，素有“林海雪原”之美誉。其间森林茂密，灌木丛生，植被茂密。其中树木种类繁多，达上百种，较为珍贵的有红松、云杉、水曲柳、黄波罗等，还有生长木耳、猴头蘑菇的柞树，木质坚硬的刨码树，笔直参天的白杨树，四季常青的针叶松，绿叶红干的樟子松，等等。

这里渔猎资源和植物资源均很丰富，主要的渔业资源有洄游鱼类——大马哈鱼（鲑鱼）；有每尾体重可达几百斤直至千斤的鳇鱼；有鲤鱼、鲇鱼、白鱼、鳞鱼和著名的“三花”（鳌花、鳊花、鲫花）、“五罗”（哲罗、法罗、雅罗、胡罗、同罗）。主要的猎业资源有紫貂、东北虎、猎豹、水獭、猞猁、熊、驼鹿、马鹿、堪达犴、狍子、野猪、猫子、狐狸、松鼠、浣熊、海狸、仙鹤、海东青等。主要的植物资源有松、桦、椴、柳等树种，有人参、桔梗、黄芪、甘草、五味子、柴胡等中草药材，有榛子、松子、橡子等坚果，有白蘑、榛蘑、猴头蘑等食用菌，有山梨、山葡萄、牙格达、都柿、稠李子、山丁子、山里红等野果和柳蒿、荧菜、野蒜、江葱、车轮菜等野菜。“棒打狍子瓢舀鱼，野鸡飞到饭锅里”的谚语是对该地区物产丰饶的真实写照（《赫哲族简史》编写组、《赫哲族简史》修订本编写组，2009：1～3）。

恩格斯指出：“动物仅仅利用外部自然界，简单地通过自身的存在在自然界中引起变化；而人则通过他所作出的改变来使自然界为自己的目的服务，来支配自然界。这便是人同其他动物的最终的本质的差别，而造成这一差别的又是劳动。”（《马克思恩格斯选集》第四卷，1995：383）人类通过劳动与自然界沟通和对话，并在这种互动中创造形成了自己的文化，因此在其所处生态环境中的感受、经验、风物等都天然地成为叙事的对象和背景。

丰富的天然物产给赫哲人民以劳动生息之利，为民族繁荣发展提供了优厚的物质条件。同时，赫哲人在捕鱼、狩猎和采集生活中，积累了大量的生产生活经验和生存法则，构建了人与自然的和谐关系，并使其融入了民族的文化传统之中世代传承。一直以来，捕鱼和狩猎是赫哲人衣食的主要来源。赫哲人喜爱吃鱼，尤其喜爱吃生鱼。他们不仅以鱼肉、兽肉为食，穿的衣服也多半是用鱼皮、狍皮和鹿皮制成的。这种几千年延续下来的独特的生活习惯形成了赫哲族独特的渔猎文化。在清代和民国初年，随着赫哲族与中原、邻近各族持续不断的交往，汉人或邻近各族依据赫哲族风俗习惯中的一些特点，把赫哲族称为“鱼皮部”“鱼皮鞑子”“狍皮鞑子”“鹿皮鞑子”等，尽管这些称呼往往带有一种歧视色彩，但是也从另一个角度反映了赫哲人以渔猎为主的生产生活方式。

历史上，赫哲族捕鱼只限于自行消费，使用传统的捕鱼工具（如传统的渔网、鱼钩、鱼叉以及小船等），捕鱼的效率也较低。而且赫哲族人信奉萨满教，一直对自然怀有敬畏和感激之情，从来不对自然过分索取。在过去的一个世纪，随着现代科技的进步，赫哲人捕鱼也走上了现代化、机械化的道路，大大提高了捕鱼效率，同时对野生渔业资源造成了很大的破坏，进而也让赫哲人传统的生计方式发生了变迁。加之水体污染，渔业资源的总量正在一天天变少，赫哲族无法维持以前的传统渔业生计模式，很多家庭迅速走向贫困。传统的生活方式无法延续，失去了网滩、猎场、密林中的聚集酬唱空间，年轻人逐渐离乡背井开始新的谋生方式，现代教育体制中的标准语言文字的推行，都让口耳相传的民族文化传承受到前所未有的冲击。

为了保护当地的野生生物资源，我国在三江平原地区设立了国家自然保护区，通过十几年的保护工作，三江地区的野生动植物资源在种类和数量上都有了明显的增加。保护也就意味着对渔猎的限制，赫哲族的传统经济来源受到了一定的影响。为了应对这一现状，当地政府制定了一系列的政策来帮助一部分赫哲族人改变他们单一的渔猎生产方式，使他们的一部分收入来源转向农耕业。另外，当地政府利用有利的自然条件以及赫哲族文化的吸引力，积极引导当地群众开展生态旅游，发展绿色循环经济，拓宽了收入的来源和渠道，留住赫哲人人中的中青年，并在赫哲民族中小学教育教学中增加民族传统语言文化的内容权重，从而在改善赫哲人的生活条件的基础上，创造更多的文化传承条件。

赫哲人内部正在寻求这样一种平衡点，即自然、文化以及人的发展协调一致。在不破坏生态环境的前提下，提高自身的生活质量，同时传承、发展民族传统文化，促进社区的全面发展。

四 三江渔猎文化中孕育的伊玛堪

空间是文化的摇篮，文化是空间的社会化叙事。赫哲族在独特的地理环境和历史条件中逐步形成了丰富的口头传统，特定的历史时空决定了赫哲族伊玛堪的内容和艺术特点。

伊玛堪全面反映了赫哲各部英雄儿女的渔猎生活，带有明显深刻的渔猎社会文化烙印。作品的男女主人公——莫日根和德都们，他们的生活道理，他们的爱情婚姻和其他一切相互关系，以及作品中的各种细节描写，风俗场面，无不具有渔猎社会的特点。几乎在所有的赫哲族的伊玛堪中，我们都可以看到，男主人公莫日根的英雄性是在典型的渔猎环境中展现的。他首先是一个渔猎能手，具有超凡的能力，能够获得其他猎手所无法获得的猎物。他们所建立的是三江地区渔民猎手所向往的功业。作品中的女主人公德都们则是莫日根们贤惠能干的助手，陪伴并协助他们征讨敌人，在困境中给他们以有力的支持。莫日根们具有三江地区渔民猎手英勇豪迈的性格，过着三江地区渔民猎手典型的日常生活，展示着三江一带赫哲人的典型生活方式。他们在江河湖海里捉鱼，在山林中猎取飞禽走兽，他们祭祀祖先和萨满神灵，互相比试武艺，在家中同亲戚朋友放量豪饮。他们直率豪爽，但有时也会因一点小事争执起来，以致拳脚相见。女主人公则在日常生活中“熟皮子”，晒“鱼条”，炒“鱼毛”，到野外采集野果、野菜，在炕上缝制鱼皮衣，遇到客人来到就点烟奉茶，扎上围裙“齐日叉日、齐斯他斯”地炒菜，操持的完全是三江流域赫哲妇女都要做的家务。

伊玛堪中到处穿插着赫哲族日常生活的一幅幅生动图景，赫哲民族传统习俗和三江地区特有的风物，在其中得到了生动、具体和全面、准确的反映。莫日根们踏着“两块板”（滑雪板）穿山跳涧，乘着“三块板”（由三块整木板做成的木船）漂江过河。“七星砬子”“青龙山”……这些赫哲人所熟悉的地方，正是演出一幕幕充满英雄气概的悲欢离合的庞大舞台。每当空闲的时候，伊玛堪里的主人公就同今天的赫哲人一样，围着“伊玛卡乞玛法”（伊玛堪歌手）听他讲唱伊玛堪，有的挤在玛玛克钦（老太太）跟前听她讲“特仑固”（传说故事），还有一群德都用银铃般的嗓音唱着“嫁令阔”（民歌）。每逢节庆，莫日根们个个精神抖擞，开展具有民族特色的竞技活动。“那射箭靶场上三个草扎垫挂着的桦树皮靶上，扎满射手们的箭头，摔跤场上摔跤手生龙活虎，各不相让；叉球手照准草球甩着飞叉，看热闹的人群里传来阵阵的叫好声。”① 种种生动的情节和充满民族风情的描写，融合在所有的叙事之中，散发着浓郁的三江渔猎文化风情和韵味。

伊玛堪反映了三江地区民族的历史。凌纯声采录的赫哲故事《土如高》，开篇就指出古代赫哲族“分为三大部落：一在乌苏里江一带，名竹勒什部落；一在萨哈林一带，名佛尔什部落；一在松阿里一带，名阿尔奇都部落”（凌纯声，2012：858～859）。伊玛堪中指示的赫哲族分布状况同今日的实际民族分布状况几乎毫无二致，体现了这一地区居民的相对稳定性，避免了历代文献中由于某些学者占有材料不足或考证不当造成的讹误。在赫哲故事中有许多古地名，现在虽已不复使用或很难确定它们的具体所指，但通过考证大体可以在三江一带勘定出它们的所在。例如，在赫哲故事《阿尔奇五》中有这样一句话“唐宋年间，吉林境内松阿里南岸有一个小城，叫作富廷霍通”。这里的“松阿里”指的就是松花江，凌纯声认为“富廷”是当时吉林省富锦县（现富锦市）以西，离县城十余里处的一个小城（凌纯声，2012：616）。据考察，今富锦以西十里左右确实有一座无名小土城，周长五六里，北临松花江，城内出土过明代文物，同《阿尔奇五》中所说的富廷霍通完全吻合（徐昌翰、黄任远，1992：156）。

凌纯声采录的另外一则赫哲故事《沙日奇五》中提到：“松阿里北岸有一座霍通德义，在今鄂里米三十里，昔时此城约有房屋千余所。”其中“鄂里米”即为当时松花江北岸的富锦县对面（凌纯声：2012，704）。流传在赫哲族口头的伊玛堪作品中，存在着许许多多类似内容，说明这些故事同三江地区的历史、地理有着极为密切的联系。作品中对物质生活和精神生活的描写，则更是充满了三江渔猎生活的特色。试以祭神大典的描写为例：香叟莫日根凯旋之后，摆下了祭神的供品，其中有百只鹿、百只狍子、百只野鸡、百头野猪等；满都在祭神时摆下的祭品是獐狍各百头，野鸭、大雁百五十只，天鹅十只，还有一只千年的赫哲神兽——乌鲁古力（熊之类的怪物）。这些都是

① 《希尔达鲁莫日根》，收录于中国民间文艺研究会黑龙江分会，1987：50。

三江地区大自然的产物，是渔猎生活中人们熟悉的东西。故事中当某霍通主人为女招亲时，向众莫日根提出的三个条件是：“正南树洞里有一只恰克陈（大雕），东南水中有一条爱新达乌（金鲑鱼），西南山坡上有一头库玛卡（鹿）。谁能得到这三样东西，我就把女儿嫁给谁。”① 对莫日根的考验富有明显的三江渔猎生活特色。阿格弟莫日根向黑斤德都求婚的时候，黑斤的父亲提出两个条件：一要阿格弟一箭射落三只雁，二要阿格弟搞来三江口深町里的千年鳇鱼。② 这些细节描写都表明了对于英雄的考验条件是在三江地区渔猎生活环境中提出的典型要求。

伊玛堪作品展现的主要是三江地区的山岭、河流、原野、湖泊、森林、动物、植物等，主要描绘的是三江地区特有的自然风貌。就连神化了的动物——神鹰、天鹅、千年鳇鱼、金色神鹿、深海中的木杜里（龙）、吃人的乌鲁古力——也无不具有浓郁的三江地方特色，产生于渔猎文化的土壤。在赫哲族伊玛堪中经常可以看到各种船只。作为居住在三江流域、从事渔猎生产生活的赫哲族的重要交通工具，船也是伊玛堪中的莫日根征战途中的重要运载工具。这些船只都富有黑龙江一带操满 - 通古斯语族语言的民族的特色，如用三块木板制成可乘坐七八人的小舢板——“特莫特肯”，有用三块松木板制成可乘坐一二人的小划子——“未一户”，有只可乘坐一人的桦皮艇，还有可以载重的大风船——“底亚拉”。赫哲人口头传统叙事中还谈到赫哲人的造船技术——几天之内便可以造起上百艘每艘可载十户人家的大风船，每当莫日根征服一个霍通，就会使用这样的大船把霍通里的人财带回家乡。

总之，三江土著民族的江河渔猎文化的影响，无时不在所有情节中大量而普遍地表现出来，构成了赫哲族伊玛堪的叙事背景，总体上代表着赫哲族英雄叙事的文化特色，决定了赫哲族伊玛堪总体的内容构成和文化面貌。

① 《满都莫日根》，收录于中国民间文艺研究会黑龙江分会，1982：4。

② 《阿格弟莫日根》，收录于中国民间文艺研究会黑龙江分会，1981：290。

第二节 萨满信仰与英雄叙事

“萨满教最早产生于母系氏族社会，至今还保留着它明显的印记”，俄罗斯等国外学者持基本相同的认识（富育光，2000：8～9）。广义上的萨满信仰是个世界性的文化现象，其流行区域集中在亚洲北部和中部，乃至欧洲北部、北美洲、南美洲和非洲。本节所言为狭义的萨满信仰，主要指我国东北地区操阿尔泰语系语言的各民族，如满族、维吾尔族、哈萨克族、塔塔尔族、蒙古族、鄂伦春族、赫哲族、锡伯族等信仰萨满的文化现象，其信仰的核心观念为万物有灵论、祖先崇拜和自然崇拜。

关于萨满信仰是否能够称为宗教，学界一直存在争议。持否定观点的一方认为萨满信仰不是创生的，而是自发产生的，是原始先民在对抗自然和生产生活过程中普遍存在的一种认知行为。萨满信仰的自发性和信仰体系的松散性最直接的表现是没有始祖神、没有教义、多神崇拜，缺乏严密组织和没有专门的神职人员。即使是萨满，也只是由族人来充当，人们对于某一萨满的态度是“敬神不敬人”，也就是说他们认为萨满并没有特别之处，他们背后的神灵才是要尊崇的对象。

这里暂且搁置萨满信仰是不是严格意义上的宗教不谈，可以确信的是萨满信仰真实广泛存在于一些民族原始先民的意识里，并全面渗透和表现在他们的生产生活之中。对于这些民族来说，萨满不仅仅是一种信仰，更是一种生活方式，包含着个体对生命、对宇宙和客观世界的认知与指导行动的逻辑，支持并影响着个人和群体生产、生活、祭祀仪式与艺术创造的各个方面。因此，要理解他们的文化事项，就要先了解他们的宗教信仰体系。

一 赫哲族的萨满信仰

和大多数操满－通古斯语族语言的民族一样，赫哲人信仰萨满神的历史十分悠久。目前，从考古文物的发现来看，可以推断赫哲族萨满信仰较早的遗物有“黑龙江省密山县大小兴凯湖之间的新开流文化遗址，被认为是赫哲族先祖肃慎先人的文化遗留，……发现了一个陶制酷似近代赫哲族信仰的萨满教中的爱米神”（田丽华，2015）。

从文献考据来看，“萨满”在我国史籍上的记载最早见于南宋学者徐梦莘编撰的《三朝北盟会编》（卷三），记述完颜金时提到，“兀室（完颜希尹）奸猾而有才，自制女真法律、文字，成其一国。国人号珊蛮。珊蛮者，女真语巫妪也，以其变通如神。粘罕以下皆莫能及”（秋浦，1985：55）。其中的“珊蛮”“巫妪”即“萨满”。《晋书·四夷传》载：挹娄国“东北有山，出石，其利入铁，将取之，必先祈神”（房玄龄等，1986）。这种“其利入铁”的石材应是挹娄人制造石弩所需要的，古代挹娄人将其锋利入铁的性能归功于神，这正是一种自然崇拜的现象。《北史·勿吉传》中也有记载：勿吉“国南有从太山者，华言太皇，俗甚敬畏之。人不得山上溲污，行经山者以物盛去。上有罴豹狼，皆不害人，人亦不敢杀”（李延寿，1975）。熊、豹、狼这些野兽生性凶猛，却不伤人，人们也不敢猎杀，体现出勿吉人对从太山及山中各类野兽神灵的崇拜和敬畏，因此也会得到神灵的庇佑。“从金代文献记载来看，女真族所信奉的萨满信仰其主要社会功用大体上包括卜筮祈福、消灾治病、施术诅咒、服务王权、主持祭祀等诸多方面。”（祝贺，2014）金代女真中一支为赫哲人的先祖，由此可见赫哲人的萨满信仰历史悠久，影响广泛而深远。

“萨满”一词源于满－通古斯语“Jdamman”，赫哲语称“萨满”为“sama”或者“saman”。有俄罗斯学者指出，“sa”在满－通古斯语中意为“通晓”“知道”的意思，因此“萨满”就是“通晓神灵意旨之人”（斯莫良克，1991：156）。我国研究者富育光、孟慧英等也持同样观点，认为萨满就是晓彻神明旨意的人。关于赫哲族萨满信仰的记录，主要集中在凌纯声的《松花江下游的赫哲族》和《赫哲族社会历史调查》中，两部著作记录了不同时期赫哲族萨满信仰的现状和特点。

列宁说“恐惧创造神”（《列宁全集》第十卷，2017：392），“野蛮人由于没有力量同大自然搏斗而产生对上帝、魔鬼、奇迹等的信仰”（《列宁全集》第十卷，1958：62）。和其他氏族社会时期的民族一样，生产力低下的赫哲先民在蒙昧和畏惧中，以想象的思维来认识自然、改造环境。赫哲人萨满信仰的产生和内容都与该民族自身的渔猎生产生活方式有密切关系，主要包括两个方面，即宇宙观和灵魂观及由此衍生的一系列自然崇拜、图腾崇拜和祖先崇拜观念。

1. 宇宙观

在萨满教宇宙观中，关于宇宙的结构模式颇具特色。宇宙是一个立体的世界，天分多层，这是萨满教宇宙结构的基本特征。尽管信仰萨满教的北方诸民族对宇宙总体面貌的解释各有不同，但都体现着这一基本特征，赫哲族的宇宙观亦不例外。

赫哲人认为宇宙分三界：上界（天庭）是天神恩都利的活动之所；中界（人间）为人类及天神以外的神灵（色翁）居住之所；下界（阴间）是亡灵及鬼魂（布谢乌）居住之所。赫哲人的神灵信仰也因此而分成三大类，即天神、色翁和布谢乌。赫哲人的天神观念并不明确，只是住在最高层，常人无法抵达。一般族人经常祭拜的较有代表性的天神就是三星神和娘娘神。[①] 色翁是赫哲人最为熟悉的一类神明，一般认为他们活动于山川大泽之中，可以透过梦境向人们索要牺牲和贡品。他们没有好坏之分，可以帮人，也会害人。色翁之间没有主神，赫哲人相信“万物有灵”，因此火神、雷神、风神、熊神、鹿神和石神等都可作为色翁。通常萨满会有自己的色翁作为助手神，称作“爱米神”，常见的有“萨日卡神”“额其和神”等。下界的鬼魂被认为本性凶残，会加害于人。没有经过“送魂”仪式的死者的灵魂往往会游走于下界，化为害人的厉鬼，萨满可以借助“爱米神”与之抗争。赫哲人认为每个人都可以通过祈祷与自己供奉的神灵相沟通，只有萨满才有能力穿梭往来于三界之间，充当人与鬼、神之间的使者和桥梁。后来在满族、汉族及佛教、道教的影响下，赫哲人又产生了七重天、九重天和地狱的观念（张嘉宾，2004：249～265）。

2. 灵魂观

凌纯声在讨论赫哲人的宗教信仰时论述了其灵魂观念，认为赫哲人相信万物有灵魂，而且灵魂不死。赫哲人认为人有三个灵魂：第一个灵魂称“奥任”，是生命的灵魂，人与动物都有，人死后它就离开

---

① 赫哲人的萨满信仰神谱与操满－通古斯语族语言的其他民族有相似的地方，例如满族就有三星神，大水星、大火星和大光星是满族神话中的创世之神。

了肉体；第二个灵魂称“哈尼”，作为思想的灵魂，它能暂时离开肉体，如人在睡觉时，它能与别的灵魂发生关系；第三个灵魂称“法扬库”，所谓转生的灵魂，人死后它即离开肉体，具有创造来生的能力。人死后第一个灵魂（生命的灵魂）消失了。第二个灵魂（思想的灵魂）不灭，它仍然存在，到死者周年或一百天时，请萨满将其送入阴间，即所谓“撂档子”（送魂）。这样，它在天堂、人间、地狱的鬼神之间，就变成一个新鬼。第三个灵魂（转生的灵魂）在人死后把生前走过的路再走一遍，男子必须走七天，女子要走九天再回到死亡地点。在“出魂”之日随勾魂鬼“呼图”回到它的来处去，再转为新生的人或动物。他们相信轮回说，以为好人死后仍变为人，父子相互更替不绝，次者变成家畜，恶人则成蒿秆上的疙瘩，永远不能再投胎为人（凌纯声，2012，114～116）。

关于灵魂不死，恩格斯有过这样的阐述：“在远古时代，人们还完全不知道自己身体的构造，并且受梦中景象的影响，于是就产生一种观念：他们的思维和感觉不是他们身体的活动，而是一种独特的、寓于这个身体之中而在人死亡时就离开身体的灵魂的活动。从这个时候起，人们不得不思考这种灵魂对外部世界的关系。如果灵魂在人死时离开肉体而继续活着，那就没有理由去设想它本身还会死亡；这样就产生了灵魂不死的观念。”（《马克思恩格斯选集》第四卷，1995：223～224）灵魂观是赫哲族萨满信仰的核心观念，他们崇拜鬼神，崇拜自然，相信“万物有灵魂”。万物有灵观念构成了赫哲人萨满信仰的基础。赫哲人相信万物能易形变幻，人也可以变形为飞禽走兽，萨满就是具有这种神通的人。在赫哲先人的观念体系中，自然界中的万事万物都有灵魂，天地川泽、日月星辰、风雷水火、草木虫鱼都由神来主宰，并由此生出自然崇拜、动物崇拜和植物崇拜。“火”有火神爷爷、“佛托玛玛”，并供有使用火的“热马林”神。赫哲族对火崇爱备至，并由此产生许多禁忌。“风”有风神，称“卧杜玛玛”，“雨”有龙神，“雷”有雷公，“闪”有闪娘娘，“山”有山峡神，“房”有房山神。对崇拜这些自然物和自然力，费尔巴哈解释道：“我们说：人们并不是崇拜石头、动物、树木、河流本身，而只是崇拜它们里面的神灵，崇拜它们的马尼托，崇拜它们的精灵，根据便在此。”（费尔巴哈，1953：39）赫哲族认为每种动物都有神在主宰，并因此产生动物崇拜。因为“动物是人不可缺少的必要的东西；人之所以为人，要依靠动物；而人的生命和存在所依靠的东西，对于人来说就是神”（费尔巴哈，1953：438～439）。从事渔猎业生产的赫哲族崇拜各种动物神是必然的。这些动物神有鹰神、鸠神“阔里”、杜鹃鸟形的“克库”、金钱豹神“雅日格”、虎神“塔斯和”、狼形的“布云”、刺猬神“僧格”、水獭形的“珠昆”神、鲸鱼形的“黑额恩木热”神、鳇鱼形的“珠日翟力阿金”神，还有蛇形神“穆依嘎”。除此之外，赫哲人还信奉马神、野猪神、猪神、龟神、鳖神等动物神。因为萨满的神越多代表法力越高强，总计大概有19种之多，加上普通人家供奉的神有十五种，共三十四种，归纳起来为“鸟类二、兽类十三、人形偶十一、爬虫二、器物四、鱼类二”（《赫哲族简史》编写组、《赫哲族简史》修订本编写组，2009：227～229）。赫哲人相信人与动物都有灵魂，且灵魂不死，于是也就相信自己祖先的灵魂不死。他们崇拜和尊敬自己的先祖，称祖先三代为“别布玛法”。每逢春节期间，就把祖先供于西屋桌上，以猪头、馒头等为供品，焚烧“僧其勒”香草以示悼念，并寻求祖先的庇佑。

赫哲人早先还存在着灵物崇拜和偶像崇拜。灵物崇拜是原始宗教发展到相当阶段，较后期的产物。“在许多较原始的部族中，人们身上带着许多个灵物，有防这种病的灵物，有防那种病的灵物，有防猛兽的灵物，有狩猎时能多捕获野兽的灵物等等”（朱天顺，1964：53）。赫哲人的灵物偶像达几十种，除了少数是用铁、银、铜制作以外，多数是用旱柳木、稠李子树等软质木头做成的各种大小不一、规格不同的，形似人、兽、鱼、鸟、蛇等形状的偶像。主要的神灵有爱米神、阔力神、布云神、查尼神、眉合神等。

萨满教从对然物、自然界的崇拜发展到对灵物、偶像的崇拜，进而发展到每个村落、每一氏族，甚至每户都有供奉土地、河神、山神、虫王、龙王等神位的小庙。据凌纯声记录，到了20世纪二三十年代，赫哲族由于受汉族的影响，逐渐用画像和纸马，将其供奉于庙中。狩猎时把主司狩猎的诸神画像带至山中供奉，把祖先的画像或纸马供在西屋墙上。恩格斯说：“一切宗教不是别的，正是在人们日常生活中支配着人们的那种外界力量在人们头脑中的幻想的反映，在这种反映中，人间的力量，采取了超人间力量的形式。”（恩格斯，1965：333）赫哲族的宗教信仰方式，是从原始宗教信仰到现代宗教信仰方式的过渡时期，具有历史性、社会性和群众性，对其生产生活等各个方面都有深远影响。

二　宗教想象与英雄叙事

在原始初民的观念和生活中，宗教信仰和文学艺术是混为一体的，都代表着他们对世界的感知，都是关于客观世界形象思维的认知与表达。萨满信仰支撑并全面渗透在赫哲人的民间叙事之中，对于赫哲族伊玛堪等口头叙事的产生和发展产生深刻的影响。同时，萨满信仰又在伊玛堪生生不息的讲唱中不断传承和强化。因此，宗教和艺术是同体共生的两极，相互作用和支撑着赫哲人的精神世界。伊玛堪中演唱的内容始终贯穿着赫哲人的萨满信仰观念、祭祀仪式等描述，真实地反映了赫哲人丰富的精神世界，同时，史诗讲唱中也弥漫着神圣、神秘的宗教氛围，增添了史诗本身的审美意蕴。

第一，从伊玛堪的产生和发展来看，萨满信仰是赫哲族英雄叙事生发的母体。尽管其成形是在原始社会向阶级社会过渡时期，但其最初的产生与赫哲族的萨满信仰及祭祀仪式有密切关系。与万物有灵、动植物崇拜和灵物崇拜相比，萨满信仰中的祖先崇拜属于较晚出现的一种信仰类型。当赫哲人的先祖在生产劳动过程中逐渐摆脱蒙昧，开始将人与神、人与自然的界线划分出来，并进行动物驯养，到灵物崇拜观念的日渐稀薄，代之而起的是人在自然界和社会组织中自我意识的强化和主体地位的确立，神圣的祖先和英雄崇拜也由此产生。然而在传统萨满观念的影响下，这些祖先和英雄往往具备着萨满的身份和权威，成为祭拜和歌颂的对象。

英雄崇拜在人类社会发展阶段中的存在是广泛而普遍的，如同列维－布留尔在《原始思维》里面的一个公设：人类的思维永远是和处处是同一类型。那些在战胜自然灾害中做出卓越贡献的、在劳动过程中获得巨大成果的、在组织保卫部落财产或为部落征战立下赫赫战功的、为造福众生提供重大发明创造的主体存在，无论他的身份是天神色翁，还是酋长额真，抑或是普通的族人，都会被当作英雄来尊崇和歌颂。也正是由此产生了史诗、传说、祝词、赞歌等民族口头传统表达。赫哲人的伊玛堪中处处渗透着对于先祖英武业绩的盛赞及不断加以神圣化的纯真情感，完成了英雄与萨满合一的建构想象。又如同摩尔根在《古代社会》中将原始舞蹈论述为一种崇拜形式的时候所说的："舞蹈在美洲土著中间是一种崇拜仪式，并且成为一切祭祀所举行的仪式的部分。"（摩尔根，2007）诸多专家学者在调查研究中都发现，伊玛堪的讲唱及其内容也多有萨满祝词，且在渔猎活动之前祭祀祈福时演述。由此，我们可以推测赫哲人的歌唱也与宗教祭祀密切相关。

"过去赫哲人的观念认为，这些故事不仅仅是讲给人听的，它们更是一种传统，一种礼仪，是献给灶神、家神、各种自然神，献给山林、水泽、渔猎之神，献给林中的鸟兽、水中的游鱼，献给周围的大自然的，他们（它们）都喜欢听人讲故事。这样他们（它们）就会还报给人以健康、好运和收获。赫哲人认为一个故事能手只要在雪地上画上一道兽迹，并在附近设上猎兽的窝弓夹弩之类的器械，就一定能有所收获，因为对于这样以歌唱传达崇敬，娱乐神明的人，大自然一定会给予丰厚的回报。每当举行那些危险的、运气的决定作用比较大的狩猎活动时，更是少不了说唱和故事。到了春天开江后的鳇鱼、鲫鱼汛期，或是秋天大马哈鱼的鱼汛季节，赫哲人总要在一起听歌手们讲唱'伊玛堪'和'特仑固'，先是祭江神、水神和火神，然后举行故事说唱比赛，每天晚上讲唱之声不断……他们一方面要用自己的高超技艺使听众折服，另一方面则要用自己的故事和歌声取悦于无数神灵。"（徐昌翰、黄任远，1991：17）因此，在赫哲族渔猎人民中传唱的伊玛堪，在一定时期的确是被当作原始信仰的一部分来看待的。

同时，伊玛堪中出现的许多神奇形象及情节构成都同萨满文化观念紧密相联，伊玛堪的基本唱调——"赫里勒调"深受"萨满调"的影响。伊玛堪演唱时整个场面也具有浓重的跳萨满的味道（马名超，1981：480）。"凡此种种表明，赫哲族伊玛堪的古老的核心部分同萨满文化有着深刻的联系。作品从情节结构的普通模式到人物形象的共同特点，从结构人物关系的普遍方式到通过叙述、人物语言和人物行为反映出来的思维持点，从演唱语言曲调到演唱环境气氛都使我们想到作品于出现之初很可能是一种特殊的、迄今为止尚不见有人论及的古老的萨满英雄故事。”（徐昌翰、黄任远，1991：19）

赫哲人谱写有神灵庇护保佑的英雄赞歌，记录了弱势群体对现实灾难的无奈和反抗，塑造了萨满世界里理想的英雄形象。伊玛堪里说唱着残酷的血族复仇的奇异故事，布满了正义与邪恶两派对立的精灵。长久以来，萨满信仰世界的人们都在调动自己征服大自然的潜在能力，但是难以摆脱依赖神灵取胜的信仰观念的桎梏。萨满世界的全部斗争几乎都像萨满跳神一样，在神灵面前旋转、盘桓，颠颠扑扑，以此来与神灵进行沟通和祝祷。

第二，萨满信仰为英雄史诗提供叙事逻辑和动力。我们所说的叙事逻辑就是组合叙事要素的方式和规律。在叙事文本中，叙事逻辑主要通过叙事结构或叙事方式体现出来。不同的叙事结构和叙事方式可以达到不同的叙事效果，深化或拓展叙事内容。法国著名叙事学家布雷蒙在论及叙事序列的时候曾经论述过功能与功能之间的逻辑关系。叙事的基本序列由三个功能组合而成：第一个功能以将要采取的行动或将要发生的事件为形式表示可能发生变化；第二个功能以进行中的行动或事件为形式使这种潜在的可能发生的变化变为现实；第三个功能以取得结果为形式结束变化过程（布雷蒙，1989：154～155）。也就是说构成整个叙事的各个功能之间按照一定的逻辑形成序列，而萨满信仰对于伊玛堪的叙事而言，就是使每一个人物行为成为一个叙事单元，并且为情节之间的序列提供民族成员共享的文化背景范围内有效的解释依据，从而在一个叙事单元完结之后，推进另外一个叙事单元的发展，形成叙事的有效性和连续性。在听众的期待视野中制造陌生化的叙事效果，进而在矛盾的化解中推进叙事。

以《满都莫日根》为例，在父母被掳走、妹妹失踪之后，满都终日疯癫，以这一个叙事单元的终结制造出使受众产生合适心理距离的期待视野，同时开启下一个叙事单元，即失踪的妹妹满津德都忽然出现，并点化哥哥去为父母报仇。这两个叙事单元之间的联结就是满都失踪的妹妹满津德都出现，以唱词的方式对自己的经历进行解释：

当年我们年纪还很小的时候，阿爸阿妈就让仇人抓走不知在哪里。

你是咋度过这么多年的呦，妹妹年幼怎知道哥哥的孤苦凄凉？

在库迟卡玛玛和库迟卡玛法身旁度过这些年，今日才得回来与哥哥重相聚。

（黑龙江省民间文艺家协会，1997：6）

在对话里面就交代了自己的去向和如今回来的原因。其中“库迟卡玛玛”和“库迟卡玛法”就是山核桃树中的神灵，是基于赫哲人萨满信仰万物有灵观念衍生的神灵。这一解释联结了前后两个故事情节，同时推进叙事的进一步发展。凡此种种在伊玛堪的叙事过程中比比皆是。勇士不仅依靠自身的力量战胜敌人，它们还利用萨满的巫力施展神幻之术，克敌制胜。在莫日根孤独软弱之时，神灵常送来神药使其增进神力，派遣避世修炼的女性前来救护照应；在莫日根生命垂危之际，神灵常亲自诊疗，使其起死回生。神灵的呵护是无微不至的，它们赐给英雄稀世宝器，使其一次次大显神通；它们在英雄走投无路时，托起英雄跨越河海、踏上云端，帮他除妖斩魔；它们还在梦中示警，告诫英雄防备阴谋和不测，指点英雄获取成功的妙策。

赫哲先民在观念中认为自己和周围的草木一样同属于自然界，没有等级高下之分，物我之间甚至可以相互自然转换。在他们建构的文学世界里，一切存在物都是拟人化的、富有生命力的。“变形”的奇异幻想往往在叙事矛盾集中的时候被推向高潮并提供合理结局。英勇的希尔达鲁莫日根可以和骷髅头阔挠勒米亚特结拜成兄弟，互相帮助，山间的神兽乌鲁古力、白天鹅和野猪、金鹿等在受到攻击的时候都可以喃喃自语，甚至模仿人类嘲讽对手的自不量力。萨满妻子在莫日根丈夫遭遇险境的时候可以变身金色的“阔力”和敌人在空中交战，帮助莫日根丈夫脱离险境。

萨满神话观念中的变形观念是十分发达的。既然天地间的万物都各具一个或几个灵魂，而且灵魂可以暂离原来寄托的躯壳而托身于另外的躯壳，那么，这也就等于说，同一灵魂可以依托不同的外形而存在。比如人的灵魂可以依托于人形的脑壳，这时它就是人；但这个灵魂也可以依托于任何一种兽、鸟、虫、鱼的躯体，这时它就成为一头鹿、一匹马、一条鱼或者一只小鸟。这种观念的自然而然的衍生物便是发达的“变形”观念。

过去的许多调查记录，如洛帕金、施腾伯格和阿尔谢尼耶夫撰写的调查材料中，都曾经谈到“赫哲人（戈尔德人）的宗教观念中相信几乎每一个萨满都有这种变形的能力。反映在赫哲族的口头文学中，变形现象也极为普遍。主人公的变形能力几乎是与生俱来的，不需要经过任何特殊的传授。他的不同的变化不是一个真身与无数其他化身的关系，而是一个灵魂所选择的不同形式的存在之间的关系。从真身到化身的变化需要某种本领来帮助他跨越一道由真到假、由本到化的界线。然而萨满文化观念中的变形却表现为所有的形态都是平等的存在形式，是同一灵魂的无数可能的寄托形式之一。”（徐昌翰、黄任远，1991：60）

总之，萨满信仰中的幻想是伊玛堪创作的起点和动力。伊玛堪巧妙地利用了不胜枚举、变化多端的奇诡幻想，以此安排人物的行为和命运，使故事充满了意义深刻的想象和揣测，按照以萨满信仰为基础的观念逻辑组织情节单元，完成叙事。

第三，赫哲人的萨满仪式习俗为英雄叙事提供了丰富的内容，增加了叙事的审美意蕴。除了观念层面，伊玛堪中对萨满信仰体系中仪式习俗的描写也随处可见。凡此种种，伊玛堪把神奇景象、神异形象、神幻行为，伴随莫日根的远征，展现在我们面前。它遵循的萨满信仰中的仪式习俗，不但向人们提供了一些宗教形象和宗教行为，而且利用它们对整个故事进行诠释。

寻找哥哥的香叟莫日根在出门前对着家神祷告：

赫哩啦赫哩啦改赫雷——
赫哩啦啦赫哩啦——
我煞楞（形容做事麻利）的哥哥，
你已经走了十天了，
直到现在还没有信儿，
是吉是凶也不知道。

我说木头神哪，
你们替我好好看家吧。
我要顺着脚印找我的哥哥去啦！
你们要是看不好家，
我回来就打你们一百条子！

（黑龙江省民间文艺家协会，1997：123）

这段唱词描写了赫哲人在家里供奉斯翁神的习俗，是萨满信仰发展到灵物崇拜时期的祝祷场面的再现。在唱词中，人与神的关系并未表现为宗教中常有的崇敬和畏惧，而是充满了实用主义的色彩，神被供奉并被要求，体现出在赫哲人萨满信仰中较为独特的人神关系。

此外，血亲复仇成功的英雄满载而归，都会在家乡举行盛大的祭祀仪式，场面壮观热烈，振奋人心。香叟莫日根为父母报仇后回到家乡酬神，他让自己的十个猎手去猎来“百只梅花鹿，百头狍子，百只野鸡，百头野猪……”作为祭祀的供品，“肉煮好以后，盛在桦木盆里，端到托落下面的神桌上，供奉起来”（黑龙江省民间文艺家协会，1997：205）。

他的嫂子和妻子，都穿上神衣，戴上腰铃，戴着神帽，拿着神鼓，跳起萨满舞。香叟把各种肉往空中扔去，口里喊着各位神灵的名字，祭祀神灵。

祭祀完了，他们一起走上大路，围着圈儿，跳了起来。全村的百姓也都跟在后面跳起来，绕着村子里的路跳了三圈儿，又回到他家的托落跟前。

香叟跪在前面，德都（对赫哲族女性的称呼，在伊玛堪中较为常见，日常生活中较少使用）们和全村老幼依次在后面跪下磕头。香叟拿刀子割肉，又洒酒祭祀一番，才算结束。

（黑龙江省民间文艺家协会，1997：205）

伊玛堪中对于祭祀神灵的情节描述，再现了赫哲人盛大的宗教活动场景，使整部史诗带有集体狂欢的神圣性和神秘性。类似的情节描述在伊玛堪中随处可见，极大地提升了伊玛堪的审美表现力和感染力，更容易唤起同样信仰背景下受众的情感共鸣。

同时伊玛堪充满了与宗教文化同一的内容和象征符号。那些如今看来荒诞不经的奇迹、扑朔迷离的形象在讲述中被当作民俗知识和经验被传承和固定下来。例如请神祝祷、酬神祭神、异能的妻子、阔力变形等母题，都是将萨满仪式活动细节转换为故事的叙事情节。因此，在一定意义上萨满信仰可以视为伊玛堪叙事的河床，与伊玛堪叙事的流动前行彼此对应，宗教信仰与故事形象之间有条不紊地进行着某些隐喻功能的转换，最终在推进叙事节奏和宏观的史诗口头演述中，也使仪式象征所包含的深层含义根植于民族的文化土壤之中。伊玛堪的世代传唱和讲述过程，也正是赫哲人萨满信仰和仪式不断模式化、传承和演变的过程。例如萨满最初是女性，在凌纯声《松花江下游的赫哲族》中的赫哲故事中到处都有女萨满的身影，反映了母系氏族社会时期赫哲族萨满信仰的特点。《达南布》中的“竹尔杭阿”老祖师、《阿尔奇五》中的“高米尔金妈妈”圣母、《杜布秀》故事中“紫热格尼妈妈”能未卜先知等。这一切表明，萨满教中最初只有女萨满，其后才有男萨满并逐渐增多。女萨满的神术有时比男萨满大。随着母系氏族社会向父系氏族社会的过渡，男性萨满才渐渐增多。

这种带有情感与想象的精神世界与现实世界联通的宗教想象，充斥着整个民族神话和史诗讲述，滋养和丰富着民族文化。随着社会的发展和进步，理性思维和科技知识的发展，颠覆和解构了传统社会中天地人神和谐统一的意义秩序。人类逐渐以全新的思维方式审视外界，这就使我们在解读原始先民的文化创造时产生误区和迷茫。然而正如恩格斯所说：“即使是最疯狂的迷信，其实也包含有人类本质的永恒规定性……”（《马克思恩格斯全集》第三卷，2002：520）我们一度谓之“迷信”的原始宗教和信仰恰是原始先民对自我之外的客观世界最本真的认识，反映了他们的情感、思维和行为逻辑。只有在了解其宗教信仰的基础上，才能认识和理解他们的精神世界，进而解读在那个特定时空中所产生的文化现象和民族叙事。

第三节 赫哲族的口头传统

“所谓‘口头传统’包含两层意思，广义的口头传统指口头交流的一切形式，狭义的口头传统则特指传统社会的沟通模式和口头艺术（verbal arts），民俗学和人类学意义上的口头传统研究通常是指后者。口头传统是一个民族世代传承的史诗、歌谣、神话、传说、民间故事等口头文类以及相关的表达文化和其他口头艺术。”（朝戈金，2006）我们所说的少数民族的口头传统有两层含义，即“口头的”和“传承的”。赫哲族有语言，无文字，以削木裂革、插草结绳记事。赫哲族大部分生产生活经验、历史文化传统、仪式信仰、习俗等都以口耳相传的形式被世代承袭。在漫长的共同体演进和形成过程中，在与大自然的妥协和抗争中，赫哲人以自己神奇的想象缔结着对自然和自身的情感和认知，创造了大量灿烂动人的口头文学样式，积淀了深厚悠远的口头传统，其中包括大量民族神话、英雄史诗“伊玛堪”、民间传说“特仑固”、民间故事“说胡力”和民间歌谣“嫁令阔”等，① 还有一些包括乐器、舞蹈、体育项目、造型艺术等非语言的艺术形式。其中，英雄史诗伊玛堪是较为古老的一种带有语言、文学、历史、宗教等复合性质的艺术体裁，讲唱结合，全方位展示了赫哲先人的历史文化生活，可以称作负载着民族文化、民族历史的一部“活书”。一方面，英雄史诗的产生体现了民族以人为中心的主体意识逐渐滋长和强化，另一方面从文化积淀的角度来看，丰富多样的民族口头传统积累为英雄史诗的产生、发展和成熟提供了必要的准备条件。因此，我们要了解一个只有语言而没有文字的民族如何创造、传承了篇幅宏伟的英雄史诗，揭示史诗产生、发展和传承的进程和规律，首先就要了解其产生的社会基础。

---

① 本节简要介绍赫哲族的几种文学样式，作为伊玛堪产生的民族文化背景与积累，为揭示和理解其创编方式与宏大规模作铺垫，详细的文类阐述与代表性篇目参见徐昌翰、黄任远，1991。

一　作为民族口头传统源头的神话

在赫哲族漫长的历史发展过程中，神话一直是一种十分重要的精神文化现象。赫哲先民认为，神话并非荒诞不经的神怪故事，而是经由客观现实"验证"过的可靠历史，超越了赫哲族口头文学的范围，而在民族发展的历史过程中具有比文学更为广泛和深刻的意义。

正如神话在一切现代民族的生活中依然以多种方式不同程度地发挥着作用一样，神话也不同程度地存活于赫哲族生活的方方面面：它渗透于民族的思维方式、生活习俗、文化心理、道德伦理、行为规范等各个方面，以及各种样式的口头文学之中。可以毫不夸张地说，时至今日，赫哲族的日常生活中，神话叙事逻辑依然对其理解世界、形成价值观和建构民族精神起到或隐或显的规范作用。比如当下，有赫哲人认为自己是大马哈鱼的后代，就与一则祖先神话"赫哲人与大马哈"有关联，而这个神话情节又与赫哲人靠水而居的生存环境密不可分。赫哲人也有各民族都普遍存在的天神创世神话《恩都力造人》《太阳和月亮》，洪水再造神话《姐弟俩》（贾宏斌，2002）。这些都是在民族与自然环境互动过程中产生的瑰丽想象，也是认识世界与自我关系的知识体系。

赫哲神话是一种具有独特起点和发展轨迹的文化样式。它以赫哲先民奉为"神圣经典"的赫哲古代神话为核心，以萨满崇拜观念为基础，经过世代人在特定的生产方式和文化环境中长期不断的创造发展，终于成就为一个独具特色的神话体系。无论是赫哲人的古代神话观念，还是赫哲族的萨满神话，抑或是晚近时期大量发展起来的具有复杂文化构成的神话故事，在内容上都同孕育它的黑龙江、松花江、乌苏里江一带的独特的三江地理环境和三江渔猎文化密不可分。

大量丰富的神话观念、神话母题和相对而言发育不够饱满的神话故事结构，构成了赫哲族神话体系存在形态的重要特征。万物有灵、图腾崇拜、变形、宇宙分三界构成、地理方位与善恶观念相联系，灵魂脱离躯壳独立存在、独立活动，萨满具有过阴通神的神异能力……凡此种种观念，无不说明赫哲族神话观念是一个相当发达的体系。在赫哲族口头文学作品中，我们可以看到宇宙起源、创世、造人、洪水、姐弟联姻、英雄神异诞生、死而复生、人与动物结合诞生后代、萨满过阴追魂等丰富的情节与母题。但从另一方面来看，这些观念与情节的存在，却往往采取了零星的、散落的，有时甚至是相互矛盾的朴素形态。它们很像散落于各处的断简残篇，缺乏体系。赫哲族找不到结构发达完整的创世神话、宇宙构造神话、诸神谱系神话等。这种繁杂凌乱的神话组织状态与赫哲族萨满信仰特点是密不可分的。从历史和文学角度考证，赫哲族的萨满崇拜同样缺乏规范性和系统性，属于发育不完全的原始信仰。其祭司阶层不发达，尚未出现专职的萨满，而且父系氏族社会的历史相对短暂。加之历史上氏族内人口流动性强，外姓迁入和氏族分迁频繁而使传统难于保持，信仰的持续性和连贯性不足。因此，许多研究者认为赫哲族的神话是不发达的口头文学样式。尽管如此，神话也为后来的伊玛堪的产生和发展奠定了素材基础，为其情节拓展、空间想象提供了素材，具有重要意义。

二　民间传说“特仑固”

在赫哲族口头传统中，传说故事“特仑固”是一种极为重要的叙事形式。“特仑固”一词广泛流行于黑龙江、松花江、乌苏里江及至俄罗斯远东地区这片广大土地上的几乎所有操满-通古斯语族语言的民族，如赫哲族、那乃族、乌尔奇族、奥罗奇族等。需要强调的是，尽管“特仑固”在形式或内容上与一般的民间故事没有明显差异，不同的是“特仑固”追求的是事实的真实可信。“特仑固”一词本意就有“关于真实事件的故事”，不过判定其内容是否真实的标准很大程度上取决于主观的认定。

从形式上看，“特仑固”是一种内容广泛，篇幅短小，完全靠讲述而不以咏唱方式完成的口头叙事文学样式。一般在讲述时它们不含有任何禁忌色彩，讲述的对象不分男女，也不分成年人或儿童，没有什么需要避讳的规定。讲述场合较为随意，网滩猎场、村边、炕头、白天、黑夜、劳动间隙或茶余饭后，群众聚会时“特仑固”总是少不了的内容。它还担负着向小辈传达老辈人历史经验和世界观的使命，常常遇事就引出一段，讲古喻今，教育青少年和儿童。尤其在渔猎活动中，如果有刚参加的新手，人们一定要给他们讲好多“特仑固”，例如如何对待各种野兽，如何遵守山里的规矩，应该怎样对待神灵，举出“实例”来说明在各种场合遇到不同情况的行为规范等。

较之口头传统的其他各种形式，“特仑固”的本质特征之一就是它同事实之间的联系。在赫哲人的观念中“特仑固”是一定要以“事实”为根据的。为了达到令人深信不疑的目的，“特仑固”中常使用一些特有的方法，如神灵托梦、引证历史，或由第一人称以目睹的口气进行讲述，等等。“特仑固”自然是被先民作为真实来接受的。这种特点在许多关于族源和祖先的“特仑固”、关于萨满的“特仑固”、关于山川风物的“特仑固”以及其他“特仑固”中都明显地表现出来。然而随着历史的发展和时代的变迁，以及赫哲人对世界认识能力的不断增强，过去在“特仑固”中建构的真理与在实践中发生的事实出入加大，使在人们头脑中它同一般神幻故事之间的界限越来越模糊，其“历史教科书”的意义越来越小，而审美意义和浪漫主义特征逐渐占据重要地位。

赫哲族口头传统中相当一部分具有神幻色彩的故事正是在这样的背景下逐步发展起来并从“特仑固”中分化出去的。“特仑固”同“伊玛堪”有许多共同的主题和情节。许多关于族源和英雄的传统故事，在“伊玛堪”和“特仑固”中同时有所表现。但是“特仑固”和“伊玛堪”又有不同，二者有着严格的区别。在表演形式上，“特仑固”没有唱段，完全是叙述，没有“伊玛堪”那种“唱着说”或者“说着唱”的特殊腔调，也没有“伊玛堪”开唱时那种拉长声的起调。“特仑固”在表现手法上讲述较为平实，不用具有强调意义的修辞反复或情节反复，不用什么形象的拟音手法。在赫哲族口头传统中，“伊玛堪”是一种较为古老的叙事形式。最初，民族的神话观念和神话母题正是通过“伊玛堪”这种形式得以表现和流传的。从统一的口头叙事形式“伊玛堪”中逐渐分出“特仑固”这样一类以“事实”为叙述对象的作品，体现了人们已开始注意到并逐渐把生活真实与创作幻想二者区分开来的过程。“伊玛堪”与“特仑固”之间的不同，在经过长期历史发展之后，今天已变得愈益分明。这可以从赫哲人对待它们的不同态度、表演时的不同方式以及二者的不同风格中清楚地体现出来。二者包含着许多相近的或共同的母题、情节和人物形象。按照题材，

“特仑固”大致可以分为四类，即关于动物和渔猎生活的传说故事、关于族源和民族历史的传说故事、关于地方风物习俗的传说故事和关于萨满的传说故事。传说故事涉及的这些事物大到三月三和九月九跳萨满、跳鹿神的风俗习惯，小到口衔琴的演奏、“刹生鱼”的制作，举凡节令庆典、婚丧嫁娶、起居饮食、娱乐游戏，都能在传说中找到一些有关本身起源特色的说明。

按照文学的发展规律，我们可以推测“特仑固”作为民间传说出现时期较晚，受“伊玛堪”的影响较大，然而从历史的具体的发展进程来看，当“特仑固”逐渐分化成为一种独立的体裁时，“伊玛堪”在民族内部的讲述和传承并没有停止。从现有搜集整理的伊玛堪文本来看，后期的“伊玛堪”中也出现了远离神幻，更贴近现实的情节，如凌纯声采录的《一新萨满》，尽管体制上仍为讲唱结合的形式，但在内容上与“特仑固”中的萨满传说已经相差无几。由此可见，二者之间的关系是相互作用、相互丰富的，共同走向更为成熟完善的叙事阶段的口传文学样式。

三　民间故事“说胡力”

如果说人们头脑中的事实与故事之间的同一性是“特仑固”存在的基础的话，那么人们头脑中事实与故事的分离则是“说胡力”存在的基础了。

“说胡力”一词不仅存在于赫哲族，还存在于一些与它相近的操满－通古斯语族语言的民族，如我国的通古斯鄂伦春族、俄罗斯境内的那乃人之中。那乃语的“说胡力”，不仅具有故事的意思，还具有“外来故事”“外族听来的故事”等意思，那乃人过去用它来表示那些据认为是从满族、俄罗斯族等其他民族吸收来的作品。这些外来故事对赫哲族、那乃人口头文学的发展起到了巨大的作用。许多外来的题材和情节已牢牢进入民族特色最强的叙事形式——“伊玛堪”和“宁曼”（那乃人的说唱文艺），成为它们有机的组成部分。在赫哲族、那乃人文化的长期作用下，外来故事与非外来故事之间的界限已逐步消失，以至今天在我国的赫哲族中几乎已经无人知道或者关注历史上“说胡力”一词的本义是“外来故事”了。

“说胡力”这一名称的存在，说明吸收外族故事使之在本民族流传的现象，在黑龙江流域的操满-通古斯语族语言的民族中曾经具有普遍性。它从一个方面说明黑龙江地区民族文化尤其是口头文学发展的格局。吸收外族故事的方式在赫哲族的故事乃至整个口头文学的发展中，起着十分重要的、不可代替的作用。它给民族的口头文学不断注入新鲜血液。不同文化间的融合发展本就是文化变迁的基本现象，并不必然把故事按来源划分为“外来的”和“土生土长”。于是另一种对“说胡力”的理解——“讲瞎话”“没有根据的故事”——便发展了起来，成为赫哲族中“说胡力”一词的新意思。今天的赫哲人已经意识不到“说胡力”会是什么外族传入的故事，而且事实上他们就在直接产生着自己本民族的“说胡力”。

故事（“说胡力”）是今日赫哲族口头叙事文学中最活跃的成分。它数量众多，短小精悍，易于流行。赫哲族故事能手吴连贵说过：“我们的‘说胡力’是从三江水中生长出来的。每当捕鱼打猎回来，大家围着篝火取暖休息，总要有人讲上几个‘说胡力’，乐一阵，笑一阵，卸掉一天的疲劳。”这些故事篇幅长短不一，以短小精悍的居多，常常是“一袋烟”的工夫就能讲完，长的较少见。它的内容非常丰富，几乎包罗万象。乐观精神、幽默感、爱憎分明的感情色彩、同现实生活的密切联系，以及主题和题材的广泛性构成了它内容方面的一些重要特色。从题材内容上看，“说胡力”一般分为动物故事、英雄故事、萨满故事、渔猎故事、生活故事和爱情故事等。

此外，值得一提的是“小唱”故事。在“说胡力”中划分出这样一类故事，它所依据的标准并非内容方面的，而是纯形式方面的，因此它和前面已经讨论过的各类“说胡力”并不处于一个分类角度的层面上。故事的主体仍然是散文，仅在其中插入了若干唱段而已。赫哲人把这些带有唱段的故事称为“小唱”，以区别于“伊玛堪”大唱。绝大多数“小唱”故事同“说胡力”之间有着更多的一致性，因此把它们划入“说胡力”中似更合理。

小唱故事主要流传于妇女之中，内容多为家庭生活里发生的事。其中的唱段同伊玛堪唱段一样，主要表现是人物独白。但这些唱段的感情色彩十分浓厚，尤其是悲剧色彩浓郁，抒情性大于叙事性。这些往往以妇女们熟悉爱唱的现成小曲的调子唱出，每个小曲原来又都有自己特别的“衬词”：有的以“白本出”为衬词，有的以“耶林出”“匡格尔当”“苏苏”“匡库鲁达”等为衬词，相当于汉族民歌中的“依儿呀儿喂”之类。只是赫哲族歌曲中的衬词不是位于歌词句末，而是位于歌词之首。这些曲调就以衬词为名，所以有“白本出调”、“耶林出调”、“苏苏调”和“匡格尔当调”等。故事也往往以衬词得名，如有的“小唱”故事叫“苏苏”，有的叫“耶林出”等。后来我们在界定伊玛堪体裁的时候，因为其讲唱结合的形式，也有人将“小唱”列入其中，但是一般赫哲族人并不认同这一说法。不过不能否认的是，其中衬词的使用对后来伊玛堪中唱段的韵律也有借鉴意义，产生了积极的影响。

四　民间歌谣“嫁令阔”

赫哲族歌谣从演唱功能上可以分为三个类型。一是具有仪式功能的“嫁令阔”。“嫁令阔”是在赫哲人婚丧嫁娶、祭祀、举行萨满仪式等场合乃至其日常生活中一定的礼仪场合（如迎客、敬酒、欢庆节日）所唱的歌，内容上带有个人即兴表演的性质。婚礼上的《祝福歌》、新娘子唱的《怨嫁歌》、三月三和九月九跳鹿神时所唱的萨满歌等，也都具有极大的随机性，基本上是即兴编唱，难以保存。

二是具有叙事功能的“嫁令阔”，如古歌、赫哲迁徙歌等，在赫哲民歌中并不多见。这是因为叙事歌的内容一般不容随意更改，要求稳定准确，而且篇幅较长，不便于记忆和流传。此外，对创作方面的要求也较高，往往只能出现在某些天赋和修养都较高的歌手的演唱中。

三是具有抒情功能的“嫁令阔”。这是赫哲民歌中数量最多、内容最复杂的一种。它主要包括“伊玛堪”中的人物抒情独白唱段，大量渔歌、猎歌，各种悲调、喜调，主要流传于妇女中的爱情歌曲，等等，表现了赫哲民族不同时代的心声。它们主要用于倾诉男女相恋之时离别相思之苦，诉说旧社会艰难生活的悲苦之声，抒发新中国成立后崭新生活的幸福之感，以及对美好未来的热烈追求。它们形式多样，内容丰富，曲调婉转优美，修辞手段发达，代表了赫哲民歌艺术的最高成就。

“嫁令阔”中丰富的民歌唱调包含着“伊玛堪”中的某些唱调，同时其外的一些唱段也被纳入“伊玛堪”的演述之中。“嫁令阔”中常见的这类衬词有“赫尼”、“赫尼哪”、“赫尼哪哪”、“赫尼哪给赫勒”、“赫尼哪来赫尼哪”、“得得得——阿尔哪”、“赫改改——嘎嘎嘎改根”、“合日合日”、“那尼那尼”、“咳罗罗”、“阿唧”和“改根”等。它们一般出现在歌曲的开头、每一歌段的开头或某些歌句的结尾处。为歌手的即兴创编述提供了积极的歌唱素材和程式，也为“伊玛堪”曲调的丰富和发展奠定了基础。同时，其独特的艺术特色还较集中地表现在内容上歌词充分运用起兴、比喻、反复等手法，加强了情感，更易引起共鸣，这也被借鉴到“伊玛堪”的唱段之中。

任何一种完善的文学样式都不是一蹴而就的，作为民族史诗的伊玛堪在不断的流传和讲述中受到了多重的文学滋养，才形成了今天我们所领略的鸿篇巨制，主要体现在以下三个方面。

在内容上，伊玛堪最初的情节和母题都源于民族神话。万物有灵、图腾崇拜、变形、宇宙分三界构成、地理方位与善恶观念相联系、灵魂脱离躯壳独立存在、独立活动，萨满具有过阴通神的神异能力、英雄神异诞生、死而复生……凡此种种大量丰富的神话观念、神话母题为伊玛堪的讲唱提供了丰富的素材，成为伊玛堪歌手取之不尽、用之不竭的资源宝库。

在叙事技巧和风格上，随着叙事文学样式的增多，叙事技巧也不断成熟。伊玛堪中倒叙、插叙、补叙等手法的交叉运用，叙事视角自然转换，叙事手法不断丰富发展。在叙事技巧上，伊玛堪有着史诗普遍的特点，即讲述讲究“修饰性”和“加花点”，成为“音都鲁”，就是“形容着说”。作为口头文学，史诗的一个基本特征就是细节的膨胀，讲述中要求有较强的情节性。这些目标的实现一方面依赖于歌手讲述技巧的不断进步，同时，也要归功于后来的“特仑固”和“说胡力”等单纯讲述性口头叙事的发展和成熟，其动人的情节、生动幽默的语言、丰富的讲述风格都成为“伊玛堪”歌手不断吸收的养分。

在曲调上，赫哲族的民族歌谣“嫁令阔”对其唱段有着丰富和发展的重要功能，体现在曲调的丰富，衬字的使用，起兴、重复等修辞手法的借鉴，即兴的演唱等方面。也许有一些曲调和唱腔，我们已经无法辨识最初产生于哪种体裁之中而流向另一种体裁，但可以肯定的是二者之间呈现较为统一的艺术追求，并互相影响、补充，共同发展。

作为民族的口头传统，各类口头文学样式之间本没有严格的界限，只是学者为了研究便利，增强可操作性，便以一定的标准进行概念的建构和区分，其本身就是浑然的一个有机整体伴随民族历史的发展变迁，相互碰撞、融合，补充和完善。一个优秀的“伊玛卡乞玛法”往往同时又是故事能手和歌唱能手，最鲜明地体现了民族口头传统自身的自足性和整一性。伊玛堪自出现之日起，就带有原始艺术的共有的综合性，受到了其他口头文学样式的滋养和影响，经过“伊玛卡乞玛法”的世代讲唱、不断积累和完善，最终成为今天我们看到的鸿篇巨制。清楚了这一点，我们就能看到伊玛堪从最初到如今的形成过程。随着社会语境的转变，伊玛堪的演述正面临人亡歌息的险境。伊玛堪作为由文化层累成的皇皇巨著，如今又在现代性洪水的冲击下慢慢呈碎片化。相对完整的伊玛堪全貌我们只能在录音中回顾与想象。从某种意义上来说，这种文化的传承断裂似乎是不可逆的，然而非物质文化遗产的制度设计，让它再次有机会以历史记忆作为桥梁和依据，以现代制度和技术为动力和资源，重新寻觅到返回赫哲族现代生活的机会。

第三章

书写与传统：伊玛堪的文本类型

对于有悠久历史的书面文学传统的民族和新近才有作家文学的民族，口头传统的意义和地位是不同的。在有语言没有文字的民族中，诗歌信仰和风俗习惯等形式保留下来的民间口头传统所具有的地位不啻书写在纸张和羊皮上的经典。面对书写文化的冲击，“口头传统”的呈现方式也受到挑战。许多学者都在尝试通过对口头传统的研究，在“口承”和“书写”这一对充满创造性张力的二元概念之间建构一个平等的桥梁，这是东西方口头传统诗学研究需要共同面对的理论问题。

赫哲族世居我国北方三江流域，地理位置相对偏僻闭塞，在新中国成立前仍然保留着原始民族社会组织形态和生产生活方式。作为一个有语言无文字的少数民族，赫哲族创造了丰富的口头传统。伊玛堪作为其代表作品，展示着民族的历史、文化、信仰、艺术和语言构建的精神花园。随着新中国成立后现代化脚步的加快，民族间生产和文化交流增多，外来文化的碰撞和书写文化的渗透使民族“口头传统”迅速萎缩，陷入人亡歌息的危险境地。我国学者分别在 20 世纪 30 年代、50 年代和 70 年代末期对赫哲族聚居区域进行了社会调查，在一定程度上记录了百年间民族的发展和从民族社会进入现代社会的历史性转折，在此过程中关于伊玛堪的采录和研究，成为今天我们了解这个民族历史文化的重要线索和其实现民族文化自觉的主要手段。伊玛堪的文本化过程中不同社会阶段的采录文本对比也为我们研究和检讨从“口承”到“书写”进程中的概念运用和方法评价提供了具有典型意义的对象。本章试运用“民族志诗学”理论中的“文本”概念和分析方法，重新评估伊玛堪文本的写定过程及其写定方式，明确伊玛堪文本与叙事传统、语境之间的互动关系，也为后面几章中基于文本分析的程式和母题隐喻的文化阐释提供论证的前提。本章力图达到两个目的：①实现对伊玛堪文本类型的界定；②检讨伊玛堪从“口承”到“书写”的文本迻录过程，重新审视口头传统的审美价值。

第一节 “文本”与“史诗文本”

帕里-洛德理论（又称“口头程式理论”）对“荷马问题”的索解引发了20世纪西方知识界对于无文字民族“口头传统”的再发现，继而引发了20世纪60年代以来欧美学者对19世纪以来民俗学研究的许多观念进行反思，反思对象也主要集中于“口头传统”[①]研究的几个关键问题：口传文学的创作与表演，作者与文本，传统与创新，口传文学的文本记录与现代民俗学田野工作的科学理念，民俗学文本与文化语境的关联，口传文学的价值判断，口传文学与书面文学的双向互动，口头传承、书写传统和电子传媒的传播学意义等。这种人文社科领域跨学科的反思在揭示以往认识误区的同时也预示了新的学科走向。需要说明的是，以“帕里-洛德理论”及此后的“表演理论”和“民族志诗学”理论都是基于活态的口头传统的田野调查而进行的经验性研究，不可避免地面临“口头传统”文字化的书写过程。这种口头传统的书写形成的文本对以《荷马史诗》为经典范例的西方古典诗学研究中的“文本”概念提出了挑战。我国史诗蕴藏十分丰富，尤其珍贵的是许多活形态史诗依然存活于少数民族生活之中，为我国的史诗研究提供了珍贵的独特素材和对象。同时，面对现代性冲击，我们如何去保护和传承史诗传统，也是我们实现民族文化自觉、保持文化多样性不能越过的重要课题。面临着“口头”逐渐被“书写”接替的

---

① 民间文学、口传文学、劳动人民的口头创作、大众文艺、口头传统、口头及非物质文化遗产等概念在中国的提出有其特定的历史背景，但是它们都属于民俗学的学科领域，在本书论证中不作具体区分。

局面，又寄望于最大限度地在“书写”中保存“口头性”、实现二者之间的等式性转换，西方知识界关于“文本”“文化书写”等的概念为我们提供了系统和有效的概念工具，然而任何文学形式都是根植于特定的文化传统之中，有其自身特色的，因此我国的史诗研究需要实现概念和方法基于本土口头传统的转换应用。同时作为一个个案研究，笔者希望通过对赫哲族的口头文学伊玛堪的分析和阐述，对此做出有益的论证和补充。

一　文本

目前对于口头传统史诗的定义和研究来自两个方面，即社会实证调查和基于调查的经验书写，也就是现有的史诗文本，因此这里需对文本这一术语略作解析。在不同的学科和学者那里，人们对“文本”的理解广狭不同。根据王先霈、王又平在主编的《文学批评术语词典》中对“文本”诸多定义进行的梳理，最具体的一种是语言学，其将文本理解为文章的语句：“文本指的是文本表层结构，即作品‘可见’、‘可感’的一面。”稍宽泛一点的是文艺学，其将“文本”理解为具有稳定意义的、以书面形式表现出来的文学作品，巴特在《文本理论》中称这是一种“古典的、习惯的和流行的看法”。史柯尔斯在《符号学与解释》中认为文本是“以一种符码或一套符码通过某种媒介从发话人传递到接受者那里的一套记号”。巴特在《S/Z》中从结构角度提出“文本无所谓构造。文本中的一切都一次次得到意指和多次运用，文本没有一个极尽的整体”。人们对“文本”的界定，一方面随着学术发展在不断深入，另一方面也与不同学科、不同流派的研究意旨紧密相关。除却符号学家所给出的广义文本概念，即任何释义或分析对象都是文本，传统的语言学和文学研究中的文本是指由语言文字符号建构起来富于情节、结构和形象的艺术有机体（王先霈，王又平，1999）。

“文本”作为传统民间叙事研究中的一个基础性概念，由于其背后粘连着文化传统等一系列民俗事项，因而成为民族民间文化研究的重要起点。华中师范大学陈建宪教授认为：

> 文本是由故事讲述活动所生产出来的具有符号外壳的产品，

> 即作品。这些作品有相对稳定的表达形式，也有在创作者看来是明确的内涵，但其意义的生成却常常依赖于作品与接受者、接受语境的互动。与作家文学不同的是，由于民间叙事是由“集体人”创作的，一个故事会有相当多不同的表述，产生众多的异文。因此，民间叙事的研究者首要的工作，是需要将同一类型故事的尽可能多的异文集中起来，从中发现它们共有的“原型”或“超文本”（刘魁立先生语）。
>
> （陈建宪，2005）

这一基于民间传统叙事的文本概念界定，揭示了民间文学文本的集体性、变异性特点，在传统文本概念的基础上关注了文本产生与语境和受众接受之间的互动关系，具有一定的进步和代表性意义。但是由于其文章的论述建立在传统民间叙事的分析模式基础上，因此更注重对文本内部的文化因素的分析和阐释，没有突出强调文本的口头性特征和非文字因素的存在。

西方史诗传统的经典范式就是建立在《荷马史诗》文本研究的基础上的，在揭示史诗的作者和创作过程的时候出现了分歧。帕里－洛德理论的提出，在回答“荷马问题”的同时，也通过口传史诗（oral epic）概念的提出推动了传统“文本”概念的边界位移，使其在有形的、书面的和文字等的特征之外，附加了声音的、口头的和表演的等多重特征。由此引发出，书面文本往往是一个自足的封闭体系，而与之对应的史诗的每一次讲唱都是一个新的文本生产过程；书面文本是单向的信息输出过程，而史诗的讲唱往往带有双向互动的情节……这些问题使过去建立在书面文本之上的分析和艺术评价标准的有效性遭到质疑。鉴于此，产生了“口头文本”和“书面文本”的重新界定以及相应的研究体系。

本书的研究对象伊玛堪文本就是建立在“口传史诗”书写基础上的一种文本类型。“口传史诗”是与文人书面史诗相区分而确立的一个对应性的概念，学界对其的定义一直存在分歧。有人类学家不承认有所谓“单一的、世界性的”史诗样式（Finnegan，1977，转引自朝戈金，2000b：58）。也有学者认为，在各民族的史诗之间虽然存在一定差异，但其可以进行类比、互证（Lord，1960，转引自朝戈金，2000b：

58）。后一种见解由来已久，一向为多数学者所秉持。本书所使用的“口传史诗”概念倾向于后者，是指描述一个国家或民族形成和发展过程中讲述英雄业绩的长篇叙事诗。它最初在民间以口头流传方式发展起来，一般具有风格崇高庄重、讲唱规模宏大、叙事结构严谨等特点。由此，口传史诗的文本研究就变得更加复杂和立体化，不应仅仅停留在唱词研究的范围内，更应涉及对声音、表演、叙事传统等非文字、无形文化元素的综合分析和阐述。

二　史诗文本类型

越来越多的史诗研究者认识到史诗讲唱是一个空间立体运行的文化现象，因此关于史诗文本即以“唱词”内容为对象的研究是整个史诗研究中的一极。史诗的复杂多样决定了史诗文本的形态复杂多样。从讲唱到文本写定，经历了一个复杂的过程。有些有文字民族，在流传过程中又不断变迁，最终形成了不同类型的史诗文本。例如，在公元前600至公元前527年，最初的荷马史诗被整理成“泛雅典娜赛会”上的标准文本流传到了亚历山大时期，在亚历山大时期已有13种注释本、66种未“署名”的邦域版本和52种被普遍认可的文本。其中包括传抄较严谨、被普遍接受的文本，各类地域或邦域流传的文本，以及某些个人校订珍藏的文本以及吟游诗人自行改编进行讲唱的文本。最终厄菲索斯的泽诺多托斯在上述诸多版本基础上整理出了《伊利亚特》和《奥德赛》的“规范本”，包括亚历山大时期的阿里斯托芬奈斯等人也做出了修订，因而才有了流传至今的《荷马史诗》（朝戈金，2000b：58）。

20世纪的史诗研究逐渐转向关注史诗的内在文法结构，史诗文本类型的界定被称为研究的起点。越来越多的史诗研究者意识到史诗作为一种口头传承的文学样式，它的文本写定突破了以往书面文本单纯文字信息记录的传播方式和特点，而带有独特的口头性、流动性、变异性的特征，其包含的信息伴随“文本”概念内涵的扩大而变得更加丰富，声音、语境、传统等一系列信息都将囊括在史诗文本之中。我们过去积累下了丰厚的文字文本研究经验和方法，让我们过分关注史诗文本中的“唱词”、人物和情节叙述，而忽视其口头性的本质特征。

史诗文本的写定，也不单纯是听觉文字化的对应过程，而包含着复杂的转换机制。对于不同的史诗文本类型加以鉴别，可以更加明确文本与叙事传统之间的关系，全面合理地进行文化释义。同时，文本的来源和形成过程，也能帮助我们认识和了解史诗的发展进程、口头与书面之间的关系，从实践层面对于口头传统的保护和传承工作具有一定的现实意义。

20世纪末，我国史诗研究专家朝戈金较为敏感地意识到了史诗文本分类的重要性，认为“基于口头传统的文本研究，除了对史诗文本类型要有理论认识之外，还应有来自以下两方面的支撑：一是田野作业中的实证性操作，二是后期文本整理中的科学化原则。否则，不仅不容易深入理解文本类型的涵义，还容易在选取和界定研究对象时，出现认识论和方法论上的问题。这里所提出的史诗文本分类问题，是探讨更为核心的文本属性问题的前提”（朝戈金，2000b：61）。他曾经以蒙古史诗为对象进行分析。根据史诗文本的产生方式，他将蒙古史诗文本分为转述本、口述记录本、手抄本、现场录音整理本和印刷文本等五类（朝戈金，2000b），这是对于史诗文本分类的有益尝试。蒙古族作为一个有语言、有文字且史诗传统悠久深厚的民族，其史诗传统较为发达，文本类型丰富，而更具代表意义的活态史诗口头传统大多数活跃在有语言、无文字的民族之中，使他的史诗文本类型分析作为个案研究的普遍意义和操作层面的实践意义受到限制。

伴随口头诗学理论的兴起，借鉴洛德的“表演中的创作”（compostion in performance）和鲍曼（Richard Bauman）的“表演理论”，即依据创作与传播中文本的特质和语境，美国史诗研究专家约翰·迈尔斯·弗里（John Miles Foley）和芬兰民俗学家劳里·航柯（Lauri Honko）等，从创作、表演、接受三个方面重新界定了口头诗歌的文本类型。他们认为，从史诗研究对象的文本来源上考察，一般可以将其划分为三个主要层面：一是“口头文本”（oral text），二是“源于口头的文本”（oral-derived text）；三是“以传统为取向的口头文本”（tradition-oriented text）。

“口头文本”，也叫作“口传文本”，严格意义上的口头文本具有实证性的经验特征，即在活形态的口头表演过程中，经过了实地的观察、采集、记录、描述等严格的田野作业，直至其在文本化的过程中得到确证。南斯拉夫的活态史诗文本是这方面的典型例证。

“源于口头的文本”，又称“与口传有关的文本”（oral-connected/oral-related text）。它们是指某一社区中那些跟口头传统有密切关联的书面文本，通过文字而被固定下来，而对文本以外的语境要素则无从考察。但是，它们具有口头传统的来源，成为具备口头诗歌特征的既定文本，其文本属性的确定当然要经过具体的文本解析过程，如荷马史诗文本，其口头表演的程式化风格和审美特征被视为验证其源于口头传统的一个重要依据。

“以传统为取向的口头文本”，按照航柯的定义，这类文本是由编辑者根据某一传统中的口传文本或与口传有关的文本进行汇编后创作出来的。通常所见的情形是，将若干文本中的组成部分或主题内容汇集在一起，经过编辑、加工和修改，呈现这种传统的某些方面，常常带有民族主义或国家主义取向。最好的例子不外是1835年出版的、由芬兰人埃利亚斯·伦洛特（Elias Lonnrot）搜集、整理的芬兰民族史诗《卡勒瓦拉》（*Kalevala*）。[①]

不同文化传统中的史诗在从最初的口头文本到现在写定的文本的过程中，文本定型方式也不同，导致了多重史诗文本类型的出现，不同类型的史诗文本也决定着文本和民族深层历史文化传统之间的距离和关系，决定了其在民族文化研究中的地位和价值。因此我们在对史诗进行文化解读之前，对其文本类型进行界定和形成认知是十分必要的。从中可以明确我们在史诗的学术研究中应该面对什么样的文本，如何在本土文化的语境中去解读文本背后的活形态的史诗演唱传统，在能力所及的范围内告诉读者和听众这种史诗传统的文本真实和语境真实是什么。

第二节　伊玛堪的史诗文本类型

在界定伊玛堪的文本类型之前，首先要说明的是伊玛堪自诞生以来有关其文类归属的一个争议焦点所在，其中一部分源于对其文本形

---

① 以上关于史诗文本类型的表述引自巴莫曲布嫫，2004。

式的判定。20 世纪 30 年代，凌纯声在《松花江下游的赫哲族》中将其归入故事的范畴，50 年代采录的伊玛堪被作为民间叙事作品收录在《赫哲族社会历史调查》。孟慧英在其研究伊玛堪的专著《萨满英雄之歌——伊玛堪研究》中将其与“史诗时代”和“英雄史诗”等系列概念进行对比分析，认为其具有“英雄史诗”的某些特征，然而却没有直接明确地称其为“英雄史诗”。1998 年《伊玛堪》出版，刘锡诚在序言中仍然将其称为英雄说唱。与这种含糊其辞的说法相对应，也有采录者认为其是正格的民族英雄史诗，如参与 70 年代末伊玛堪采录的马名超就曾经撰写了多篇论文论证其“英雄史诗”的体裁归属，在他与郭崇林合撰的《终结期北亚民族史诗诸类型及其文化联系》中，将伊玛堪列为典型的终结期北亚史诗带中心区的史诗残存类型。在前述两者之间是否还存在一种较为折中的观点呢？李熏风在 1983 年发表的《赫哲族英雄叙事诗〈满斗莫日根〉》中认为，伊玛堪中有一部分是英雄史诗，一部分属于英雄叙事诗。关于伊玛堪体裁的定论一直付诸阙如，直至 21 世纪初随着非物质文化遗产保护活动的兴起，作为民族口头传统之一的伊玛堪才担负起推进民族文化自觉和身份认同的社会功能，抛却形体上的讨论而从文化和功能的角度进行界定，关于其体裁的争议才逐渐平息。

目前关于赫哲族伊玛堪的文本分别源自三个时期的采录和调查，之后经过翻译整理形成了不同的书面版本，分别以内部发行和公开出版的方式进行传播。由于采录时期，工作条件，翻译和研究者的民族身份、知识结构等多方面的差异，文本记录呈现各自独有的特征。

一 伊玛堪的采录进程

按照时间和进程，伊玛堪的采录可以分为三个阶段。

第一个阶段，即第一个时期是凌纯声在 1934 年基于社会调查写出的《松花江下游的赫哲族》，这是我国最早的以汉语记录的伊玛堪故事，主要采用耳听手记的方式。作者深入东北松花江下游的赫哲人中调查近三个月时间，采集到 19 篇说唱故事，收录在他的《松花江下游的赫哲族》中。在谈及采录经过时，凌纯声介绍说：“著者于民国十九年春夏与商章孙先生同赴东北调查赫哲族在松花江下游，自依兰以至抚远一带考察该民族生活状况与社会情况，历时三月，所得标本颇多，携归后研究整理，两经寒暑，始成此书。”（凌纯声，1934）“赫哲人的讲故事，好比中国北方的大鼓，南方的苏滩。所讲的故事很长，一个故事常分做好几天讲。讲的时候，讲了一段唱一段，但都是空口唱的，无乐器伴奏。他们的故事，不是人人能讲，讲的最多的一个人亦只有五六个故事……我们只本着有闻必录的精神，不论其为荒唐的神话，或可信的史料，一概记录。要知道我们视为荒唐的神话，在初民的信仰上比可信的事实影响他们行为力量更大。因此，我们记录故事的目的，旨在探求他们过去的生活各方面的情况，而不计及文学的和历史的价值。”（凌纯声，1934）

第二个阶段，即第二个时期是 20 世纪 50 年代末，采用的是耳听手记的方法。当时以中国社会科学院民族研究所刘忠波先生为首的一些民间文学工作者深入到三江平原赫哲人聚居地的村屯，采录了同江县（现同江市）八岔村吴进才说唱的伊玛堪故事《安徒莫日根》、饶河县四排村葛德胜说唱的伊玛堪故事《满格木莫日根》，分别收录在《赫哲族社会历史调查》和《赫哲人》这两本书中。在这一阶段，学者第一次把赫哲族说唱故事称为“伊玛堪”，认为“伊玛堪”是赫哲族口头流传的说唱文学（《民族问题五种丛书》黑龙江省编辑组，1982；刘忠波，1981）。

第三阶段是 20 世纪 70 年代末至 80 年代初，采用的是录音机全部实唱录音。当时在黑龙江省民间文艺家协会秘书长王士媛的组织下，伊玛堪抢救小组成员先后多次深入到赫哲渔村，采录了饶河县四排村葛德胜说唱的《满都莫日根》、《香叟莫日根》、《木都里莫日根》、《阿格弟莫日根》和《沙伦莫日根》等长篇伊玛堪，同江市街津口民族乡尤树林说唱的长篇伊玛堪《马尔托莫日根》，同江市八岔民族乡吴连贵的《木竹林莫日根》、《木都里莫日根》、《西尔达鲁莫日根》、《莫特格格富真》、《抗婚》和《小媳妇》等伊玛堪片断，先后发表在《黑龙江民间文学》第 2、12、20、21 集。

二　伊玛堪的文本类型

首先，我们需要确定论述的对象，即伊玛堪正式编辑出版的书面文本，依照笔者的初步统计，内部发行或公开发行的记录伊玛堪情节内容的文字文本大致有如下六种。

A 本（为论述方便，我们以大写英文字母排序，下同）是凌纯声著的《松花江下游的赫哲族》，1934 年在南京出版，共收录 19 篇伊玛堪故事。这是我国第一次以汉语文字记录的伊玛堪文本，虽然只是说唱故事梗概，没有留下唱段，但仍然为后人留下了难能可贵的重要资料。

B 本是 20 世纪 50 年代末期，以刘忠波先生为首的一些民间文学工作者深入三江平原赫哲人聚居地的村屯，采录到的《安徒莫日根》和《满格木莫日根》分别收录在《赫哲族社会历史调查》和《赫哲人》中。

C 本是 20 世纪 80 年代，由黑龙江省民间文艺家协会内部发行的由协会主席王士媛主编的《黑龙江民间文学》第 2、12、20、21 集，共收录 8 部长篇伊玛堪和 4 个片断。这是我国第一次以保持原貌的形式发表了 8 部有说有唱的伊玛堪文本和一些片断，为抢救保存和研究伊玛堪做出了巨大贡献，受到了国内外专家学者的一致好评。

D 本是由黑龙江省满语研究所出版的《满语研究》中刊登的用国际音标标出赫哲语音的 3 部伊玛堪标音作品。

E 本是 20 世纪 90 年代初期，黑龙江省民族研究所内部发行、尤志贤编译的《赫哲族伊玛堪选》，其中收录以国际音标标注的《满都莫日根》和《沙伦莫日根》两部完整的伊玛堪作品以及伊玛堪片断 2 个。

F 本是 1997 年与 1998 年黑龙江省民间文艺家协会编辑，黑龙江人民出版社出版的《伊玛堪》（上卷）和《伊玛堪》（下卷），这是新中国成立后公开出版发行的第一部有关伊玛堪作品的正式出版物，共收录 14 部长篇伊玛堪和片断，另外，还有歌手自传和 1 篇伊玛堪调查报告。总的来说是 F 本对 B 本的增补、整理和发行，在篇目内容上有重合和包含的关系。在保留伊玛堪韵散相间的艺术形式的同时，也在内容上更加注重叙事的连贯性，文采性，地方口语色彩加重。

当时的采录和翻译情况大致分为两种，第一、第二阶段的采录采用的是耳听手记的方式，最后一个阶段的采录则是采用录音设备进行实唱录音。赫哲族的口传史诗逐录为汉语的史诗文本，需要一个语言和介质转换的过程，参与伊玛堪采录工作的学者黄任远先生将翻译方式分为以下四种情况。

第一种是由说唱者用赫哲语说唱一段后，再由另一位通晓汉语的赫哲人口译，最后由采录者手记。凌纯声在《松花江下游的赫哲族》一书中关于赫哲故事的说明中介绍道："我们此次共采集到十九个故事，其中有十八个故事，都是口译笔录的。"（凌纯声，2012：545）第二种是由说唱者用赫哲语说唱一段后，再由其本人用汉语翻译，最终由采录者手记或录音。《吴胡萨莫日根》、《木竹林莫日根》和《莫特格格富真》等就属此列。第三种是由翻译者根据录音带，放一段，译一段，最后整理者将翻译者的翻译结果进行手记或录音，再根据记录结果和翻译录音来进行文字的加工。如《香叟莫日根》就是采用这种方法。第四种是翻译者根据说唱的录音带，一字一句地用国际音标写出赫哲语，一字一句地直译，然后再意译。如《希尔达鲁莫日根》《满都莫日根》的翻译过程就是这样。

依据前面一节介绍的约翰·迈尔斯·弗里（John Miles Foley）和芬兰民俗学家劳里·航柯（Lauri Honko）等学者关于史诗文本类型划分的理论，我们可以从创作、表演和接受三个层面来界定史诗文本类型（见表3-1），对照上述关于现有伊玛堪文本的特征来评估伊玛堪文本的类型归属（本德尔，2002）。

表3-1　史诗文本类型

文本类型	创作（composition）	表演（performance）	接受（reception）	史诗范型（example）
"口头文本"（oral text）	口头 O	口头 O	听觉 A	史诗《格萨尔王》*King Gesar*
"源于口头的文本"（oral-derived text）	口头与书写 O/W	口头与书写 O/W	听觉与视觉 A/V	荷马史诗 *Homer's Poetry*
"以传统为取向的口头文本"（tradition-oriented text）	书写 W	书写 W	视觉 V	《卡勒瓦拉》*Kalevala*

注：O = oral，A = aural，V = visual，W = written。

对照表3-1，我们将伊玛堪不同版本的文本嵌入其中，再根据史诗文本来源的三个层面进行分类，可以得到如表 3 - 2 所示的结论。[①]

表 3 - 2　伊玛堪文本分类

史诗文本 版本代码 (epic text edition)	创作 (composition)	表演 (performance)	接受 (reception)	文本类型
A	O	O	A	口头文本
B	O	O	A	口头文本
C	O	O	A	口头文本
E	O	O	A	口头文本
F	O/W	O/W	A/V	源于口头的文本

注：O = oral，A = aural，V = visual，W = written。

综上，现有的伊玛堪文本中，除了最后出版的 F 本为源于口头的文本，其余都是在活形态史诗传统调查基础上直接获得的口头文本。对于一个有语言而无文字的民族来说，口头传统是其传承历史，认识世界，传达经验、宗教信仰和行为规约等关于生活各个方面的记录和呈现。而这些文本与原初的民族口头传统紧密相联，虽然经过采录者和编译者的劳动已经由口头转换为书面翻译本，也已称不上是完全准确的民族志资料，但它们仍以文学艺术的方式再现和保留了赫哲族文化的某些方面。所以，如果我们在特定的语境条件下审慎地看待这些文本，将它们嵌入赫哲族整体的表达传统，以此观之则它们仍有独特的价值。

第三节　虚构的权威：伊玛堪文本迻录检讨

通过上述分析，我们幸运地看到现有伊玛堪的文本具有极其宝贵的民族志价值，对于研究赫哲族的历史文化具有重要意义。然而不能够忽视的是，在口头传统的文字书写和转录的过程中，很多信息都已

---

① 由于第四种版本是对原有文本的国际音标标注，属于语言学范畴内的表现形式和转换，因此不参与文本类型分类。

经失落，包括声音、场景、文化传统等非语言的要素。当口头传统作为一个在特定时空中进行的立体交流的民俗文化事项蜕变为单向度的文字叙述时，对于文字文本背后失落的文化传统和语境的重新建构是研究者需要面对和解决的课题。

在对现有文本对口头传统表达能力和真实程度的质疑中，我们越来越渴望窥见真实的口头艺术及其演述现场的全貌。真实全面的书写和再现口头传统成为“民族志诗学”的强烈诉求，这一观念及其理论方法对于我们进行史诗文本的评价和分析具有方向性的启示意义和操作路径。

一　自觉实录下的主观真实性

口头传统的研究者们一直探求口头文本的形成过程和规律，追寻口头文本中的叙事传统和文化传统。民族志诗学的倡导者在检讨书写对口头传统的伤害时，也在摸索具有操作性的口头传统的书写方式。在急剧的社会变迁中，对于脆弱的口头传统而言，保存是保护的起点，其被书写的无奈命运，无从逃避。当然，伴随着媒体技术的飞速发展，文本内涵不断扩充，“书写”的载体不再仅限于纸笔之间的符号表达，声音、影像和背景都可以成为多媒体化书写的对象，为活形态的口头传统更全面的展示和书写提供了技术条件和可能。要弥补传统的史诗文本迻录的局限，就要先找到病因再对症下药，笔者拟就伊玛堪的文本迻录的情况进行阐述，希望能为口头传统的现代化书写提供鉴戒。

由于书写和口承之间天然的差异性和学者自身的主观因素，口传史诗在文字化的过程中出现了语境的缺失和意义的断裂，进而导致史诗在传承、保存中出现偏差，基于文本的史诗研究也出现了“误读”。对于这种现象，我国史诗研究者巴莫曲布嫫称为“民间叙事传统的格式化”，具体来说是“指：某一口头文学传统事象在被文本化的过程中，经过搜集、整理、迻译、出版的一系列工作流程，出现了以参与者主观价值评判和解析观照为主导倾向的文本制作格式，因而在从演述到文字的转换过程中，民间真实的、鲜活的口头文学传统在非本土化或去本土化的过程中发生了种种游离本土口头传统的偏颇，被固定为一个既不符合其历史文化语境与口头艺术本真，又不符合学科所要求的‘忠实记录’原则的书面化文本。而这样的格式化文本，由于接受了民间叙事传统之外并违背了口承传统法则的一系列‘指令’，所以掺杂了参与者大量的移植、改编、删减、拼接、错置等并不妥当的操作手段，致使后来的学术阐释，发生了更深程度的误读。如果要以一句更简练的话来说明这一概括的基本内容，以便用较为明晰的表达式将问题呈现出来，供大家进一步讨论，或许我们可以将这种文本转换的一系列过程及其实质性的操作环节表述为‘民间叙事传统的格式化’”（巴莫曲布嫫，2004）。她在对彝族史诗《勒俄特依》的文本分析基础上概括了口传史诗文本迻录过程中“格式化”的几种典型表现。“文本格式化”界定的前提是“掺杂了参与者大量的移植、改编、删减、拼接、错置等并不妥当的操作手段”而导致的艺术失真和误读，强调主观价值判断在文本迻录过程中的消极影响（巴莫曲布嫫，2004）。

反观伊玛堪的史诗文本，从凌纯声自己所言的“有闻必录”的学术取向和后来伊玛堪采录者坚持的“忠实记录、保持原貌”的原则，再对比文本和史诗演唱过程，都可以看出在伊玛堪文本写定过程中采录和编译者最大限度再现史诗原貌的共同努力。因此，伊玛堪文本在采录过程中存在信息缺失，但是又不完全等同于上述的“民间叙事传统的格式化”。

然而主观上的自觉实录，不一定必然带来客观的口头与文本的对等效果。因为任何书写都是主观的书写，书写的真实都是主观的真实，部分的真实（partial truth），在史诗文本的制作过程中，“以参与者主观价值评判和解析观照为主导倾向”是不可避免的路径，因为工作者本身作为一个独立的存在，其思维方式、知识结构和书写能力决定了其书写的风格和水平，然而这种主观性的记录区别于带有政治色彩和国家意识的重新剪切和拼贴（那样就变成了文人的再创造，偏离了作为口头艺术的史诗表达的轨迹）。就像有的学者所说的那样，最好的民族志就是“真实的虚构”（true fiction）。从口头到文本，史诗的文本制作（text making）都应当被作为一个极其严肃而精细的文本化过程（textualization），以确保文本的真确（巴莫曲布嫫，2004）。所以我们说自觉实录的态度是保证艺术本真的前提之一。[①] 从伊玛堪文本的采录和写定过程来看，编译者们始终自觉追求使书写保持采录对象的原貌，包括采录当时影音设备水平的提升，极大地提升了记录和转写的准确性和完整性。同时，随着研究的深入，专家团队对伊玛堪的体裁特点和赫哲族文化特色有了更准确的认知，书写方式更为规范和贴近口头传统本身，这从不同时期的版本形体和记录中就可以看出。凌纯声在撰写的《松花江下游的赫哲族》中，将伊玛堪编入赫哲故事一类进行记载，使当时活跃在日常生活中的伊玛堪情节得以确切记录，为后来不同时期伊玛堪的比较研究和对其发展规律的探究提供了宝贵的文字材料。由于时代和认识的局限，作者在记录过程中将讲唱结合的伊玛堪分成两个部分进行记载，情节表述的部分以散文的形式记录在赫哲故事门类中，而唱段部分则以谱写的形式归入歌谣一类。难得的是，作者在记录唱词的时候，依照国际音标、五线谱和汉译结合的方式记录韵文部分的唱段，体现出作者扎实的民族志功底和严谨的治学态度。这种记录方式，较为完整地呈现了伊玛堪中的人物形象、故事情节，一定程度上牺牲了对伊玛堪形体的表达。根据 20 世纪 50 年代的调查结果写入《赫哲人》和《赫哲族社会历史调查》中的《安徒莫日根》和《沙伦莫日根》也存在这种情况。

20 世纪 70 年代末到 80 年代初出版，由黑龙江民间文艺家协会内部发行的《黑龙江民间文学》中对于伊玛堪的记录已经开始注重其“口头性”特征的书写，反映在文本上就是散文和韵文部分相结合，讲的部分以散文写成，唱腔部分以韵文进行译写，语言文字上口语色彩较浓。1997 年到 1998 年间在此基础上扩充完善后出版的《伊玛堪》（上卷）和《伊玛堪》（下卷）秉承其原有特色，但在一定程度上梳理了文字，使其既保持了地方口语色彩和散韵相间、讲唱结合的表现形式，又注重了叙事情节的流畅自然。《满都莫日根》的开篇是这样记录的：

---

① 此处，我们探讨为保存史诗而进行的史诗迻录文本与口承史诗原貌之间的对应转化关系，探讨口头传统写定的方式，不涉及史诗文人化后的价值评判标准，也就是说并不否认史诗被文人化之后的意义和艺术价值，在芬兰民间叙事传统基础上再创作的民族史诗《卡勒瓦拉》同样具有不朽的艺术价值。

在松花江下游东边拉，有一道漫岗。岗顶上，住着一个莫日根，名叫满都。满都莫日根的阿爸阿妈，都被仇人给抓走了，妹妹也从小就丢了，到底走哪去了，谁也不知道。那时候，满都莫日根也就十来岁，终朝每日地靠使鱼叉、渔网打点儿鱼吃，再不，就用弓箭射些飞鸟走兽，对付着过日子。这么过着、过着，有一天，满都莫日根又出门打猎去了。他孤身一人往南走，来到一趟树林子边上，突然蹿出个狼不像狼、狗不像狗的东西，跑到他跟前猛一转身，朝他狠劲一扑，就把满都莫日根吓昏过去了，老半天也不省人事儿。这时，那只像狼又不是狼的东西早跑得没影了。隔了好半天，满都才慢慢缓醒过来。可是，不知咋的，他就觉着两眼直冒金花，天旋地转的。从那个时候起，他冷丁一下变得疯疯癫癫、迷迷瞪瞪的了。回到家。他进到屋里，东张张，西望望，瞅啥啥不顺心。拽笆条子，一会儿刨炕洞子，把墙上挂的弓箭也撅个稀巴烂，撇得满地都是。从那往后，他就整天糊里糊涂的，饿了，嚼巴点儿树叶子，再就捡些烂东西拿来填肚子，这么迷迷糊糊的，总该有一年多的光景。再说满都莫日根的妹妹，她叫满津德都。自从跟哥哥走散了，她遇上了库迟卡玛玛和库迟卡玛法。两位老人把她领到家，整天都在斯翁那里养活着。

注释：

1. 莫日根，英雄。伊玛堪多歌唱英雄及英雄的征战经历，并以“莫日根”为题目。

2. 笆条子：插栅栏或铺在屋顶苫草下的细树枝。

3. 德都：姑娘、年轻女子。多用于伊玛堪中，日常生活中不常用。

4. 库迟卡：山核桃树。玛法：老头儿。玛玛：老太太。赫哲族信仰萨满教，认为万物皆有神灵在，这里指两位山核桃树神。

5. 斯翁：萨满神。赫哲族的萨满神有几十种，大多为木质，少数为金属和兽骨制成各种形状的神的偶像，佩戴、供奉或萨满跳神时使用。

（黑龙江民间文艺家协会，1997：3）

从注释可以看出，逐录者在理解民族历史和传统社会生活习俗的基础上，音译保留了“莫日根”和“德都”等民族语言和称谓，并在做出释义的同时，进行文化背景的介绍和交代。尽管我们不能确认这种交代是出于对于口头性文学语境交代的自觉行为还是为了扫清读者阅读障碍，但在客观上使得逐录的史诗文本信息更为全面。同时，“不省人事儿”、“迷迷瞪瞪”和“嚼巴”等词语呈现了口语化的风格，这是口头文学的一个共性，可以说源自社会调查秉承自觉实录原则而写就的伊玛堪史诗文本在情节上是较能准确反映史诗内容的本来面貌的，也因此成为许多史学家研究赫哲族历史文化的可信参照。

二　口头艺术文本呈现的可能性

对于口头传统的书写，是时代发展的必然要求。文字的发明和使用对于推进人类文明发展进程具有里程碑意义，通过文字记载保留和传递的人类历史和文明成果具有极大的稳定性，而对于有语言没有文字的民族而言，他们的一切历史、经验和智慧靠口头传统延传至今。当现代化的潮水冲破了地域的隔阂，文化的碰撞和融合对口耳相传的文化传承模式造成了极大的威胁。以文字书写和保存“口头传统”成为研究无文字民族历史和文化的一种方法。随着研究的深入，越来越多的学者意识到“口承”和“书写”之间的差异性。于是在西方知识界产生了贯穿20世纪下半叶的关于“口承”与“书写”的论战，集中于二者之间关系的讨论，即二者是对立的、矛盾的，还是统一的、延续的。如果是前者，我们应该努力恢复一种口承的传统，还是应该以经验性的书写替代口承的文化传统；如果是后者，我们应该如何在“口承”和“书写”之间建立一种“等式”性的学术平台（哈夫洛克，2003）。在这一诉求的基础上，在帕里－洛德理论和讲述民族志（ethnography of speaking）的影响下，1970年丹尼斯·泰德洛克（Dennis Tedlock）和杰诺姆·鲁森伯格（Jerome Rothenberg）联手创办的《黄金时代：民族志诗学》发行，标志着“民族志诗学”（Ethnopoetics）这一流派的形成。学派中有来自语言学、人类学等不同领域的学者在“为推动口头艺术文本呈现的新实验”上达成共识，强调要将讲述、歌唱的声音还原给挽歌、赞美诗、公开演说和叙事等口头表达文化，并形成了自己的理论体系，从另一个角度为史诗文本批评提供了概念工具和理论体系。

如果说关于真实性的探讨实质是对于史诗迻录中学术态度和价值判断的规定，那么关于口头艺术文本呈现的可能性就是从迻录的技术层面进行剖析，就是作为一个特定文化空间中的流动文化事项如何全面地呈现在文本之中，这是民族志诗学的主张者们共同索解的问题。无论是对祖尼印第安人进行调查的泰德洛克，还是在西海岸印第安部落考察的海姆斯，抑或是追求感官审美的学者型诗人杰诺姆·鲁森伯格，都从声音到形式再到表演性几个角度进行着在文本上呈现口头传统的试验。我们就从这几个角度来进行伊玛堪文本的评判，以为口头史诗的采写提供案例和鉴戒。

1. 关于声音的发现

如果说史诗从口头到文本的转换中，感官上最先消失的就是声音，那么作为讲唱结合的文体形式，声音的表现是其口头性的重要表征之一。据歌手介绍，伊玛堪最初也是以唱为主，中间穿插讲述部分。讲述多以叙事为主，唱段多为人物对话。随着社会变迁，情节日渐丰富，唱段日渐萎缩，讲述部分发展起来。声音的体现在现有的伊玛堪文本中有两种形式，第一种就是凌纯声在《松花江下游的赫哲族》中的记录方式，用曲谱记录音律，用国际音标标注赫哲语，用汉字进行语义翻译。这是最初的保留唱段部分的尝试，当时作者自己亲自和赫哲族人学习唱歌，并记录曲调，显示出扎实的民族志功底和严谨实录的学术态度。代价就是牺牲了史诗散文和韵文相结合的形式表达，这一点在后来 20 世纪七八十年代的采录工作中有所弥补。

1997 年出版的《伊玛堪》将叙事的部分译作散文，开头的部分保留衬字“啊啷——”以引起听众注意，表示歌手要开始唱了。为了区分唱调和保留民族文化特色，唱段部分按照押头韵的方式进行翻译，曲调的起始部分按照拟声形式以汉字进行记载，如传统的伊玛堪调“赫哩啦——赫哩赫——雷”、“赫哩啦赫哩——赫雷——”、“赫哩啦赫哩——赫哩改格”等。例如《满都莫日根》中描写满都和对手的一段对话：

啊哪——

满都莫日根听完，大笑不止，连忙答道："你这额真，真是骂奴才骂惯了。欺侮别人，就该罚你，今天欺侮到满都头上来，我咋能饶你。"满都开口唱道：

赫哩啦——赫——哩赫雷
今天来到你们这个霍通，
遇上你这千人之主万人之王。
我打算还要征服三个霍通哩，
刚刚出门就把你俩碰上了。
伯丘仁莫日根称兄为长，
我要头个先制服你，
只因为你把自己抬上了天。
你只看伯丘仁是条好汉，
却把满都瞅成了孬种，
胆敢欺侮我、辱骂我。
谁是英雄谁是好汉，
光凭嘴说可不行，
让咱干上一仗再说再讲！

（黑龙江省民间文艺家协会，1997：14）

散文部分是对情节的描述，写成韵文的部分是人物的唱白，以此进行区分。这种记录的形式，一方面基于对伊玛堪作为史诗在体裁上的理解和认同，另一方面促进了研究者在此基础上的阐述，包括唱段的修辞、押韵特点等。但是这远没有达到民族志诗学中对于声音再发现的文本采录要求。基于对祖尼印第安人的口传诗歌所做的精细的调查和分析，泰德洛克企图从内部复原印第安诗歌的语言传达特点，如停顿、音调、音量控制的交错使用等。虽然其复杂的标记符号，使整个记录过程变得十分精细，但是以丧失操作性为代价的。由于史诗的多样性和差异性，以及对于记录文本的精确性要求，民族志诗学流派一直没有一种能够统一的史诗记录标准。在伊玛堪文本中，我们看到了工作者积极表现史诗口头性特征的愿望和努力，然而由于传统、语言和知识储备等方面的困难，按照重音、音调、曲谱等完全复制式的记录变得不切实际。然而这并不妨碍我们理解和描述口头史诗文本化过程中的信息缺失和评价。

民族志诗学的倡导者们固然希望找到正确的史诗文本迻录方式，把简化为文本的僵化的文学还原为具体传播情境中活色生香的文学状态，最大限度地减少信息的缺失带来的对口头传统的伤害。然而在活态史诗日渐凋零的社会语境中，这项工作更多地被推进为发现和描述从口传到书写的文学变异，以及由此而产生的“信息缺失、传达变形、阐释误读和效果断裂”。在无法还原口头史诗原貌的情况下，就要知道我们面前的史诗文本记录了什么、失落了什么。只有有了这种自知之明，才能使以后的研究建立在一个可靠的起点上。

2. 审美感官的失落

在从口头到书面的介质转换过程中，声音的失落带来的直接影响就是感官审美的失落。二维的视听交流变成了单向度的视觉体验，阅读变得僵化，文学研究者把目光仅仅局限在书面文学上，甚至以书面文学的标准对口头诗歌进行价值判断。西方文论中的“诗”的概念和评价标准并不适用于这种口耳相传的诗歌批评，因为这部分地遮蔽了其本身的艺术价值。这固然是一种由历史原因造成的缺陷，而在文本化过程中感官审美的失落与之有直接的关系。书写于纸张或羊皮纸上的文字能够长期保存，超越了其即时的人文语境。而诗歌的内容一旦与音乐、节奏、庆典和宴饮等一系列的超语言因素剥离开来就变得索然无味，而最初正是这些因素赋予了话语以力量。

伊玛堪中的诗歌带有极强的韵律性，因此作者在翻译的过程中也考虑了其文学性和音韵特点。以善于在演唱中修饰形容、“加花点儿”的伊玛堪歌手吴连贵为例，他在讲到木竹林的姐姐萨其尼长得如何漂亮时便唱道：

格给嘎——哪格嘎——
她的脸像十五的月亮圆
她的眼睛像天上的星星亮
她的头发像纤长的杨柳

她的嘴像山里红一样
最美的依尔嘎（花）
是春天里开放的达子香
最美丽的德都是
木竹林的姐姐萨其尼

（黑龙江省民间文艺家协会，1998：511）

整个唱段充满优美的比喻，这该算是伊玛堪现有文本中较为文人化、艺术化的唱词，而且在翻译过程中，工作者也尽量以诗歌一样的语言进行迻写，包括韵律与意义的对应等。然而即便如此，若是以文人诗歌的标准来判断和批评，依然会显得直白冗赘，兴味索然，毫无诗意可言。若将其复原到歌手表演的文化空间，面对当时的听众，配上优美的曲调，押头韵的歌词反复唱诵，在重复中孕育变化，在变化中加强重复，听觉上受到触动，使共同生活于一个文化空间中的受众立刻激发起无穷的想象，于亲切熟悉的曲调中产生情感的共鸣，那么史诗的表达效果和审美价值就会截然不同。这是声音失落后，带来的审美感官的失落以及隐藏其后的文化传统的断裂。

再如描述萨满跳神的场面的萨满歌曲，如《马尔托莫日根》中复仇凯旋后的祭祀场面：

九月九日这个祭神的日子一到，马尔托领着全村人杀了一百头牛、一百头猪、一百头羊，煮熟了，祭神祭祖。村里的老萨满穿上神衣，戴上神帽，扎上神裙，胸系铜镜，脚穿神靴，手拿神鼓，边舞边唱：

赫哩啦赫哩啦——
马尔托莫日根西征凯旋，
今天把各位神灵祭祀。
我替他打响神鼓，
把各位神灵呼唤。
统管人间的腾尼莫蹲特神，
护身的爱米神，

冲锋陷阵的阔力神，
忠心的西瓦如玛玛保卫神，
谨慎的查尼守门神，
通风报信的克库神，
勤恳带路的波尔布肯向导神
管鱼的木克蹲特神，
管火的都热马林神，
能飞的阿都神，
保护百姓的珠连神，
还有江中的水神、鱼神、水獭神、蛇神。
请你们都快光临我们的部落，
接受我们丰盛的祭品。
啊唧——

（黑龙江省民间文艺家协会，1997：368～369）

还有描述情节的人物对话的唱段，例如在《木都力莫日根》争根德都对丈夫的劝诫：

赫哩啦尼——赫哩啦——赫哩那尼——
赫哩赫哩——格以赫哩——
咱们从图古萨满那里出发，
走了一天一宿今天到了这儿。
我们六个人一路察看打探，
知道前面有一个大村子。
村里住着两千来户人家，
有一个本领很大的萨满住在那里。
村子的额真早知道我们到这里了，
请来了大小萨满二十多个，
好酒好肉供他们尽情吃喝。
那个额真萨满的妻子，
连同那大小萨满的妻子们，

她们变成了五十只阔力，
为的是同我们大打一场。
村子里有三位莫日根，
萨满最厉害的是老二和老大，
和他们较量要格外当心。
木都力莫日根
要是打不过人家，
就请玛银出哥哥来帮我们。
啊唧——

（黑龙江省民间文艺家协会，1997：284～285）

写成文本之后的史诗唱词，看起来十分简单，缺乏文采，难以和文学传统意义上的“诗歌”相提并论。史诗的音调好比一个容器，适合容纳具有重复性的口语化唱词，二者相互辉映，焕发出歌曲的光芒和魅力。相应地，传统的欣赏者也自有一套不同于传统书面文学的评价标准。容器转换后，受众群体也发生了变化，感官失落之外的异文化传统的审视，使整个史诗变得失去韵味。然而此时我们要保持史诗的口头性特征，就要尊重史诗的自然表达，就需要我们调整对于口头诗歌文本的评价体系，以多重的感官去全面复原诗歌中的艺术感染力，只有这样，才能真正认识口传史诗的审美价值。

3. 交流与互动的缺失

尽管诗歌的语言是朴素的，但最贴近赫哲人的表达和生活；尽管诗歌的唱调是朴素的，甚至没有伴奏，却是赫哲人最熟悉和感到最亲切的。歌手唱得酣畅淋漓，讲得意兴盎然；听众听得如痴如醉，随着歌手的手势、语言、情节和韵律变化而进入一个个史诗特有的场景，发出“喀”“喀”的应和。歌手以此为信号和标准，确定受众的爱好和审美倾向，在后来的演述中对内容有所选择，从而促使史诗在变化中不断积累和发展，最终形成了今天的鸿篇巨制。

口头诗学中的表演理论强调，每一次史诗的演唱都是一次表演，都会产生新的文本。和所有书面文学一样，伊玛堪文本中记录的史诗，无疑是固定化的，经历了文人整理后的样式，最稳定地保留了史诗的唱词，却丧失了史诗在交流中被文化传统、被听众和歌手选择，进而演变发展的机会。伊玛堪歌手葛德胜说起诗歌的演唱时，强调诗歌演唱不走样，这是就大的方面而言的，但并不是说一字也不能动、一句也不能改。唱伊玛堪，一个人一个样。就是同一个人，也一回一个样。

文字运用使得史诗的演唱被定格在某一次讲唱之中，而导致的后果之一就是权威性质的转变。被记载于文字的话语成了研究、考察的对象，并可以从任何意想不到的角度进行解读和批评，于是有了文化传统的发明，却无法像口头交流那样在考虑每一个听众的反应的基础上对其话语进行调整。就像瓦尔特·翁（1958）在《拉米斯、方法和对话的衰败：从对话的艺术到理性的艺术》（*Ramus*，*Method and the Decay of Dialogue*：*From the Art of Discourse to the Art of Reason*）中指出的那样，“当修辞的规则在一种书写体系——也可以说是一种文字话语中——被文本化、形式化、僵固化之后，其语言的活力与生命力受到了极大的禁锢”（哈夫洛克，2003）。口头对话被为了教育目的的这种书写形式平面化了，也就因此而走向“衰落”。

正如洛德在《故事的歌手》的理论部分最后一章“书写与口头传统”中所论述的那样，“当文字被引进，史诗歌手，甚至包括他们中间的俊杰之才，却没有意识到其‘可能性’，也未迎头赶上去利用它。也许他们比我们更聪明，因为你是不能书写歌唱的。你不能囚禁普洛透斯，捆绑他就是毁灭他”（洛德，2004：124）。洛德看到了流变才是传统诗歌的生命，只有在没有固定文本插足于歌手和传统之间时，传统的诗歌才能被一次次演唱和创造。一旦某一次表演被定格为范本，传统就会停止发挥作用而宣告死亡，遵循着以程式进行即兴创编的口头史诗传统将逐渐失去存在的根本。因此，我们必须认识到，无论如何完备的书写，都很难使诗歌和传统“活”在文本之中。我们所见到的史诗文本，只是这个史诗群体中较为幸运或者可以说是不幸的一个，被固定在纸质媒体上，永恒却没有了生命力。

当然，这种认识并不代表我们否定史诗文本的价值，毕竟在口头传统极其脆弱而濒临灭绝的现代语境下，保存是保护和传承的一个前提。无论口头传统的书写包含怎样的一种无奈，毕竟我们从中还可以看到一部分历史的样子，这是不可否认的。口头传统史诗正在不断被重拾和发现，由文化传承的功能逐渐转换为文化认同的载体。从文本记录中寻找传统，唤起民族文化自觉，是有重要现实意义的。

三　汉译写定与本真性的质疑

实现一种文化事项的媒介转换，其过程无疑是复杂而艰难的。当前传播、出版的作为研究对象的伊玛堪文本基本上都是汉译的合集。从一种民族语言翻译成另一种民族语言；从一种民族文化传统，跨越到另一种民族文化传统；从声音介质转换为文字介质；从双向的视听交流，变成单向的视觉阅读；从共享文化传统的熟人圈子的演唱，转换到面对陌生受众的演唱；从江滩猎场、婚丧嫁娶生活场景中的说唱转换到录音录像机前、学者面前的表演，从即兴的变化的口头艺术到写定的固化的文字文本，赫哲族讲唱的口传史诗变成汉语纸质文字文本的过程是艰辛而复杂的，其中的断裂不是学者们单纯的主观努力就能够弥合的。尽管如此，从"写文化"到"民族志诗学"的提出，学者们一直没有放弃文字书写的努力。只是，在书写之前，在没有找到更好的书写方式之前，我们能做到的更积极的姿态，就是认识和面对书写文化所带来的信息缺失，匡正我们的批评体系，也为传统的复活与重新植入现代生活留有余地。

伊玛堪的文本化过程最极端地表现为汉译写定文本，而这其中最突出的两个问题就是民族语言和口头性的缺席和退化。作为口头文学的文本化研究，其中存在着民族语言的转译问题。如何看待曾经的民族语言的口头艺术被翻译为书面语言的汉语文本呢？笔者认为可以从两方面进行较为积极的理解。首先，汉语文本具有广泛的阅读基础，作为民族标志性文化和代表性文化的史诗伊玛堪，扩大阅读群体，有利于让本民族被更为充分和广泛地了解和认知。而这种对书面和翻译文本的肯定，不意味着否认民族语言的重要性，只是更为尊重客观现实和条件；这也不意味着完全放弃史诗的口头性，而是让史诗以另一种方式在人们的记忆和生活中存在，不一定以民族语言和现场表演创造的活态形式存在于日常生活的婚丧嫁娶等重要仪式活动中，但是可以通过本民族和其他民族的了解和讲述，使其成为本民族当下的艺术创造和教育传播内容，而这恰恰是需要以汉语文本传播为基础的，也可以视为一种新的活态传承传播。

在非物质文化遗产保护的语境下，作为文化认同载体的史诗写定需要以怎样程度的真实去书写，也关系着非遗保护“本真性”的重要论题，这与强调文本迻录的完整性之间是存在内在联系的。文本写定在怎样的意义上才是真实完整的，应该确立什么样的评价标准，在技术操作要求之外是否应该存在一个伦理性的价值判定标准作为约束？如果口头传统必然要无奈地被文字和其他媒体形式所替代，那么以文字方式写定之后的史诗文本能否最大限度地展示传统，如此展示的传统能否被受众所承认？这些问题需要回到文化主体的范畴进行讨论。越来越多的学者在讨论非遗的本真性问题时，意识到了政府和学者的参与，在一定程度上遮蔽或代替了社区成员作为文化主体的表达与认同，这是在非遗保护中需要提高警惕的。而作为文化的拥有者、创造者和承担者，他们在文化传承中是重要的实践和参与主体，只有发挥他们的主动性和能动性，才能使伊玛堪的传承有价值尺度和标准，才能保证其连续性与生命力。

书面汉译的文本形式的传播对于史诗作为非物质文化遗产的传承和保护与保持其本真性原则是否相背离？当下有关非遗保护中的本真性原则的讨论的成果有很多，主要有如下的代表性结论。非遗保护遵照本真性原则，就是最大限度地“原汁原味”地保存项目本身。这种观点在非遗保护工作开展之初最受追捧，主要是因为当时非遗概念和保护方式在中国都是一个新生事物，在全国性的保护运动开展的时候，我们没有与之配套的知识生产和人才支持。因此，有些地方出现了为了申报项目而生编硬造，甚至有些部门、有些专家根据自己的想法对当地老百姓的文化项目进行固定性改编，出现了很多闹剧，使得“本真性”的讨论十分必要。那么，“本真性”作为非物质文化遗产保护的一个抽象原则，在实践中应该如何理解和应用呢？尤其是当政府、学者和当地的社区成员共同在场的时候，谁的发言更为权威，谁能够决定和判断本真性的标准呢？因此，在后来的非遗保护中，一个与本真性配套的概念被引入其中，即“文化主体”或者说“文化承担者”。传承人和社区成员共同构成了文化主体，也在一定意义上成为非物质文化遗产保护中本真性的判断主体，他们往往是非遗的拥有者、创造者，但并不能构成唯一的传承主体。

“非物质文化遗产保护的主体牵涉很多方面，若从参与者的不同身份、不同角色来说，大致是三方五主体。一方是政府，决定非遗保护是一项公共文化事业；一方是专业团队，把非遗保护作为公益事业提供专业服务；一方是非物质文化遗产的主体，细分为个人、群体、社区。这五个主体都应该在非遗保护工作中发挥积极的作用。”（韩成艳，2020）我们在强调尊重社区文化承担者主体地位的同时也要认识到国家的公共文化建设与服务内容的重要性，非遗必然是一个多方力量共同参与的社会事业，单纯依靠社区成员的力量是无法完成那些濒危的文化遗产项目的现代转化和活态传承的。回到被翻译成书面汉语文本的口传史诗伊玛堪，在民族语言的萎缩消失已经成为不可逆转的现实情境下，通过模仿学习和片段演述的伊玛堪如何还能是民族的代表性文化？社区成员自身也是无法做出一个较为可信或公允的判断的。只有在多主体协作的非遗保护工作机制下，政府、专家学者等多方力量介入并有财政和制度设计与保障提供，才有可能实现碎片化的历史与变迁后的非遗在当下社会生活中再次接续重生。伊玛堪在赫哲人的生活中的经历在一定程度上可被视为一个极端而典型的案例，本书最后一章有伊玛堪传承与本真性理论的探讨，此处不再赘述。

第四章

伊玛堪中的程式及其功能

程式（Formula）是帕里－洛德理论中的核心概念。由于对史诗经典“荷马问题”的猜想不解，他们将目光转向世界其他地区，在南斯拉夫进行了大量的田野调查，通过“现场实验”（in-site testing）证实基于精密的文本分析基础上的猜想，荷马史诗来源于口头传统，而不是某位天才诗人的灵感。帕里、洛德的这一发现，引起了西方诗学传统在20世纪后半叶的研究转向。而伴随着20世纪50年代以来，我国发掘了大量少数民族活形态史诗，如享誉世界的《江格尔》、《格萨尔》和《玛纳斯》为“中国无史诗”做了辩护和正名。新的研究对象的产生更需要新的方法论支持，过去基于传统文学理论而建立的研究和批评模式一度束缚和限制了我国史诗研究的视角，遮蔽了口头史诗的艺术特色和审美价值。因此基于口头传统而提出的口头程式理论对于我国的史诗结构分析与意义阐释具有极其重要的方法论意义。然而，任何一个概念和方法的引进和运用都需要一个本土化衔接和印证的过程，本章拟就伊玛堪中的程式展开分析，确证程式在史诗创编的基础层面和审美层面的双重意义。

上一章对现有伊玛堪文本类型进行了论证，其作为口传文本的属性为其提供了作为分析对象资质的合法性。本章拟就文本程式进行分析，分析伊玛堪演述的程式化特点，以及程式在史诗讲唱中的功能，从而进一步认识程式的存在意义，揭示伊玛堪作为口头艺术独特的审美价值。

第一节　作为结构单元的程式

在口头诗学理论体系中，程式作为一个核心概念，构成了史诗创编、演唱和传承的基础，史诗就是一个大的程式叙事，其讲述方式也是程式化，其重复性特点正是源于“口头性”。同时，程式也是判定史诗文本类型的一个关键。因此，我们首先对程式概念及其属性进行介绍和分辨，以揭示其在史诗创编中的作用和意义。

一　程式

在谈及“程式”的概念的时候，正如钟敬文先生在朝戈金《口传史诗诗学：冉皮勒〈江格尔〉程式句法研究》一书的序言中所说的那样，我们过去曾经使用过“陈言”和“套语”作为文学理论的分析概念，然而这些概念背后引申出来的结论就是“冗余”和“重复”。于是在口头传统文本化的过程中，这些“冗余”和“重复”被梳理和删除，使口头性特征在文字迻录过程中被格式化。尽管已经有越来越多的学者认识到这类作品中“套语”的积极意义，但和它在口头性文本中所起到的真正作用和价值相比，肯定的程度还不够。摈弃“套语”，运用全新的程式概念，有助于理解作品中反复出现的成分在文本中的重要意义。我国的史诗大多是活形态的（尽管很多已经处于濒临灭亡的状态），因此在研究和保护过程中，不仅仅要强调迻录时尊重和呈现口头性特点，更要在研究中确立一套行之有效的理论体系。钟敬文先生评价“我国的史诗研究并不落后”，然而也看到了我们的史诗研究缺乏体系，导致了与西方史诗理论研究的落差和断裂。

论及口头程式理论对“程式”内涵进行表述的时候，美国密苏里大学弗里教授曾经做过这样的界定：

> “程式”（formula），它被帕里定义为“一组在相同的韵律条件下被经常使用以表达一个特定的基本观念的片语”，它在修辞学层面上等同于 re 或词。于是任何重复出现的片语，例如英雄的姓名或地名（“飞毛腿阿喀琉斯”，或者是“荒漠般的派琉斯”）

> 可以被认作是一个程式。一个必要的前提是，这种片语作为一个单元要反复出现，并且对于在口头演唱中叙事的诗人来讲具有助益作用。帕里强调说，它们是这样一些被经常使用的片语，它们帮助这些文盲歌手在不用书写的情况下流畅地进行史诗叙事。
>
> （弗里，1997：86~90）

在弗里的这段论述中，我们看到最初帕里－洛德对“程式”的定义，具备以下几个特征：程式使用的范畴限定于相同韵律；内容上要表达一个基本观念，通过后面的表述和举例，我们可以理解这个基本观念就是一个相对完整和独立的语义；程式必然是一个基本观念的表达，但是基本观念的表达不一定都是程式，其作为程式的前提是反复出现；程式的功能是帮助歌手流畅地进行叙事。就像弗里教授所说的那样，“口头理论的核心特征，可以凭借着由帕里和洛德提出的几乎与歌手们的‘词’相同的三个结构性单元，而简明扼要地表述出来”（弗里，1997）。这里的三个结构性单元除了前面提及的程式，“主题或典型场景”（theme or typical scene）和“故事范型”（story-pattern）也是我们对史诗文本进行技术性分析不可或缺的概念。

洛德在《故事的歌手》里提出“主题或典型场景”是指“成组的观念群，往往被用来以传统诗歌的程式风格讲述一个故事”（洛德，2004），他往往给诗歌的演述者提供一个比程式规模更大的现成的典型描绘，略加润饰以后就会适用于某个故事情节中的特定场合。洛德认为“对于口头诗人而言，‘主题’是十分有用的，这恰恰是因为它们允许他表达一个独一无二的情景，却用了一种传统的结构”（洛德，2004）。他还以荷马史诗中的宴饮场景为例进行说明，他将史诗第一部里的“忒勒玛科斯化了妆款待雅典娜”和第十部里的“喀耳刻招待奥德修斯”两个宴饮场景进行对比，发现其中餐前为客人洗手的礼仪、特定种类的食物、特定角色侍奉进餐、结束时出席者对食物的赞赏等环节具有共通性。因此，如果说程式是某一观念的表达，那么作为观念群的“主题或典型场景”就是程式群的表述和运用，其作用与程式显然是一致的。

最后和程式密切相关的结构性单元是“故事范型”，也就是口头理论中最大尺度的“词”，也称作故事类型（tale-type）。以古希腊史诗《奥德赛》为例，“复归”的故事型式所提供的是一种“超级结构”，我们可以将其理解为一种最大化的“程式”。

弗里将其解读为“依照既存的可预知的一系列动作的顺序，从始至终支撑着全部叙事的结构形式。正如其较小规模的同族程式和话题，故事型式提供的是一个普泛化的基础，它对于诗人在演唱时的创作十分有用。同样的，此基础亦允许在一定限度之内的变异，也就是说，在统一一致的大构架中允许特殊的细部变化和差异”（弗里，1997）。也就是说，这是史诗叙述的更为复杂和成型的“程式”。故事范型是从史诗创编和建构角度来界定的概念，对于歌手的讲唱活动具有重要的支撑作用和很强的适用性。尽管在文本表现上和我们常说的“母题”有重合之处，二者分属于不同的概念体系或者说是史诗不同的构成层面（在传统的民间文学叙事的文化研究中，我们更倾向于使用与之存在一定对应关系的“母题”概念），本章强调对史诗的结构性分析，故采用此概念进行论述较为妥当。

二 程式的属性

我国史诗的研究者朝戈金在运用口头程式理论分析蒙古族歌手冉皮勒演唱的《江格尔》时，对帕里的程式概念进行了补充，认为“程式是具有重复性和稳定性的词组……在不同的语言系统中，程式可能具有完全不同的构造。史诗诗学晚近的发展表明，程式不仅体现在词组和句子上，也体现在更大的结构单元上”（朝戈金，2000a：17）。他所指的“更大的结构单元”就是以程式为基本单位构成的更大程式——“主题或典型场景”和“故事范型”。这种立足本土史诗传统的理论应用实践检验了程式概念的有效性，同时深化了对于程式属性和价值的思考和论证。基于以上论述，我们对于程式的属性有如下认知。

首先，“程式的基本属性就是重复”（朝戈金，2000a：17），结构单元构成程式的一个前提是具有重复性，也就是口头理论中提及的“频密度”。“频密度”指程式在某个给定的单元中反复出现的频度，也是口传史诗过去饱受诟病之处。现在研究者则越来越注重对于程式的密度分析，将其作为史诗作品“口头性”的一个判定标准。

其次，程式是传统的产物，是集体选择和积累的结果。所有的史诗演唱都是面对受众消费而进行的信息交流活动。歌手的每一次语词创造从最初的传递信息，到进入讲述系统最终固定为程式被重复使用，必然在享有共同文化传统背景的受众消费过程中被肯定和接受，也只有这样，其才会被纳入叙事艺术之中得以传承。从发生学的角度来看，程式就是被传统筛选之后的产物，是歌手和受众互动交流后的选择，是“适合（传统）的表达方式”。因此，程式具有稳定性，就像弗里所说的“当口头传统一旦确立起适合其表达需要的方式，这一‘说话方式’与日常话语或在文本中变动着的语言比较起来，就表现出相对稳定，变化缓慢的特点”（弗里，1997：86～90）。

最后，程式可以被定义为狭义和广义两种。狭义的程式是指构成整部史诗的具体的结构性单元。广义的程式是指程式化的叙事，也就是说整部史诗就是由不同层次的程式化叙事所构成的。我们本章运用的是狭义的程式的概念，“程式”作为构成史诗叙事的重复性结构单元，为叙事者提供演述的材料，使其完成漫长的史诗演唱过程，并保持叙事节奏的流畅。同时，需要补充的是，这里回避了典型场景和主题，或是故事范型的概念适用，不刻意辨析程式作为结构单元的层次和大小问题（它可以是一个基础观念的表达，也可以是一个观念群的表述），着意于从属性（稳定性和重复性）上对程式进行界定，目的是从史诗结构和创编的角度，分析史诗程式的功能，从视听的维度重新认识其审美价值，完善口头史诗的审美价值批评标准。

第二节　伊玛堪中的程式

伊玛堪史诗文本的程式化与“帕里－洛德理论”对口头史诗的分析是基本一致的。语词程式是上述三个结构单元中最小的一个。这类程式弥漫于表演的全过程，数量多、形式繁杂，我们可以通过文本分析进行一个基本的界定，进而了解其在史诗中的存在状态。

一 语词和句式程式[①]

程式作为最小的情节结构单元，表述一个基本的观念。这是构成史诗叙事的细胞，也是歌手歌唱的准备材料来源，在伊玛堪中俯拾皆是，发挥着重要的建构作用。人物是叙事作品的灵魂，史诗中的程式则是听众抵达叙事灵魂的桥梁。通过荷马史诗中的语词程式，我们记住了“灰眼睛的雅典娜”“白胳膊的赫拉”；通过《江格尔》中的语词程式，我们记住了“人们中的鹰隼/铁臂的萨布尔”“伟大力量拥有的洪古尔”。而伊玛堪中到处都是被萨满庇护的“英勇的莫日根”“骁勇的莫日根”“勇猛无敌的莫日根”“勇敢的莫日根”等；作为英雄的妻子，常常被形容为“萨满神通很大的德都”“美貌绝伦的德都”；形容变形为神鸟的德都都是“金翅金鳞的阔力”“金光闪闪的阔力”“金色翅膀的阔力”；形容法力高深的萨满总是住在“金光闪闪的房子”里。这种重复语词的使用突出了事物的特征，同时在反复的强调中又加深了印象，使其更加稳固地进入了史诗的讲唱和传承体系之中，具有极强的稳定性和普遍性。例如关于莫日根扎紧皮带这一动作性程式的使用，几乎遍及所有的伊玛堪讲唱之中，为史诗歌手所共享，只是在具体表达和运用中略有不同：

> 满都莫日根把衣裳抻一抻，把皮条紧紧，就奔那哥儿俩走去。
>
> （黑龙江省民间文艺家协会，1997：15）

> 香叟莫日根接过一看，弓很硬实，箭头是用铁做的，十分锋利。他高兴地用皮条扎了腰，背起弓箭就要走。
>
> （黑龙江省民间文艺家协会，1997：142）

> （香叟莫日根）他下了树，勒紧了腰带，拿着弓箭，顺着山坡，往前张望着走去。
>
> （黑龙江省民间文艺家协会，1997：143）

---

① 为了与后文的故事范型程式和典型场景程式相区分，强调程式作为史诗最小的情节单元，故此处采用语词和句式程式的说法。

（香叟莫日根）吃饱以后，他用黑瞎子皮条把腰扎得紧紧的，准备出门去找他哥哥。

（黑龙江省民间文艺家协会，1997：123）

（香叟莫日根）一拍脑袋，闭上眼睛一蹦，只觉得耳边风声呼呼直响。不一会儿风停了，他感到自己掉在了一个棉花一样软乎乎的东西上。他睁开眼一看，身上哪儿也没碰着，也没磕着。往前一看，是一座大山，往脚下一瞅，是一棵大树，自己正好在树枝上站着呢。他下了树，勒紧了腰带，拿着弓箭，顺着山坡，往前张望着走去。

（黑龙江省民间文艺家协会，1997：143）

夏里克尤出门捕兽前“勒了一下腰带，出了门，像一阵风似的走了”。

（黑龙江省民间文艺家协会，1997：125）

香叟莫日根出门替哥哥完成温金德都的娶亲条件时：“用皮条子把腰勒紧了，拿起哥哥的弓箭，抬脚出门去了。”

（黑龙江省民间文艺家协会，1997：128）

阿格弟莫日根参加比武招亲：芒占玛法手下的一个博什库大声说：“各位好汉莫日根，今天大家都要吃饱喝足。正晌午时我们开始比赛，大家都要做好准备，吃饱了的马上去比赛场地。”阿格弟莫日根听了，也紧了紧腰带，摆弄着弓箭，挤在人群当中。

（黑龙江省民间文艺家协会，1997：438）

希尔达鲁莫日根的父亲希勒勾末日根在带领手下的勇士迎战侵略的对手时，“希勒勾把事情详细一说，大家伙儿听了气得直拍大腿，个个莫日根都勒紧腰带，手拿弓箭和扎枪准备迎敌”。希勒勾莫日根论个人能耐，论萨满法力，都是远近有名的。他拿起黑熊瞎子皮条在腰上绕了三圈儿，勒紧，带上弓箭走到房西供奉神灵的托落下，跪在地上祈祷。

（黑龙江省民间文艺家协会，1998：8）

通过上述对比，我们可以看到“勒紧皮条”作为语词层面的结构单元具有程式的特征，即具有一定的频密度，在同一篇史诗讲唱中反复出现（在《香叟莫日根》中多次出现，尽管并非每次都是完全一致的表述），在史诗中的位置和功能极其相似，表达一个基本的观念——主人公即将开始一个不同寻常的动作。

二　典型场景程式

典型场景作为程式组成的一组固定搭配的观念群，表述某一个场景，在伊玛堪中也是随处可见的。伊玛堪讲述的是莫日根复仇的故事，其中避免不了对于战争场面的描写。一般在英雄遇难的时候，他的萨满神通广大的妻子就会出现，化作阔力从空中向下俯冲劈去，帮助丈夫脱离困境，对于这种交战的场景描述是十分普遍和一致的。

例如在葛德胜老人讲述的《香叟莫日根》中，看见丈夫香叟莫日根被困树上，几位妻子分别幻化为阔力劈树施救：

她俩飞到半空，运足全身力气，对着神树杈子一阵风似地劈去。只听“锵”的一声，震得神树左右摇摆了几下，可是香叟莫日根和傅劳洪还是挂在树上，没有救下来。

这时，傅兰德都对温金德都说：“咱们俩来劈劈试试！”她俩使足了力气，运足了浑身的劲儿，飞到高空，把自己神灵叫了几声后，像电闪雷鸣般地劈了下去。只听一声巨响，一根神树杈子被劈掉了，可是香叟和傅劳洪还是挂在那里，没有救下来。

这两只阔力飞上了高空，把嘴靠到一起，集中了全身力量，亮开翅膀，往下冲了下来，一头撞在神树上。只听“锵”的一声，火星直冒，两只阔力昏死过去。等她们苏醒过来，已经粘在树上。

赫金德都转过头来，对在暗中保护的几个德都说：“你们散开，把树根看住，不要让这树神跑了！”说完，她飞上高空，张开铜嘴，把茶碗般的眼睛一瞪，祷告说：“我的诸位神灵，请你们都来助我一臂之力!”祷告完，她猛一使劲，挤出两滴眼泪，变成跟她一样的两只阔力，跟着她飞上高空。三只阔力把嘴靠在一起，向神树冲去。只见空中顿时乌云滚滚，霹雷闪电，发出万道金光，向神树劈去。一阵巨响，地动山摇，神树被劈开了。

（黑龙江省民间文艺家协会，1997：155~158）

典型场景作为较大的情节单元，在伊玛堪中的使用十分频繁，重复属性非常突出。然而这种场景的运用又不是完全固定的，具有一定的层次感和变异性。这样使得听众在获得享受的同时，也能感受到情节的推进，在熟悉中又打开了陌生化的期待视野。

一般来说，英雄为娶亲而完成难题考验的时候总会被要求去射杀某种神兽，作为自己胆量和力气的证明，以赢得姑娘的芳心。而神兽（常常是乌鲁古力、天鹅、千年的鳇鱼或野猪等）在面对英雄出现的时候，也会有一段自白，一方面夸耀自己的力量，另一方面从另一个角度衬托英雄人物的神勇。这是英雄史诗中十分常见的场景，多以唱段为主。

在葛德胜讲述的《香叟莫日根》中，香叟的哥哥夏里克尤为了娶温金德都，去捉野猪和天鹅时有一段天鹅的自言自语：

在他走到离天鹅不到三百步远的时候，只见那只天鹅把脖子一伸，抖落抖落翅膀，张张嘴叫起来：

赫哩啦来赫哩啦——
赫哩啦赫哩啦——
以前有多少个莫日根，
没有一个能把我靠近。
都在三百步开外，
早早被我察觉了身影。
今天你走近了三百步，
看来还是有点儿神灵。
我这会儿就飞起来，
你要能够看见我的影儿，
就算你行!

啊唧——

天鹅说完，把翅膀一亮，像流星一样飞走了，连用眼睛看都来不及。

（黑龙江省民间文艺家协会，1997：126）

（夏里克尤）在山的半截腰一片柞树林中间，有一头一人来高的野猪，正在那里拱着地，吧嗒吧嗒嘴说：

赫哩啦来赫哩啦——

赫哩啦来赫哩啦——

你这个莫日根，

看来还有点儿神灵。

不知不觉地，

把我靠近。

这会儿我要试一试，

看你究竟有多大本事。

上前来吧，

我要你的命

啊唧——

野猪说完，张着大嘴就朝他奔来。他一看不好，掉头就跑。

（黑龙江省民间文艺家协会，1997：127）

当香叟去射杀白天鹅时，也有一段天鹅的自白：

这时候，白天鹅在水上抖着翅膀，说：

赫哩啦来赫来——

赫哩啦来赫来赫来——

唉呀呀！

好煞楞的莫日根，

好厉害的莫日根，

我还没有遇见过，

有人能像你靠我这么近！

你有能耐的话，
就能看见我飞过的影子。
没能耐的话，
看个影儿也不行。
啊啷——

天鹅说完，把翅膀“扑拉”一亮，就要飞。香叟莫日根搭上了弓箭，一箭射去，正中天鹅的心口。它拍了两下翅膀，就掉在地上了。

（黑龙江省民间文艺家协会，1997：127）

香叟去射杀野猪的时候，伊玛堪中这样讲述：

野猪，正在用嘴拱地，找橡子吃，把土圪砬一拱拱起来老高。香叟猫着腰，轻轻地向前溜，越溜越近。溜到离野猪不远的地方，野猪一抬头，看见了香叟，它吧嗒着嘴说：

赫哩啦赫哩啦改格——
赫来赫哩啦赫哩啦改格——
住在松花江中游的
香叟莫日根，
你真厉害呀！
你真煞楞呀！
头两天我这里，
来过一个莫日根。
他外强中干，
也没什么本事。
我住在这里几百年了，
来过多少个好汉。
在百步开外就让我发觉，
都在这里丧了命。
你能溜到离我三十多步，
可真有点儿神灵！

嗯呐呐，噢咄咄，
这会儿你送上门来，
真是末日来临。
我看你还有多大能耐？
我一口就要了你的命！
啊唧——

（黑龙江省民间文艺家协会，1997：130）

这一段叙事中集中对比展现了兄弟二人射杀野兽的过程，在这几个典型场景的运用中，野兽的自言自语部分的话语内容是极其相似的，然而在结果上又发生了一定的变动，这是典型场景基于稳定性的变异性的表现。稳定性给了歌手和听众交流的基础，而变异性则增强了歌手表达的丰富性，也满足了听众求新求变的心理期待。同样的情节，出现在葛德胜的另一篇伊玛堪《阿格弟莫日根》中时，则表现出一定的变化。

当主人公阿格弟莫日根要娶黑斤德都时，黑斤德都的父亲黑斤萨满要求阿格弟捉来千年的鳇鱼，歌手这样讲道：

只见江水茫茫，波浪滚滚，阿格弟莫日根一直向大江走去。说来也怪，大江里的水，见阿格弟莫日根走来，立刻分向两边闪开一条道。越往前走，江水越深，水就越发黄。再往前一看，只见江水最深的地方，有一个像小房子似的东西。阿格弟莫日根仔细一瞅，原来是一条大鳇鱼。只见它脊背露出水面，“呼呼”地吐着水泡。尾巴一甩，江水立刻卷起二十多丈高，水就像开了锅一样，拧着旋儿，翻着花儿，冒着泡儿。那千年鳇鱼见有人向它走来，便张开它那像笸箩似的大嘴，吼叫着唱道：

赫哩啦雷赫哩啦——
赫雷赫哩啦，改格——
你在离我一百步的时候，
我就发现了你。
我在这儿已经住了一千多年，

有多少莫日根好汉，
都不能靠近我。
赫哩啦雷赫哩啦——
赫雷赫哩啦，改格——
你还真是不善那，
还敢近前来和我较量。
今天你来到了这里，
就别想活着回去了。
赫哩啦雷赫哩啦——
赫雷赫哩啦，改格——
那可恶的黑斤萨满哪，
为了你闺女的亲事，
尽来找我的麻烦。
你过去找了多少莫日根，
用抓住我做你招亲的条件，
让多少人葬身江底。
使多少人丢了性命。
这个阿格弟莫日根，
还有他姐姐阿兰德都，
他们祖辈生活在松花江边，
专以打猎为生，
是在穷困中长大的。
今天你又打发他来了，
现在已经到了我跟前，
这不是白白送他的命吗？
赫哩啦雷赫哩啦——
赫雷赫哩啦，改格——
现在他正是年纪轻轻的时候，
就让他白白死在这里，
想起来是多么可怜。
你这狠心的黑斤萨满，

真是杀人不眨眼哪，
你这是让阿格弟莫日根送命来了。
赫哩啦雷赫哩啦——
赫雷赫哩啦，改格——
阿格弟莫日根哪，
今天你既然来了，
就在原地站好等着吧。
当我向你冲过去的时候，
你来不及逃跑，
就会被我吞进肚里。
你可不要怪我心眼儿不好，
这可是你自己找的。

（黑龙江省民间文艺家协会，1997：406～408）

同样，为了娶芒占玛法的女儿，阿格弟再次去山上射杀神兽乌鲁古力，对于类似的情节葛德胜老人这样讲道：

啊唧——

阿格弟莫日根和芒奎莫日根弟兄二人，直奔东南山而去。走着走着，他们来到一个山岗朝阳坡上。只见在一个密密扎扎的柞树林子里，有一片平坦的草地，在草地中间有一个像葫芦抱（小窝棚）似的用树枝和杂草搭成的窝，四外堆了挺老大一堆扒出来的土。芒奎莫日根说："兄弟，你在这里歇一会儿，我先去看看。"阿格弟莫日根说啥也不答应，他让芒奎坐在这里等着。自己就一点点往前凑，溜到约有一百多步。这时从土堆后边的洞口里钻出一头怪兽，脑袋足有锅盖大小。只听它大吼一声，纵身蹿出了洞穴，震得山摇地动，树叶"唰唰"地落。那乌鲁古力看见面前的阿格弟莫日根，瞪圆眼睛吼叫着唱道：

赫哩啦来赫哩啦——
赫来赫哩啦，改格——
那可恶的芒占玛法，

为了女儿的亲事，
竟然拿我做条件，
专门和我作对。
你要的三个条件都做到了，
还想用我祭祀神灵。
山上林子里有多少野兽，
为啥非得找我的麻烦？
你办的事多么可恶，
你做的事多么可恨。
赫哩啦来赫哩啦——
赫来赫哩啦，改格——
我在这生活了一百多年，
有多少个莫日根，
因为打我的主意，
把命丢在了这里。
今天在你就要抓到我腿的时候，
我才发现了你。
你的能耐实在不小哇，
可惜了你的一条小命了。
既然你们来到了这里，
我也就不客气了，我要一口一个把你俩吞掉。
赫哩啦来赫哩啦——
赫来赫哩啦，改格——

住在松花江、黑龙江、乌苏里江三江平原上的阿格弟莫日根哪，你要白白地把命葬送了。

要是你知道我的厉害，
赶快扭头跑回去吧，
我还饶你一命。
你要是想和我较量，
想动我一根毫毛，
在你要用弓箭射我的时候，

在你还没瞄准我的时候，
在我扑过去你还来不及躲开的时候，
我就把你囫囵个儿吞进我肚子里。
啊嘟——

（黑龙江省民间文艺家协会，1997：450～452）

通过对比，可以看出这种典型的相似性，也可以发现不同的故事情节表现出不同的叙事特点，还可以发现在结构和功能极其相似的地方，甚至是可以互相置换的。这一点充分说明了这种典型场景的描述程式具有极强的稳定性和广泛的应用性。当然，这是我们从固态的史诗文本中做出的分析和推测，根据史诗具有的变动性和整体叙事的程式化特征，在理论上也是具有可行性的。

伊玛堪中类似的场景还有很多，如对于萨满跳神场面的描写，往往出现在祈祷神灵保佑的时候、征战凯旋酬神的时候以及婚礼的庆祝场面或者是传统的跳鹿神的节日庆典上，具有极其广泛的适用性。那么这些固定的场景为什么可以传承甚久而令人百听不厌呢？一方面，与歌手的讲唱水平和对程式化叙述的变动性表现有关；另一方面，就是这样的场景本身契合了人们的文化观念和价值判断。例如在对英雄的颂扬主题下，射杀猛兽的成功是一种众望所归的艺术结局，代表着正义力量的获胜，是对勇武和力量的歌颂，符合民族传统的价值判断。从接受角度来看，在正义力量取得胜利的过程中适当加入阻力，则会使受众在期待遇挫和期待胜利的交替中获得接受的快感（关于深层的心理结构分析，我们在后边的章节会有所论述）。也正是由于受众的接受和肯定，歌手也在不断变化中使该场景逐渐丰富和发展，其在讲唱中出现的频次也会更多，进而被纳入更大规模的史诗叙事之中。

三　故事范型程式

伊玛堪中最大的情节结构单元当属故事范型了，从文本的表现形式来看，其也与研究“母题”很相似，有的研究者称之为“结构板块”（徐昌翰、黄任远，1991：176）或“情节单元”。为了保持论述体系的一致性，我们依然采用“故事范型”的概念。故事范型被弗里称为一种“超级结构”，因为从规模上讲，它是一种更大的程式化情节单元，是更为稳定和自足的史诗讲唱材料。通过对现存不同的伊玛堪的文本分析比照，可以看到其中的故事范型层次的“程式”是非常明显和有限的。也就是说，一部史诗基本上就是故事范型的有机变动的组合，每种范型出现的次数决定了史诗的长度和广度，出现的顺序取决于歌手的叙事需要和建构情节的能力。可以说，叙事范型的不同组合构成了不同的伊玛堪作品。这种情形广泛存在于少数民族的史诗演唱传统之中，如蒙古族史诗、藏族史诗等。综观伊玛堪的故事范型大致可以概括成如下几类：

A 英雄出身——包括对莫日根姓名、出身和遭际的介绍

A1 神奇诞生（人神结合的后代，如木竹林莫日根，或者是梦中感生）

A2 父母被对手掳走或杀害，自己幸免，和兄弟姐妹相依为命长大

B 英雄学艺——莫日根获取萨满神通

B1 上山遇神，神授神通

B2 病愈后脱胎换骨，获得神通

B3 被女萨满过阴追魂，死而复生，获取神通

C 英雄结义——结拜兄弟，建立联盟

C1 对方主动示好，表示归顺

C2 途中相遇，武力降伏后归顺结义

C3 结成盟友，互相帮助（与头盖骨结盟）

D 英雄婚姻——这是最为复杂的范型，其中涉及不同的婚配形式

D1 主动追求，难题考验

D2 命中注定，萨满决定

D3 比武择配，参与竞争

D4 结义兄弟，以妹相许

E 英雄遇难——莫日根与敌人交战中落败，陷入困境

E1 阔力相救（一次或数次）

E2 乞求萨满神灵相助

E3 由女萨满过阴追魂

F 英雄争斗——英雄与对手发生冲突争斗，战胜对手

F1 徒手相搏

F2 阔力、萨满相助

G 英雄凯旋——寻到双亲，造船凯旋，分配财产，酬神

上述故事范型反复出现在伊玛堪的史诗讲唱过程中，构成了不同的叙事情节组合，简化成公式就是：

《木竹林莫日根》的情节构成为：A1 + F2 + F2 + E1 + F2 + D3 + F3 + D2 + F1 + F2 + D1 + F2 + D1 + F1 + G + F2 + D2 + G，全篇由 18 个故事范型构成。其中，F 出现 9 次，D 出现 5 次，A 出现 1 次，B、C 为 0 次。

《什尔大如》的情节构成为：A1 + B2 + D1 + C2 + D2 + F3 + G + D4 + E2 + F2 + D3 + F2 + E1 + D1 + D2 + E1 + F1 + G，由 18 个故事范型组成。其中，D 出现 6 次，E 出现 3 次，F 出现 4 次，G 出现 2 次，A、B、C 各出现 1 次。

《安徒莫日根》的情节构成为：A1 + D3 + C2 + F1 + D1 + D1 + F1 + D2 + C1 + D2 + E1 + D1 + F1 + D2 + D1 + D3 + F1 + E2 + F1 + F1 + F2 + D2 + G，由 23 个故事范型组成。其中，D 出现 10 次，C、E 各出现 2 次，F 出现 7 次，A、G 各出现 1 次，B 为 0 次。

《香叟莫日根》的情节构成为：A1 + D3 + G + C1 + D3 + G + E1 + F2 + E2 + D1 + G + F2 + D2 + G，由 14 个故事范型组成。其中，D 出现 4 次，E、F 各出现 2 次，G 出现 4 次，A、C 各出现 1 次，B 为 0 次。

从上述几个具有代表性的伊玛堪情节的故事范型组合可以看出，婚姻和斗争情节是作品中次数出现较多的两个情节板块。统计数字表明，婚姻情节板块在上列四部说唱故事中出现次数最多，婚姻情节达到 25 次。婚姻和斗争均占作品中出现的所有情节板块总数的 1/3 左右。在《安徒莫日报》中，婚姻情节板块先后竟出现 10 次。在《木竹林莫日根》和《安徒莫日根》中，斗争的范型分别重复出现过 9 次和 7 次。根据统计数字，显然婚姻和斗争这两大情节构成了作品的主要内容。其他故事范式同这两大类情节之间往往是交代说明和铺垫过渡的关系，都程度不同地服务于和依属于这两大基本情节（徐昌翰、黄任远，1992）。关于主人公身世的情节虽然在每部作品中都仅出现一次，但这是一个不可或缺的板块。作为规律，它们往往出现于作品的开头，起交代说明、提起全篇的作用。凯旋庆贺酬神的情节范型具有终结叙事的意义。有

的作品中此类情节可能出现 2～3 次（如《木竹林莫日根》和《香叟莫日根》）。一般来说，祭祀酬神出现于史诗末尾，以盛大酬神场面结束史诗讲述。祭祀酬神情节也可能安排在某次重要的斗争胜利之后（包括猎杀神兽或者娶亲成功），作为英雄胜利的庆祝，也是叙事中的短暂停顿；有的祭祀场面出现在具有特殊意义的行动开始之前（如出征之前）或之后（如结拜兄弟之后）。根据不同的讲述需要，祭祀酬神的情节也有不同的位置和作用，极具灵活性。

关于获取萨满神通经过的情节板块虽然只是在《什尔大如》中出现，而在其余四部中不见踪影，但这并不意味主人公萨满身份的失落，也不能否定获取萨满神通情节的普遍性，最大的可能是这一具有仪式意义的情节在传承过程中逐渐淡化，致使这一完整的故事类型变得破碎，有些地方变得更隐蔽、更难于辨认，然而仍然可以通过主人公的某些萨满行为和能力（例如差遣萨满神的能力，给人跳神看病，身穿萨满服参加谢神仪式等）以及在其他情节板块中的有关细节描写（如获取萨满神通成为萨满的原因或过程）中得到暗示或曲折地表现出来。这种情况都可以揭示史诗中莫日根的萨满身份，在长期传承过程中在人们的意识里越来越淡薄。这种故事类型在歌手的调遣下自由组合安排，使史诗呈现纷繁复杂的多样面孔，极大地增强了伊玛堪讲述内容的复杂性，使情节的发展变得较为自由和生动，作品也在单一模式的基础上变得更为丰富。

第三节　程式的意义和功能

“程式化的表达是艺术上的惯例和风格上的技巧，其作用是提醒观众注意诗歌主题的进程，进而建立其必要的和谐情境，并体味耳熟能详的亲切感，从而在吸引听众注意力的同时，又不会折损诗歌的独特品质。因此重新评估术语‘口承性’和‘程式化’是十分必要的。”（索瓦颜，1985，转引自弗里，2000：208）随着口头研究的深入发展，我们愈加认识到在口头文化语境中，诗歌是一个社会中主要的记忆手段，是其文化赖以传承和再生从而得以世代相承的最具权威性的话语和主要途径。口头文化的实践和制度，富于节奏、韵律性和程式化表达的诗歌是口头文化赖以保存和传承传统知识的主要手段，诸如此类的技艺有助于歌手记忆和即兴表演，同时为听众创造接受的愉悦。在这个过程中，程式化的叙述具有决定性的意义。我们从创作、接受和审美价值三个方面进行论述。

一　程式与歌手的演唱活动

史诗的演唱活动，从某种程度上看就是歌手以程式为基础进行创编，听众以传统为基础进行筛选和接受，并做出反应，积极引导歌手的演述，以至共同完成一次史诗的创作的过程。

1. 程式是史诗演唱的基本材料

程式和程式化是把复杂的人和社会生活中的种种语言、行为、思想、感情等加以分类并用类型化、规范化和成套的语言、动作或旋律将它们表现出来。口头史诗中的各类程式概念都不是纯形式或无机的，不是纯形式的结构定格和技术法则，也不是什么僵硬的死格式，而是富有表现性和能动作用的，是一种能够灵活运用的结构部件。通过对伊玛堪史诗文本的反复研读以及在田野中对歌手现场表演文本的聆听和观察，笔者注意到，对于史诗歌手而言，程式特别是前文所说的语词程式和主题层面上的程式化表达形式并不是束缚和约束他/她的绊脚石，而是他/她在表演中的快速创作压力下为快速构筑诗行、展现故事内容而灵活调配的实用又有效的操作工具。伊玛堪歌手装满了各种修饰形容的说辞、各种典型的场景、各种固定对白和唱腔，他们对于整部史诗的整体架构了如指掌，英雄的形象、萨满的形象、各位美丽德都的形象深深印在他们的头脑中，如德都们在空中战斗厮杀的场面、展开金色翅膀翱翔、在地上打个滚就变回人形的情境，英雄凯旋回乡后狂欢的酬神景象对于歌手们都是信手拈来的说辞。

歌手通过这种程式单元，在不用书写的状况下记忆、创编史诗，在表演的过程中用它们来迅速建构诗行。这种程式包括对史诗中各个英雄人物的外貌特征、性格，各种战斗场面，英雄之间一对一的搏斗，英雄与对手的情况的交代；等等。此外，它还包括与英雄人物复杂的内心活动、行为动作有关的行为程式以及与各种特性修饰语（epithet）、隐喻（metaphor）、比喻、夸张等修辞手法有关的程式。它不是机械的、僵死的概念，而是一个能够随心所欲地被歌手灵活调动，具有无限张力和自由度的结构“部件”，是歌手创作的武库。他对程式的吸收、积累和运用是在无意识的、融会贯通的状况下完成的。所有的程式，无论大小，都是在反复演唱当中以难以察觉的独特方式积累起来的。运用程式进行程式化的叙述过程中有一些极为重要且十分稳定的“结构框架”，这些“结构框架”对歌手来说是极为重要的，例如英雄的名字、出生等能够立刻使歌手发生联想的、具有稳定的核心意义的词语。当然，除了英雄的名字、身世背景等十分固定的名词之外，还有固定的情节单元（就是我们说的典型场景和故事范型），英雄的婚姻（难题考验、比武择配以及其他方式中的一种或者集中轮番选择），英雄的征战方式（徒手还是使用武器，摔跤、骑马或者射箭），等等。歌手正是借助这些稳定的结构框架将那些附着在这个框架上的可以替换的修饰性词语、结构性情节进行快速置换和排列，从而使得整个史诗讲唱流畅而有序地进行。

2. 歌手创造了程式，程式塑造了歌手

“大量运用程式因素，既是为了求得吟唱时的方便，也是为了寻求直接而迅速的反应。”（周发祥，1997）演唱伊玛堪时，歌手不用任何乐器伴奏，其演唱水平的高低取决于他在自己的记忆中储存的这种片语的多寡以及他操作和处理它们的能力。伊玛堪是由其包含的、活的语词程式、主题和固定程式化结构所构成的口头传统。主题是一个固定模式，可以在文本中的相关地方出现，但关于主题的具体程式在不同的地方有不同的表现，在适度之内有所变化。在不同歌手的表演中，对于语词程式的修饰语是不同的，“金翅闪闪的阔力”，可以说“金翅金鳞的阔力”，可以说“只见霍通里旗杆顶上那只阔力，霹雳闪电、火星箭打一般地飞来，双翅金光耀眼”；对于难题考验的婚姻叙事，题目的数量和内容是可由歌手自由选择变换的，如葛德胜在讲述《香叟莫日根》中的英雄求婚难题时，温金德都对夏里克尢的求婚，提出三个条件：猎获乌鲁古力、白天鹅和黑野猪，而香叟娶傅兰德都的条件只有一个，就是射杀金鹿；待香叟去向赫金德都求婚的时候，赫金父母提出的难题考验就是用无底桶挑水上山和捕捉独角龙。歌手卢明讲唱的《夏留秋莫日根》中关于求婚的难题考验则是另一番景象，巴彦玛法家举行比武招亲，夏留秋去求亲要娶巴尔堪德都，只见：

巴彦玛法穿着狐皮衣裳，家奴们在当院中心摆上了桌子和金脚椅，巴彦玛法就乐呵呵地坐在那儿。佣人们给巴彦玛法倒水装烟，他喝完一口水，四外瞅瞅，说道：

赫哩啦——赫赫啦尼——赫哩啦——

天下来比武的莫日根好汉们，我也不知道你们都是啥时候来的。

有事情也不上来问问我，昨天夏留秋来问我，我才知道你们是来参加我家比武招亲的。

你们都是为比武来的，谁要赢了谁就娶我姑娘做媳妇。

我把条件给大家讲一讲，请大家仔细听清。

我巴彦玛法的头一个条件是，

考一考你们谁的箭法准。托落杆上九根针摆齐整，

还有一顶神帽摆在当中。再并排摆上十五个铜镜子，

最后是一根通天柱子直插白云。谁要能一箭射透十五个大铜镜，

再射穿那带眼儿的九根针，把神帽也能射穿了，

最后把箭钉在通天柱子上，这就算达到了我的第一个条件。

赫哩啦——持赫啦尼——赫哩啦——

巴彦玛法我的第二个条件是，考考你们谁的力量能举千斤。

我年轻时也种过地，使过三岁的牤牛把地耕。

谁知它一下子卡倒了死在那，变成块大卧牛石到今天。

谁要能把大牤牛石搬到院子里，就算达到了我的第二个条件。

赫哩啦——赫赫啦尼——赫哩啦——

巴彦玛法我的第三个条件是，考考你们的力量惊人不惊人。

我年轻时也使过大船，有一年涨大水被冲到柳树林里。

它停在柳树林东边已几十年，谁要能把大船推到江里去，就算达到了我的第三个条件。

赫哩啦——赫赫啦尼——赫哩啦——

巴彦玛法我的第四个条件是，考考你们勇敢不勇敢。

我年轻时站在快马子上把鱼叉，大江上风浪很大水很深。

一条大鱼翻花拽断了鱼线，也把我的金鱼叉拐走了。

说这话足有三十年整，谁要找回我的金鱼叉，就算达到了我的第四个条件。

赫哩啦——赫赫啦尼——赫哩啦——

巴彦玛法我的第五个条件是，考考你们敢不敢冒险。

西边那山高二百丈，立陡立崖的大石砬子冲上天。

我在那放一副金踏板和银拐棍，可山崖间有四十多处暗箭能伤人。

谁要能平安拿回这两样东西，就算达到了我的第五个条件。

赫哩啦——赫赫啦尼——赫哩啦——

巴彦玛法我的第六个条件是，考考你们是不是不怕死的人。

在南山上有一个大石砬子，石砬子上趴着一个长虫粗咕隆咚。

谁碰上长虫信子谁就得死。在长虫冠子顶上有个小金人，

谁要能把小金人拿来送给我，我就把巴尔堪德都嫁给他当媳妇。

这就是我的六个条件，下面就要比武招亲了。

赫哩啦——赫赫啦尼——赫哩啦——

（黑龙江省民间文艺家协会，1997：552～554）

巴彦玛法提出了六个刁难性的条件，娶得的女子法力越大，条件越好，难题婚姻的条件就越难。这些难题婚姻的条件，最显著地体现出赫哲人对于理想英雄和男人的期待与刻画。勇和力的结合，首先就是生产和生活的能手。比较而言，同样的难题求婚情节的叙事，葛德胜的讲述相对朴素，而卢明的演唱则显得丰富一些，这源于歌手自身储备的程式样式、对程式的选择方式、熟悉的唱腔和韵律，以及面对观众反应做出调整的需要，等等。其中，最重要的就是歌手自身对于程式的驾驭能力和所选择的使用原则的差异，决定了歌手的表演风格。

由此可见，有些框架程式是固有的，然而对其中的细节的描述和可变量的组合、选择则是有差别的。因此，在核心原则上具有共性的程式在不同的歌手中得到不同的发展和变异，歌手运用程式表演史诗，

而同时程式的运用又可以形塑歌手丰富的创作和表演个性。

二　程式对于听众接受的意义

各种层次和规模的“词”，语词程式、典型场景和故事范型具有很强的包容性，使口头理论充满了张力。它们帮助歌手创作他们的作品，使他们在程式的组合变换中流畅地创作和演唱；“它们还帮助我们成为这些演出的更出色的听众”（弗里，1997），在对话和交流中与歌手共同完成新一轮的史诗创作。

程式是有一定规格要求的，一次创新不能成为程式。程式一定是基于传统的、被群众认可的习惯表达，符合民族文化传统和受众心理，并在多次史诗演唱活动中持续、反复出现。只有这样，其才能够定型、流传下来。程式可以唤醒听众的心理和引起听众的情感共鸣，是特殊的修辞。“在接受的过程中，在语言上程式的反复出现，同时还因为程式化语言的不时出现，给接受者以适时的适当放松，不必一直处于高度紧张的状态下，因为熟悉这些语言所包含的信息，包括表象之后所蕴含的丰富传统，都会马上浮现在他们的脑海之中。”（朝戈金，2000a：233）如萨满跳神的场面、莫日根婚礼的场景，因为熟悉，所以在歌手描述和讲唱的时候，对于听众来说就显得十分亲切，也更容易引起共鸣。同时，程式化的语言在一定程度上俭省了受众对于信息的消化时间，畅通了信息交流的渠道。

人在一定时间内的注意力集中程度和对新信息的接受能力是有限的，而大容量史诗的持续不断的演唱使听众在接受时容易疲劳和有压力。一般的程式有其出现的固定使命，例如祭祀场景的出现，一般是在英雄的某个重要动作完成之后、带有结束意味的程式表达，或是在英雄即将完成某个特殊行为之前进行的铺垫性的叙述。这个为听众所熟悉的传统表达的出现，可使其有意识地提高注意力，或者对讲述做出呼应。

史诗表演的接受一般来说是以具有一定时长的语音信息为主的持续接受，语音信息的流动具有不可逆性，在实际的视听交流中，容易产生疲劳或者对情节理解的遗忘和遗漏，史诗的程式化讲述会使听众熟悉的场景和信息重现，也能够在重复中唤醒对前情的记忆，有利于听众对整体的理解和接受。正如朝戈金对《江格尔》中的程式功能所做的分析那样，“口头表演，词语在时间轴上线性排列，并随时立即消失在空气中。在语速比较快的情况下，听众是难以紧跟着诗句走的。这时候反复出现一些固定的话，就会在欣赏者一方形成放慢了节奏的感觉。这些重复也在客观上形成某种间隔，起到‘休止符’的作用。另一个方面，程式的高度固定的格式和含义，为方便听众接受信息起到了很大的作用。某个程式片段一提头，听众就知道要说的是什么，接受的过程也就变得轻松起来，交流的通道就会变得顺畅起来。前面讲过的转瞬即逝的事件，就是在这样的反反复复的陈列中得到了温习，也为理解下面的事件做了很好的铺垫。”（朝戈金，2000a：232～233）

三　口头程式语言的艺术审美

约翰·迈尔斯·弗里教授在《口头诗学：帕里－洛德理论》结束部分有关于未来口头传统诗学发展的展望，他指出“最后一个需要关注的现象，我认为是对口头传统文本的审美兴趣的增强，现在越来越多的学者谈论程式、母题和结构的时候，不应当排斥谈论语言的艺术性”（弗里，2000：283）。“口头的和有口头来源的文本不会显示出与彻头彻尾的文人著作如约翰·弥尔顿的《失乐园》，或者乔伊斯的《尤利西斯》完全一样的基本审美特性——他们确实也不必这样。对于今后的研究而言，我将强调口头传统艺术在定义上的独有性质，也就是从其自身条件出发理解其审美特性。”（弗里，2000：283）其中给我们的积极启示是以区别于文人传统的评价标准对史诗中的语言进行审美评价。那么这种评价必然要从遍布于史诗并因此遭人诟病的程式开始，笔者尝试借助伊玛堪的程式分析提出一种对口头史诗语言进行艺术审美的角度，就是在语境中还原艺术审美。

从伊玛堪史诗的现场演唱中我们可以看到伊玛堪的表演并不仅是简单的语言信息的表达和传送，也是一个综合性的艺术展示过程，还是一种复杂的艺术表现形式。与伊玛堪史诗的演唱、创编相关的传统因素不仅表现在史诗的叙事模式、基本情节、人物的外貌和性格特征，对战场、婚礼和祭祀的描述，每一个大小事件的顺序，战斗的起因、过程和结果，特定人物的对话、心理活动等文本化语言层面上的程式化表达方式、诗句的组合方式等方面，更重要的是，还表现在歌手在史诗表演中所运用的韵律、音调、旋律，歌手在表演过程中配合唱词而展示出的身体动作、手势、眼神以及与表演相关的其他多种非语言因素。这就要求我们在对程式进行审美判断的时候将其还原到讲唱的语境中去，只有这样，才能够做出公允、正确的评价。

1. 复沓的韵律美感

口头传统的诗歌语言应该有不同于文人文学创作的个性特点。程式和程式化表达不是庸俗的重复，而是具有审美意蕴的创造。神奇的想象、重复的修辞、音乐的色彩、表演的情境，才是完整的艺术呈现。这一点可以在有关我国文人诗歌的源头《诗经》的研究中找到依据和论证。尽管经过文人整理，但是重章复沓、反复吟诵的特点成为其源于民间口头叙事传统的明证。这种韵律美感，往往只有在配合了音乐，在具体的讲唱中才能够被发现和欣赏。

在伊玛堪歌手葛德胜讲述香叟莫日根遇难被挂在神树上这一情节时，香叟莫日根的几位妻子分别化成阔力来搭救丈夫，从其中接连的几段唱腔的对比就可以看出，这种重复性程式的审美特点。

第一段唱词：

只见南面飞来了四只阔力。当它们飞到神树上空，其中有一只阔力招呼着说：

赫哩啦赫哩啦——
我的香叟弟弟，
我的可怜的弟弟！
你还能听见吗？
我的莫日根弟弟。
我们四个德都，
一起赶来救你。
咬牙挺住吧，
等着我们把神树劈开！
啊啷——

（黑龙江省民间文艺家协会，1997：154）

第二段唱词：

另一只阔力对傅劳洪莫日根说：
赫哩啦赫哩啦赫雷——
傅劳洪呀傅劳洪，
我的可怜的丈夫！
你知道我是谁吗？
我是你的媳妇。
我们和白露打了三天，
才把她抓住。
听说你俩受难，
我们赶来救你们。
劈开这神树救出你俩，
千万咬牙挺住呀！

（黑龙江省民间文艺家协会，1997：155）

第三段唱词：

这只阔力长得特别大，嘴像金铜一样闪闪发光，眼睛有茶碗那么大，洁白的脖子，五色花点儿的身子，直发亮光，十分好看。

她绕着神树在上空飞了几圈儿说：
赫哩啦赫哩啦赫雷——
两位莫日根，
你们知道我是谁吗？
我是温金的师姐，
赫金德都。
这次温金苦苦求我，
一定要我前来帮助。
看在姐妹情分，
我答应把你们救出。
现在你们准备好，

我就要劈这棵神树。

啊啷——

（黑龙江省民间文艺家协会，1997：157）

这三段唱词接连出现在阔力劈树救夫这一情节中，如果单纯从文本的角度来看，几乎没有差异，给人枯燥的感觉，但是等到还原到歌手的演唱之中，配上歌手的表情和动作，搭配着韵律和节奏时，整个唱段形成回环复沓的组合，在重复中表白着妻子救助丈夫的决心和艰难，并在重复中使情节不断递进、主题得到深化，在情绪和矛盾积聚到最后一个回环唱段的时候，就迎来了这一部分情节的高潮，给听众不同的审美感官享受。这种审美的体验只有将文字还原到现场的口头演唱中才能体验。

2. 传统的象征之林

口头传统之中的任何“词”——程式、主题、故事范型——其含义都远远超出了一部辞书或字典所能提供的解释。这一传统之中的片语、场景或诗歌的文字，已被赋予了某些惯用的含义。这一含义的确立，是依据“词”是曾由其他诗人在其他场合中的其他诗作中怎样去运用来决定的。只有通过考察“传统的”意义——那些诗人创造听众接受过程中所蕴含的意义和方式——我们才算开始经历口头传统表演的全貌（弗里，1997）。每一个程式化的表达，背后都包含着传统文化的元素。金翅闪闪的阔力飞向西方的天空，充满着萨满世界的神奇宗教想象；美丽的德都穿上萨满的神服，戴上九个叉的神帽，手持神鼓，腰扎神铃，跳起古老的萨满舞，只有身在传统之中的文化承担者才能理解其崇高、神秘和神圣；神通广大的骷髅头、山中会说话的天鹅、水里沉睡千年的鳇鱼、闪着金光的鱼叉、会忽然长大的婴儿……每一种程式化的表达都是在传统的过滤中沉淀析出，又在歌手和听众的演绎中奔流而去，其所负载着的深厚文化意蕴，值得研究者进行深思和挖掘。

第五章

伊玛堪母题的文化解读

和《江格尔》《玛纳斯》《格萨尔》一样，作为长篇讲唱体的英雄史诗，伊玛堪中含有大量程式化的叙事结构，映射着一个个具有特定内涵的意义单元，二者在表现形式上有相关性，对后者的界定往往更倾向于对其所蕴含的文化意义的观照，是对史诗进行文化阐释的门径。为了与第三章中的结构性单元——程式（包括语词程式、典型场景和故事范型）相互区分，我们这里姑且使用“母题”（motif）的概念进行指代，意图透过对伊玛堪中的母题进行文化解读，揭示史诗中蕴含的深层文化意蕴。

第一节　英雄史诗中的母题

概念工具是逻辑推理的起点，因此我们要确定概念在相对自足的逻辑体系中的有效性，首先就要对它做出描述和界定。要对史诗母题进行分析，首先就要对史诗中的“母题”概念进行说明。

一　史诗的母题

尽管母题分析方法已然是文学和文化研究的一种传统方法，但“母题”并不是一个已有成说的概念，在国际国内学术领域中对其的界定尚有争议。运用“母题”对英雄史诗进行分析也是受故事学的启发，在不断地研究中，逐渐形成了具有文类特点的研究体系。

汤普森在1946年出版的理论著作《民间故事》中，对母题的内涵进行了界定：“一个母题是一个故事中的最小元素，它具有在传统中延续的能力，为了有这种能力，它必须具有某些不寻常的和动人的力量。”（汤普森，1991：499）

德国学者瓦·海西希将民间故事类型研究中常用的“AT分类法”创造性地运用于蒙古族英雄史诗的情节结构研究中，海希西建立了蒙古族英雄史诗的情节结构和母题类型分类体系。他把蒙古族英雄史诗或操阿尔泰语系语言的民族的英雄史诗的情节结构分为14个大类型、300多个母题和事项，同时尼·波佩、查·包登、卡·夏嘉忍、维·法依特、拉·劳林茨以及苏联学者格·米海依洛夫、鲍·李福清、斯·涅克留朵夫和阿·科契克夫探讨了蒙古族英雄史诗的数十种母题，说明了它们的流传、发展和产生问题（仁钦道尔吉，1989：11）。这些成果为中国英雄史诗的母题研究实践开启了思路，仁钦道尔吉在海希西的蒙古族英雄史诗母题结构类型研究成果的基础上，在《江格尔论》、《蒙古英雄史诗源流》和《蒙古英雄史诗情节结构的发展》等著作和论文中，提出了蒙古英雄史诗存在三种结构类型的看法。一是由单一母题系列构成的单篇史诗；二是两种母题系列复合所构成的串联复合型史诗；三是并列复合型史诗，史诗《江格尔》属于并列复合型史诗。他提出了比母题大的单元——“史诗母颞系列”的概念，在此基础上有学者指出所有结构类型的蒙古族史诗都由“婚姻母题系列”和“战争母题系列”所构成（乌日古木勒，2008）。

尽管母题的研究日渐兴盛，然而不同领域的研究者对母题概念的界定也不一而足。在史诗研究的领域中，有的史诗研究者认为，母题是史诗中最小的构筑叙事的单位。郎樱在分析《格萨尔王传》的时候就曾经指出：“母题是最小的叙述单元，史诗古老的成分，大多体现在史诗古老的母题之中。史诗在形成过程中，一些外来文化因素，往往也以母题形式进入史诗。对于不同民族史诗中类同母题的研究，既有利于揭示史诗古老的文化内涵，也有利于不同民族史诗的比较研究。”（郎樱，1997：19）持类似观点的还有蒙古族史诗研究专家仁钦道尔吉，其在分析蒙古族史诗的情节结构时认为：“英雄史诗最小的

情节单位是母题。”（仁钦道尔吉，1989：11）

这种界定显然受到了汤普森有关民间故事类型分析的影响，关注了母题与情节单元之间的联系（都是构筑叙事的材料，都具有重复性），不过没有明晰二者之间的差异：母题比情节单元更加稳定和抽象，也就是说，母题一定是情节单元，但不是每个情节单元都可以成为母题。

在对史诗母题进行分类的时候，会涉及母题内部的层次问题，对此仁钦道尔吉提出了一个更大的母题概念“史诗母题系列”，并将之应用于蒙古族英雄史诗的研究，启发了后来的研究者对母题界定进行完善（仁钦道尔吉，1989：11）。曹柯平曾经对母题做出了一个较为全面的论述：“母题是研究者从原始素材中归纳出来更反映这些素材本质的新命题，并只在一定的神话语境里方可成立。”（曹柯平，2003：17）“是研究者根据研究的需要，从民间文学作品的具体的情节单元或故事元素中，概括、抽象出来的，在既定的范围里有规律出现的故事成分的组群。”（曹柯平，2003：17）也就是说，母题并不完全等同于叙事中的叙事单元，更准确地说，应该是叙事中最精炼和最抽象的成分，在具体的作品中有不同的表现形式。同时，母题是有相对层次性的，不一定是“最小的”叙事单元，我们对母题进行界定首先要基于“既定的范围”。显然，这样的母题界定有利于“母题”在不同层次的叙事结构中的运用。这种对母题的理解也为我们进行史诗母题研究提供了借鉴。

郎樱在《史诗的母题研究》一文中论述了在史诗中进行母题研究的意义：

> 母题的文化内涵及象征意义的涵盖面是很广泛的，它们所揭示的多为人类原始思维的特点，所反映的也是古代社会生活的民风民俗。母题又与民族生活、民族思维及心理特点、宗教信仰、生活境遇有着密不可分的关联。因此，世界各民族民间文学的母题既具有共性，也具有民族与地域的特点。史诗是人类童年时代的产物，民族史诗是在一个民族形成时期产生的。因此，史诗中包含着许多古老的文化成分。值得引起人们注意的是，史诗中有

> 不少神话母题以及许多文化内涵相当古老的母题。它们是构成史诗古老文化层的重要组成部分。深入研究这些母题，不仅能够使我们对于史诗的古老文化层有较为清晰的认识，而且有利于我们对于史诗形成规律的探讨，有利于推进史诗比较研究的开展。（郎樱，1999b：15）

陈建宪也指出，在一个民族的民间口头叙事中，不同母题的复制会有质与量的差别。母题的质是指一个母题对一种文化心理的概括程度及艺术感染力，母题的量是指一个母题传播和传承的时间跨度与地域范围的大小。越是质量高的母题，在这个民族中被复制的频次也就越多，也就越来越打上民族文化特性的印记。

英雄史诗文本的母题研究不断发展，在英雄史诗母题的分类、史诗母题的文化内涵等研究方面取得了不少成绩，基于三大英雄史诗即《格萨尔》、《玛纳斯》和《江格尔》的母题研究代表了20世纪下半叶我国史诗研究的主要成果和特色。然而自20世纪末，受到国际诗学研究转向的影响，口头诗学理论被大量引介，我国史诗研究也开始了研究范式的转变，逐渐从文本研究走向综合性的语境研究、整体研究、结构研究。然而叙事母题与民族文化传统之间的深层密切的联系决定了母题研究作为史诗研究的传统方法，在史诗的文本分析、文化研究和比较研究中具有不可替代的意义。

二　史诗的程式、母题和主题

由于“程式”这种情节单元的存在，对于史诗中的“母题”进行界定就显得尤为重要。正如文学中的母题和主题的争辩一样，有人将二者混为一谈，也有些学者强调这二者的差异，然而最终的结果仍然没有定论。对于文化事项的分析，最终都归于对文化传统的理解。因而要发现文化的规律而推进民族文化的发展。在伊玛堪的研究中，透过文本分析抵达民族文化传统的本质，去了解民族的情感和行为逻辑，是本书的研究目标之一。

1. 母题与程式①

早期对口头传统进行研究的史学理论，多是以程式、典型场景或故事范型从结构上对史诗文本进行精细的分析，求证史诗文本源于口头传统积累的出身，探讨各种情节构成单元在史诗的形成、创编过程中的意义。口头传统诗学研究逐渐从结构研究走向意义研究。越来越多的研究者开始关注这些重复的程式化的表述是如何生成的，以及推动歌手运用程式进行创作的动力机制。

迈克尔·纳格勒（Michael Nagler）在《自发性与传统：荷马口头艺术之研究》（*Spontaneity and Tradition*：*A Study in the Oral Art of Homer*，1974）中探讨了传统诗学的动力来源，认为歌手进行史诗演唱中实现即时创编的动力不仅在于表层结构的“程式”的衔接，还包括被他术语化称为的“前语言完形结构”（preverbal gestalt），即传统意义的观念化的联结。乔姆斯基（Chomsky）将其大体译为“深层结构”（deep structures）。纳格勒的观点旨在消解对所谓机械式创作的抗议，主张“所有的传统性，皆处于生成性层面上，所有的原创性都处于表演性的层面上”（弗里，2000：260）。纳格勒关于叙述单元的讨论的核心法则就是“口头诗人就是这样，在演唱的瞬间，如自然流泻一般，使继承而来的传统性的冲动，得以独创性的实现”。他在对“母题”案例的解析中，认为这种冲动是极为普通的思想与词语的对接联合，它可以按无数的方式实现特定化；一个母题不一定像典型场景所表现出来的那样作为绝对的一个情节单元，但在史诗的创编和演唱过程中，它一直是潜藏在基底，并在诗学的意义上联结着一个更为广阔的叙事语境的范围。这正如一个格式塔隐含于“深层结构”，作为一个潜在的规则和指挥棒，从诗学的意义上贯串起庞大的“程式”群一样（弗里，2000：260～262）。

尽管在上述论述中，纳格勒对母题没有给出一个完整和严格的定义，却准确地揭示了母题的属性，即不同于作为表层结构单元的程式，

① 这里的程式是广义的概念，主要指帕里－洛德理论中具有结构单元性质的语词程式、典型场景和故事范型，是用来区分母题作为意义单元和作为结构单元的程式。这种区分是帕里－洛德理论发展到后期的一个趋势和方向，是对单纯的结构性研究和基于文本的精密分析研究的一个补充。

母题是史诗深层结构中的传统观念。我们也可以这样理解母题和程式的关系，即二者属于史诗不同结构层次的结构单元，程式的错综组合构成不同风格的史诗讲唱形式（包括我们面前的文本），属于史诗表演的感官层面；而在深层的文化传统观念层面，史诗则是由一个个母题支撑组合起来的，简言之，母题是超越作为表层结构的程式之上的"观念的结构单元"。文化传统是程式运用的潜在规则，程式组编成的情节所反映的母题映射出文化传统，因此生成各种母题的原动力是稳固的文化传统。作为不同表达层次中的结构性单元，母题和程式虽然存在一定的对应关系，但是并不意味着二者之间存在形式和规模上的一致性。也就是说，一个母题并不一定对应表演中的一个典型场景或者故事范型，一个典型场景或故事范型中可以包含几个母题，也就是说，一个母题也可以由几个典型场景来组成。母题往往是文化观念和传统的表达，源于传统的母题具有更强的稳定性。

由此可见，程式和母题都有稳定性、重复性和层次性，区别在于某种程式不一定是母题，而母题必然由程式来表达，母题是具有特定文化意蕴的深层的抽象性的意义单元，程式是具有结构史诗的功能的表述形式。

2. 母题与史诗主题

母题和主题似乎从来都是一对难以分清彼此的概念，有些学者倾向于把文学母题与文学主题（theme）互换使用，例如 M. H. 艾伯拉姆就认为，文学中反复出现的某些因素，一件事、一种手法或一种程式，都可以称为母题："主题（theme）有时可以与母题互换，然而主题更常用于指抽象的主张或主义。一部有思想力的作品把这种主张或主义溶化在作品中，使之具有说服力。"（艾伯拉姆，1987：209，转引自刘洪一，2002：99）

史诗研究中也常常存在意义和结构单元的混淆。帕里－洛德理论中，史诗主题是一个核心的理论术语。早期的研究中，帕里将主题等同于程式中的典型场景，主题是一个史诗情节结构单元，与程式和故事范型构成了口头－程式理论的核心思想，因此在上面母题和程式的区分中，我们可以看到它与"母题"概念的差异性。洛德在后来的口头诗学研究和论述中沿用并发展了这一概念。他在《故事的歌手》第四章，专门讨论了主题问题，包括主题的定义、主题的形式、艺人创编史诗表现主题的过程以及主题在歌手创作史诗过程中的重要功能。根据洛德自己的表述，主题就是“在以传统的、歌的程式化文体来讲述故事时，有一些经常使用的意义群，对此，我们可以按照帕里的定义，把它们称为诗的主题”（洛德，2004：96）。

在洛德的理论体系中，程式和主题是口传史诗艺人在表演中进行创作的至关重要的两个单元。程式作为构筑诗行的模式，其作用是巨大的；而主题作为构筑故事的单元，对于故事的歌手来讲也同样特别重要：“一个主题牵动另一个主题，从而组成了一支歌，这支歌在歌手的脑海里是作为整体而存在的，具备亚里士多德的开头、中间和结尾，在这一整体中叙事单元、主题群则具备了他们自己的半独立性。口头诗歌中的主题，它的存在有其本身的理由，同时又是为整个作品而存在的。这一点适用于具体歌手的主题形式。歌手的任务就是随时适应或稍事调整，使主题适应歌手进行再创作的那部特定的歌。对具体歌手或整个传统来说，并没有一个‘纯粹’的主题的形式。主题的形式在歌手的脑海里是永远变动的，因为主题在现实中是变化多端的；在歌手的脑海中，一个主题有多种形态，这些形态包括他演唱过的所有的形态，虽然他最近的表演自然而然地在脑海里记忆犹新。主题并非静止的实体，而是一种活的、变化的有适应性的艺术创造。”（洛德，2004：135～136）可以看出，洛德在论述史诗主题的时候，也呈现一定的矛盾性，《故事的歌手》中所出现的史诗主题概念有时是抽象的意义群，有时是具体的典型场景；有时是意义的，有时是结构的。因此我们在对史诗进行文化分析的时候，为了强调史诗某种突出的、稳定的意义表现，依然采用“母题”作为切分的单位和阐释的对象。

在本书的论述中，我们所采取的母题的概念是指史诗中基于一定情节结构所抽象和概括出来表达某种固定观念的处于史诗深层结构中的意义单元，具有相对的稳定性、层次性、重复性和抽象性。任何研究都离不开分析与综合。通过“母题”这一核心概念的建立，笔者找到了本书分析的逻辑起点，因而可以结合已有的建立在程式基础上的结构分析，对伊玛堪进行深层的文化解读。本书通过与其他英雄史诗的横向比较和不同时期伊玛堪自身母题的历时研究，来论证伊玛堪与民族文化传统和社会变迁之间的关系，以揭示其在当代作为民族文化传统的载体和民族身份认同对象的合法性。

第二节　伊玛堪中母题的类型和文化意蕴

郎樱在《史诗的母题研究》一文中指出："在进行史诗母题研究时，无疑首先要观照的是母题的叙述模式、母题的分类以及母题类型的研究。但是，史诗母题研究最终要达到的目的在于揭示出含蕴于母题深层的文化内涵。"（郎樱，1999b：17）本书也拟通过对伊玛堪中的代表性母题进行研究，以揭示其文化意蕴，为研究史诗与民族文化传统及其变迁的规律奠定基础。

史诗中的母题的形成是对于民族文化的抽象、概括和艺术化的传达，也就是说，在伊玛堪讲唱中，歌手通过何种手法和逻辑运用不同程式组合来创编英雄史诗，最终要传达的文化内涵都抽象于史诗母题之中。[①] 本章拟就史诗中四个较大的母题单元——奇异诞生、神奇婚姻、英雄结义和凯旋酬神作为对象进行分析解读，以揭示史诗中蕴含的深层文化意蕴。

一　奇异诞生

英雄的奇异诞生母题在世界民间文学形式中广泛存在。如著名的启母石神话，启乃是九尾狐所孕，化石而生；姜嫄履大人迹而生后稷。《江格尔》中的英雄主人公几乎个个都有不同寻常的出生经历，《玛纳斯》在开篇的时候就叙述了加克普汗与妻子奇依尔迪年迈无子的悲伤，最后在向神明祷告中生下一子一女，儿子就是玛纳斯。因此，英雄的奇异诞生是一个具有普遍性的母题，是积淀在史诗中的较为古老的文化成分。在徐昌翰、黄任远的《赫哲族文学》中，英雄奇异诞生母题被归入了英雄身世的情节板块之中。郎樱在论述英雄奇特的诞生

---

① 我们前面谈及母题的层次性问题，这里主要是在整篇史诗的范畴内划分母题类型，在每个母题内部，其又是由一系列小型的意义单元组成的，为了便于区分，我们且称作次级母题。

时，将其再次分为“祈子母题、特异怀孕母题、难产母题、英雄诞生特异标志母题、英雄神速生长母题等等”（郎樱，1999b：18）。伊玛堪中的英雄奇异出生也包括人神结合、梦中求子等情节，这些降生之后的婴儿大多具有额真（相当于部落酋长）之子的身份，最终都在对手洗劫部落后成为孤儿，外出流浪闯荡。因此伊玛堪这类母题既有英雄史诗母题的共性，也包含其独特的文化色彩。

首先需要说明的是，这里关于英雄奇异诞生不等于“主人公的奇异出生”这一母题，也就是说，不只是限于主人公出生来到人世，而是从他具备英雄气质和禀赋的那一刻开始，才能称之为英雄。因此这个过程不仅包括他从母体中分娩落地，还包含他从初次获得神通到逐渐具备英雄的才能，此后踏上他作为英雄不断强大的磨砺历程。在这个过程中，按照英雄出生的方式和特征，大致可以分为以下几种情形。

神奇父母型：就是父母本身身份不凡，尤其是母亲，要么是天神，要么是人间法力高强的女萨满，因此他们出生之后，就天然地带有与众不同的奇异禀赋。典型的就是《木竹林莫日根》（凌纯声，1934：296）。其讲述了木竹林是神女纳丹格格和巴如古苏霍通（霍通：赫哲语，意为“部落”）的额真所生的儿子。在怀胎十月后，纳丹格格用刀子剖腹自取一蛤蟆和白鼠，其中白鼠是姐姐，蛤蟆就是木竹林的变形。[①]《西热勾》中的主人公西热勾莫日根则是当地的城主卡尔库马嘎深达[②]，母亲是神通广大、法力高强的萨满神拉木土尼德都（凌纯声，1934：474）。这一类故事应该是伊玛堪中较为古老的一类，人神的结合还在赫哲人的观念中根深蒂固，带有古老的萨满信仰的痕迹。

梦中感孕型：这一母题反映的是主人公的父母年迈无子，因此虔诚祈祷神明，最终获梦，未经男女交媾而怀孕生子。这个经历，一定程度上割裂了英雄与父亲的血缘关系，而建立了与神明之间的联系，为其以后的神奇经历和神通埋下了伏笔，更为其后来的复仇成功取得了逻辑上的合法性和情感上的倾向性。这类母题在早期的伊玛堪讲述

---

① 由于木竹林是人神结合的儿子，因此生下来就具有神灵的形状。同时在赫哲人的观念中万物有灵，蛤蟆被看作清洁神，可以避免瘟疫。

② 嘎深，赫哲语，屯子；嘎深达即一屯之长。

中普遍存在，如《香草莫日根》（凌纯声，1934：402～403）中的城主萨布勾汗在祭祀树神之后，妻子新福尼德都梦见夫妻吃了一个白发老丈给的馒头，醒来后就觉得腹中有孕，十个月后生下沙日奇五和香草莫日根。《武布奇五》中，齐齐哈的巴图鲁（官名）武西卡他和妻子那日火尼年老未有子女，于是二人早晚祷告神明，“有一天，那日火尼德都在梦里看见明月落在自己的怀里，惊醒过来，因此有孕……转瞬十月满足，果然产下一子”，并且分娩时满屋芬芳，因此取名艾芬（芳香的意思）（凌纯声，1934：517～518）。

求神而后梦中感孕是史诗中的古老情节，根据郎樱的研究，这类英雄史诗的母题最早可追溯到7～8世纪，在《阔尔库特祖爷书》中就已经出现了。广泛地存在于操蒙古语族和突厥语族语言的民族的史诗中，如《玛纳斯》中卡妮凯就是在老人考少依向神明祈祷后怀孕、生下英雄赛麦台依的。哈萨克族史诗《阔布兰德》开篇也描述了托和塔尔老人十分富有却80岁无子，与妻子宰杀牲畜祭天后50岁的妻子神奇怀孕，生下一子一女，儿子就是阔布兰德。这种不通过男女交媾而怀孕的情节，是具有神秘的宗教色彩和丰富的文化蕴含的。它预示了英雄已经超越父子血缘而是直接由神明赐福所生，天然地受到神明的庇佑。蒙古族史诗中这一情节的描述较为详尽，时间也较为漫长，包括繁复的祭祀、神奇的受孕、受孕后的反应，如吃猛兽内脏等需求，以及艰难的分娩、出生时天象和环境的异变，等等。在伊玛堪的情节和讲述中，尽管也有相对应或类似的情节出现，然一般描述时显得较为朴素和俭省。根据凌纯声等人的调查和记录方式，笔者推断这种情况更多的与伊玛堪本身的发展状态和发展程度有关。

萨满点化型：与前面英雄的诞生经历不同，这类英雄的奇异之处不体现在出生的方式上，而在于其个人体现出来的神通。如香草莫日根出生后就是：“相貌不凡、体格魁伟，寡言少语，性极沉静，与乃兄大不相同。”（凌纯声，1934：403）《萨里比五》中的主人公萨里比五莫日根出生后因为父母被对手夺城时所杀而成为孤儿，与姐姐相依为命，他“身材魁伟，眉清目秀”，因为父亲曾经潜心供奉神明，因此“诸神都附在萨里比五身上”，他“练得一身好武艺，射箭尤精，能百发百中”（凌纯声，1934：418）。也有的甚至其出生之后没有明显的特征和标志，但是他们的共同之处在于会有萨满传授神通，为日后的复仇和闯荡奠定基础。如在《什尔大如》（凌纯声，1934：328）中，简单交代了在家乡被对手洗劫后，作为孤儿的什尔大如莫日根和姐姐什克尼德都准备复仇。这时候的什尔大如与凡人无异，毫无英雄的征兆和神异，但是随后遇见了萨满并被其授予神通和武艺。《亚热勾》中的亚热勾莫日根也是在父母的城池被劫后，和妹妹相依为命。在上山打猎的时候遇见萨满神灵，被收入山中，被传授各种“战术神法”，下山复仇（凌纯声，1934：451）。《满都莫日根》中对满都一上场是这样讲述的：

> 满都莫日根的阿爸阿妈，都被仇人给抓走了，妹妹也从小就丢了，到底走哪去了，谁也不知道。那时候，满都莫日根也就十来岁，终朝每日地靠使鱼叉、渔网打点儿鱼吃，再不，就用弓箭射些飞鸟走兽，对付着过日子。这么过着、过着，有一天，满都莫日根又出门打猎去了。他孤身一人往南走，来到一趟树林子边上，突然蹿出个狼不像狼、狗不像狗的东西，跑到他跟前猛一转身，朝他狠劲一扑，就把满都莫日根吓昏过去了，老半天也不省人事儿。这时，那只像狼又不是狼的东西早跑得没影了。隔了好半天，满都才慢慢缓醒过来。可是，不知咋的，他就觉着两眼直冒金花，天旋地转的。从那个时候起，他冷不丁一下变得疯疯癫癫、迷迷瞪瞪的了。
>
> （黑龙江省民间文艺家协会，1997：9）

后来失踪的妹妹满津德都出现，诉说了自己的遇神经历：

> 她掏出九颗苏布顿（萨满神赐给的灵药），先给哥哥吃了。只见他吃下一个，就觉着浑身骨节“叭、叭”暴响，身轻如毛；吃下两个，就觉浑身都生出许多力气。往下，吃一颗苏布顿，就长出（增加）一分力量。他吃一个（颗），喝一口水，吃一个（颗），喝一口水。等吃完了九颗苏布顿，只觉得从头到脚，骨头也胀，筋也疼，身体也长高了，四肢也壮实了。这时，满津德都

> 让哥哥脱下上衣，把库迟卡玛玛送她的那个萨日卡，也挂到哥哥脖子上，说有朝一日遇上什么大灾大难，只要喊叫三声“库迟卡玛玛”和“库迟卡玛法”，不等他住嘴，两位老人就会赶来相助。
>
> （黑龙江省民间文艺家协会，1997：9）

叙事中满都不仅没有神奇的诞生经历，也没有英雄的气质，甚至连正常人都比之不足，是疯癫的孤儿形象。后来在萨满妹妹的点化帮助下，逐渐清醒，吞下灵药，获得了神力。也就是说在获得萨满神力之后出征复仇之前，莫日根英雄的形象才算作一个独立的个体堂堂正正地出现在史诗之中。

无论英雄以何种方式出生和获取神通，他们具有一个共同的身份，那就是沦为孤儿，这是不同文本中英雄奇异诞生的共同之处。孤儿的形象广泛地存在于英雄叙事之中，在《江格尔》中，许多勇士都被描绘成孤儿或者独生子。如对江格尔的描述为“在他上面，没有抬举他的父兄，/在他下面，没有辅佐他的亲人。在家族中他是独生子，/在阳光灿烂的大地上他是孤儿”；对英雄洪古尔的描述也是“四海辽阔，/我，西克锡力克，/却只有洪古尔一个。/穹宇无垠，大地辽阔，/洪古尔无兄无弟，/孤单一个”；还有英雄萨布尔的身世为“萨布尔三岁那年，/身材矮小像大拇指一般，/阎罗王夺走他的爹娘，/他无依无靠，形影孤单”。同蒙古等民族英雄叙事诗中的主人公一样，伊玛堪中的莫日根们往往失去父母，绝大部分没有兄弟，有时同一个姐姐或妹妹在一起度过童年。木竹林和姐姐出生后，母亲纳丹格格在留下充足的粮食后就驾鹤飞去，不复回来了，二人成为孤儿。什尔大如、满都、满斗等都是孤儿的身份，都是在家乡被对手洗劫后幸存下来的。

“孤儿”的母题蕴含着古老的神话思维的因素，在许多神话故事中主人公是孤儿是一个普遍现象：它来源于人类始祖的开天辟地经历，或者洪荒再造时代兄妹二人相依为命的情节模式，往往具有始祖意义。突出“孤独者”情节隐含着强调主人公是独一无二的男子汉、独一无二的英雄的意思。也有学者在研究民间故事中的孤儿角色时认为这种孤儿的身份与成年仪式密切相关（陈玉平，1996：50～51）。从文化人类学的角度来看，这种英雄孤儿的形象是当时的社会状态和族群心理的投射和多重隐喻。多数孤儿都能成长为英雄，独立成长的过程象征着原始社会中儿童走向成年的艰难历程。赫哲男孩长到十几岁就要随长辈进山打猎，具备这种生存能力后，才会最终被视为成年人。这是一种社会心理的投射，符合当时人们的心理结构和对生活的想象。

伊玛堪中的孤儿形象也具有自己的特色，即“疯癫”，之后遇到萨满点化，被授予神通后才开始清醒觉悟，最终成为部落首领。如满都莫日根，在妹妹失踪后，他受惊吓成痴，整日迷迷糊糊，不通人事。香叟则终日在哥哥的照料下，除了吃喝无所事事。这种非常态的孤儿形象正是赫哲人萨满信仰的投影，与赫哲人的萨满领神和传承的方式关系密切。赫哲人认为生来精神疯癫的人是不同寻常的，是与神有密切关联的。在跳神的过程中萨满都要经历迷狂和昏厥状态，认为唯其如此，才能真正在灵魂上与神灵沟通和对话。将孤儿的形象加以疯癫的描述到最后成为神通广大的萨满，正是要全面展现英雄“脱胎换骨，超凡入圣”的过程。

为了强调孤儿，史诗中往往把“孤儿”置于相应的“孤立”的境地：孤儿无父母，或父母被敌人杀死，然后他们长大成人后才能再去复仇。根据刘守华先生对民间故事中孤儿形象的分析，他认为孤儿可怜的出身及孤儿后来的幸福生活寄寓着人们对于现实生活中孤苦无依者的一种人道主义同情（刘守华，2002）。应当说这一点意义在伊玛堪中是伴随着后来在叙事中不断被强化的血亲复仇母题而体现出来的。孤儿的身世引起人们的怜悯，同时为复仇积累支持的情感，最终复仇的成功也成为众望所归的正义性胜利，由此英雄人物就在伦理上获得了受众的支持，体现了当时的社会道德观念和价值尺度。

人们认为，神奇英雄的诞生，天然地注定了其不凡的生命体验和经历，预示了其成为未来部落首领的必然命运，而它的神奇和强大也预示着部落族群的发展壮大。因此，他们希望通过英雄的神奇诞生，建立英雄与神灵之间的联系，继而使部落获得神灵的庇佑，反映了早期赫哲人的宗教观念和思维逻辑。在后来的发展中，这种思维形式逐渐伴随萨满信仰的衰落、人的自我的觉醒而逐渐衰退，英雄神奇诞生的神异色彩在后来的叙事环节中逐渐简化褪去。

二　英雄结义

征战与联盟是英雄史诗所产生的氏族社会时期部落之间的两种关系状态，部落的首领之间的关系，一定程度上是调节部落之间关系的手段和表现。这种情节在伊玛堪中普遍存在，作品中的莫日根往往在斗争中或者打败对手、占领财物，或者与部落首领结义、联姻，最终形成同盟。

孟慧英在论述伊玛堪中的这一情节时，将其分为如下几种：朋友主动结交、通过较量互相敬佩而结交、因敬佩而结交和因梦示而结交（孟慧英，1998b：169）。为了论述方便，笔者将其归纳为两大类。

一是主动结交。如火图莫日根主动要求与安徒莫日根做朋友，送给他法宝金镯子，并帮助其抓到金鹿，告诉他，日后有需要可以叫上三声。

二是神示结交。对方在神灵的托梦示意下，主动结交英雄。如木都力出征，到了一个霍通，城主马银出梦见好汉即将来到此地，带城中百姓夹道欢迎，双方结盟。满都出征的路上得到妻子贺妮德都的警告，遇到前方的城主要以礼相待。初次见面时，满都唱道：

牟牛大哥啊请你听着：
赫哩啦——赫哩赫雷——
我住在顺江下游南岸的岗上，
早已是城破家亡房倒屋塌。
我是个吃着鸟蛋兽肉长大的孤儿，
没有什么高强的本领通天的神法。
尊敬的额真啊！
多谢你前来大礼相迎，
莫日根弟兄真是深情大义。
今儿个我路过这闻名的霍通，
咱弟兄要好好结交多叙叙话。
赫哩啦赫哩——赫雷
你们哥儿仨要是不嫌弃我，

就排个岁数来论论大小。
还真不知道你们的心思，
还真摸不透你们弟兄正在想什么。
啊啷——

同时，牟牛莫日根见满都气度不凡，在妹妹莫尼德都的提醒下，也对满都示好，双方结为兄弟。

赫哩啦——赫哩赫哩——
英雄的弟弟哟，勇敢的弟弟哟。
赫哩啦赫哩——赫雷
我妹妹莫尼德都，大清早在天空盘旋三圈儿。
她告诉我不许揣定虚情假意，
两下里要敞开胸怀真心相待，
让我们好好儿结交朋友共同欢乐。
你是一位受人尊敬的额真，
这都是天地神灵的安排。
试着看吧，
我那英雄的弟弟，
我那勇敢的弟弟。
要是你不嫌弃我们就摆起祭坛吧，
烧起神圣的达子香在神灵面前把兄弟结拜。
我们愿同心为你阿爸阿妈复仇，
跟随左右听从你的差遣分派。
我那英雄的弟弟哟，
我那勇敢的弟弟。
要是你应下，
我们就跟随你前去征战，
请你把心里话说个明白。
要是你愿意，
我们这就结拜成兄弟患难不分，
请你答应个痛快的。

啊啷——

满都莫日根连连点头应声，开口道："我要是不愿意，能赶来相会吗?"牟牛笑个不停，忙把满都让到上首，四个人一起入席，各自喝点儿酒。随后叫博什库拿来一把达子香。牟牛莫日根把香点着，挎起土堆插上，便说："弟弟们，一起对神灵磕头明愿，拜个结义兄弟吧。"就这么，几个莫日根一起，结拜成异姓兄弟了。

（黑龙江省民间文艺家协会，1997：34～36）

不打不相识：这类母题往往通过英雄之间的争斗，以对手的臣服为结局，达成和解协议。二者之间往往是没有血亲关系的独立体。这在一定程度上反映了当时的社会评价标准，就是力量即美德，力量是获得财产和拥戴的重要资本。在客观上衬托了主人公的神通广大、勇猛过人。同时，将人与人之间的斗争上升到了部落之间的关系的高度去描述，英雄的结义，更多地意味着部落的结盟，是一种臣服的和平手段，因此其中包含对部落英雄的赞美，对族群力量和自信的张扬。

木都力和昂金之间拼打，身手相当，在木克尼德都的劝说下，两人交友，木都力给昂金衣服，昂金接受后与其同行。此外，马尔托莫日根与米亚特之间也是通过斗争而结交的。香叟与傅劳洪和傅克奥兄弟结拜，也是先通过打斗，后在妹妹的劝说下才和解结义的，傅劳洪还把自己的妹妹傅兰德都许配给香叟。这些在文本中是这样记录的：

天上刮着东风，船乘风破浪走得很快。快到屯子跟前时，只见江沿上站着两个大汉，指着香叟说：

赫哩啦哩赫哩啦——

香叟莫日根，实话告诉你。

不管是飞鸟还是走兽，都休想随便通过我们这里。

就凭你这炕吃炕拉的人，还想通过我们这里?

快下船来吧，咱们好好比一比。

你要胜过我们，我们就服你。

啊啷——

香叟莫日根一听，心想：这两个莫日根也太瞧不起我啦！要看看你们到底有多大能耐。就指着他们说：

赫哩啦赫哩啦赫雷——
你们这两位莫日根，咱们没有仇也没有冤。
你们这样说话，也太叫人难看！
我本来不想打搅你们，可你们偏偏找我麻烦。
要比武就来比吧，咱们打它三天看看。
啊啷——

香叟莫日根把船靠岸以后，就和傅劳洪交手打起来，一直摔了几十个回合也没有分出高低上下。一直打到晌午的时候，傅劳洪觉得身上的劲儿不够用，有点儿支持不住了。香叟莫日根往右一拎，他就往右歪；往左一拎，他就往左歪；往后一推，他就往后仰。只有招架的份儿，没有半点儿还手之力。

傅劳洪的弟弟一看不好，忙喊："哥哥，你快躲开，让我来和他战几个回合！"香叟莫日根和傅克奥打了十个回合。傅克奥也像他哥哥一样没有劲儿了。这时，从屯子里飞来一只阔力，在他们头上一边飞一边说：

赫哩啦哩赫哩啦——
嗯呐呐，欧咄咄，
真是的，何苦呢！
你们无缘无故，在这里打个啥劲儿？
真是没事找事，白费时间。
大哥、二哥呀，听小妹一句话，
快快松手，请香叟莫日根到家。
摆上酒席，结拜个干兄弟吧！
啊啷——

傅劳洪和傅克奥哥儿俩听了妹妹傅兰的一番话，觉着有些道理。再说香叟莫日根本领过人，结拜兄弟，也是一件美事。于是他们停了手，说："我们打个啥劲儿呢？请香叟莫日根上我们家里叙谈叙谈吧！"哥儿俩说着一人扯他一只手，连笑带拉，和他一起进了村，到了家。

顿时，家里的人忙着做饭的做饭，做菜的做菜，不一会儿，酒菜就全都端上来了。

（黑龙江省民间文艺家协会，1997：137～139）

总的来说，英雄结义的母题大致可以分为主动结义和斗争结义两个方面，在整部史诗中的英雄叙事方面发挥重要的功能。

第一，在人物形象方面，二者共同构成了对英雄人物形象的刻画和烘托。主动结义，是对英雄德行的赞赏，在后期的伊玛堪叙事中，伦理色彩已经日渐增强，英雄的征战除了需要有血亲复仇的充分理由外，在对他人或者其他部落的财产占有上，往往也以结义的形式为掩饰，为英雄获得更多的积极道德评价。同时，这种伦理色彩的增强，也体现了赫哲族氏族部落的观念逐渐衍生，英雄的氏族首领的身份在逐渐被构建和强化，要求其不仅仅在武力上强大，更要在德治上获得更多的支持，因此，莫日根的主动结义无疑是从道义上对英雄的支持和烘托。而斗争结义，则更多地体现在对以英雄武艺和萨满神通的肯定和赞赏，力量是氏族部落社会时代对英雄评价的重要标准，也是民族审美的标准之一。通过对英雄的赞美来高扬部落群体自身的自信心。

同时，两种不同的结义方式，虽然最终都是为了达到英雄征服的目的，却使叙事呈现多样化色彩，增强了叙事的美感和节奏感，呈现了张弛相间的节奏性，缓和了叙事的压力，满足了受众的不同心理需求。

第二，体现了独特社会生活和民族文化风貌。以蒙古族史诗《江格尔》为例，江格尔与萨纳拉，洪古尔与萨布尔的结义行为，是史诗的重要组成部分。德国蒙古学家海西希就说过“几乎所有的蒙古史诗都有这样一个场面：英雄同另外一个勇士相逢，英雄战胜了他，与他成为歃血为盟的兄弟，最后同他的家庭和部落结成一个大集团”（海西希，1989）。郎樱在分析蒙古族史诗中的英雄结义母题时，归纳了其中的两个特点。其一为同饮一母之乳汁或者同饮一碗乳是英雄结义的习俗。无论玛纳斯和阿勒曼结义，还是赛麦台依与古里巧绕的结义，都是吮吸的英雄母亲的乳汁。其二是结义双方为不同部落、不同部族的人（郎樱，1991：312）。从这两个角度来看，伊玛堪与之既有区别又有联系。在具体的结义形式上，与蒙古族史诗中的以乳结义不同，伊玛堪中的兄弟结义多以酒为媒介。酒作为赫哲族日常生活中最常见的饮品，具有重要的使用价值和象征作用，意味着以后同舟共济。这一点其实是和蒙古族史诗中的饮乳结义有异曲同工之处。赫哲族史诗中要完成结义还要有焚香祭神的情节，体现出其浓厚的萨满信仰特征。在结义者的身份上，这两个民族史诗的叙述也是相同的，即二者不是一个部落的人，最后通过结义结成同盟，体现了英雄结义背后部落联盟的深层寓意。由此可见，伊玛堪中英雄结义的母题既有其他英雄史诗中相同母题的普遍内涵，也带有民族文化心理的独特性，在整部史诗叙事和理想表达上具有重要意义。

值得注意的是伊玛堪相当典型的英雄结义母题，在赫哲族其他文学类型，包括大量渔猎英雄故事中，以及在操满－通古斯语族语言的其他民族（如鄂伦春、鄂温克等民族）的口头叙事文学传统中并不多见，而在蒙古族的英雄史诗等文类中，这类情节往往是一个不可缺少的环节。因此，我们可以推测这一类型的故事也许同突厥族、蒙古族的英雄叙事传统有着特殊的渊源关系。

三　神奇婚姻

在大多数民族的英雄史诗中，婚姻既是英雄业绩开始的原因，也是英雄业绩完成的标志：为了救未婚妻或者向某部落的美女求婚而开始一系列的战争，通过一系列的考验，最终抱得美人归。

仁钦道尔吉在《蒙古英雄史诗源流》一书中曾采用比母题大的情节单元，即以史诗母题系列（早期英雄史诗的情节框架）为单元，对蒙古族英雄史诗的情节结构类型进行分类，把蒙古族早期英雄史诗归为“勇士远征求婚型”和“勇士与恶魔斗争型”两类，并认为这两个系列是整个蒙古族英雄史诗向前发展的单元，“在蒙古英雄史诗的基本情节里存在的数百种母题都是以这两种母题系列有机地组织在一起，不同数量、以不同的组合方式滚动于各个史诗里”（仁钦道尔吉，2001：48－49）。婚姻和战争是整个英雄叙事中的核心情节，他们的反复出现构成了英雄叙事的主体。

正如恩格斯在《家庭、私有制和国家的起源》中所说的那样：“荷马的史诗每提到一个重要的英雄，都要讲到同他共享帐篷和枕席的被俘的姑娘。这些姑娘也被带回胜利者的故乡和家里去同居。”（《马克思恩格斯选集》第四卷，1995：60）作为伊玛堪中着力歌颂的主人公，英雄莫日根并非全知全能的神，更不是突兀孤立的个体存在和描述对象，恰恰相反，英雄往往是一切矛盾的焦点，是问题的制造者，对其英勇品质和功勋业绩的描述正是在对他身边一系列女性形象的描述中体现的。歌手在讲述莫日根与女性结合成婚的过程中完成了“莫日根－阔力”的叙事模式。伊玛堪中的婚姻母题表现形式多样，具有深厚丰富的文化意蕴。

1. 婚姻缔结形式多样

在伊玛堪英雄婚姻的母题中英雄都是多妻的，而且缔结婚姻的形式多样，这一特点是赫哲人民族历史生活变迁和婚姻习俗的反映。赫哲人存在过多妻制度并不使人怀疑，这一情节描述在伊玛堪的叙事中十分普遍，甚至充当了英雄叙事的第二条线索，例如香叟自己在凯旋的时候一一唱道：

赫尼哪哩赫尼哪赫哩—
第一福晋是—赫金德都。
第二福晋是—傅兰德都。
第三福晋是—白露德都。
第四福晋是—赫甘得罗德都。
第五福晋是—苏彦德都。
第六福晋是—浓江德都。

（黑龙江省民间文艺家协会，1997：201～202）

根据凌纯声在《松花江下游的赫哲族》中的记载，当时的赫哲人存在多妻现象，但往往只限于家庭条件较好的家族中。正如恩格斯所说的：“事实上，一夫多妻制显然是奴隶制度的产物，并且限于个别占据特殊地位的人物。”（《马克思恩格斯选集》第四卷，1995：58）英雄、萨满与额真合一的身份一定程度上契合了当时的史实。同时在这一历史发展过程中的不同阶段，多妻制婚姻的缔结方式多样，根据伊玛堪中的记载，大致可分为抢婚、转介婚、条件婚型、比武择配、许配婚和求婚等6种形式（宋德胤，1988）。这在伊玛堪中都有不同程度的体现和描写。

（1）抢婚型

莫日根的这众多妻妾，有的来自结盟部落，是因为扩大势力的需要而联姻的；有的是被征服部落的女子。抢婚的类型常常表现为某位莫日根在征服对手之后，自己或自己的结义兄弟，如某位将士却将对手的妻子或妹妹作为战利品。香叟的第四福晋赫哲得罗德都就是一个例子。她的亲人都被征服者香叟一方斩杀，部落被洗劫一空，她处于被奴役的境地，于是做了香叟的妻子。在《安徒莫日根》中，安徒莫日根杀死了奇布求，城中百姓都臣服于安徒莫日根并设宴庆贺。席间，安徒的表弟、表妹等人抓住奇布求的妹妹奇布钦德都，让她嫁给安徒莫日根，安徒很高兴。安徒莫日根的第三个妻子胡莎德都、第五个妻子苏彦德都、第九个妻子阿日兰德都都是被抓来的。值得注意的是，这些姑娘都是安徒莫日根杀死的仇敌的妹妹，有的是受不了折磨，被迫给安徒莫日根做了妻子，而抓这些姑娘的却是安徒莫日根的妻子和表妹，安徒的妻子们之间，毫无妒忌之心，由此可见群婚制古俗的遗留，及其向多妻制婚姻形态的过渡发展轨迹。

（2）转借婚型

以《安徒莫日根》为例。安徒莫日根和他的表弟、表妹来到一个霍通，这个霍通的主人对大家说：

> 赫哩勒——赫哩勒——
> 那尼——赫哩——给格——
> 英雄好汉们听清楚了，我有个女儿十八岁了，
> 前来说亲的人太多了，我也不好答复你们了。
> 只能用比武选婿了，现在我提出三个条件：
> 一是正南树洞里有一只恰克陈（大雕），
> 二是东南水中有一条爱新达乌（金鲑鱼），
> 三是西南山坡有一个库玛卡（鹿），
> 谁能把这三样东西拿来，——就把我的女儿嫁给谁。

听清、记住了吗？

啊日那——

（黑龙江省民间文艺家协会，1998：236）

安徒在火图的帮助下完成了三个条件，但是没有和额真的女儿完婚，而是“把她给他的表弟撒拉秋莫日根做了妻子，撒拉秋莫日根也就成了这个霍通的新额真”（黑龙江省民间文艺家协会，1998：241）。在这个情节中，英雄完成难题，女人是作为礼物或者说是嘉奖嫁给英雄，却依然可以像礼物一样被转给他人，反映了女性地位在向父系氏族社会过渡时的降低。同时，撒拉秋在娶妻之后，也成为部落的新额真，由此可见，婚姻的实质是部落结盟，或者说是占领城池和财富的另一种形式。与结义类似，婚姻对于英雄不仅仅是获得配偶，更是取得功绩的标志。

（3）条件婚型

条件婚型也称作难题考验婚，这种婚姻类型在伊玛堪中最具有特色，也是后来歌手在讲唱中最容易发挥的婚姻类型，女方设置的难题和英雄娶亲之间的矛盾，构成了史诗情节的张力，使之富于趣味性。同时在设置难题的项目上，不同的艺人也有不同的讲述方式，使其既具有渔猎民族的文化色彩，又充满歌手的天才创作。要娶得的德都的神通越大，难题的难度也越高。《香叟莫日根》中，香叟莫日根的哥哥夏里克尤要娶北海的温金德都。温金德都向夏里克尤提出的三个难题是：抓住小洞里的乌鲁古力、金泡子里的胡萨（天鹅）和树林里的尼克特（野猪）。夏里克尤办不到，香叟替哥哥办到了，他把抓来的猛兽、天鹅、野猪送给温金德都，温金德都便嫁给了他哥哥夏里克尤。《夏留秋莫日根》中描述夏留秋要参加巴彦玛法家举行的比武招亲，娶巴尔堪德都。首先借着恰克春德都的口埋下伏笔，描述巴尔堪德都很能干。《夏留秋莫日根》巴彦玛法提出了六个很刁难的条件：射箭，搬石头，推大船，找回金鱼叉，攀登悬崖找回金踏板、银拐棍，最后是拿到长虫金冠上的小金人。娶得的女子法力越大，难题婚姻的条件就越难以达到，最显著地体现出赫哲人理想中的英雄形象和生活中对男性的评价标准，即勇敢和力量的结合，是生产和生活能手。在讲述这部分的时候，歌手讲述难题解决的叙事讲究技巧和策略。头三关在设计和叙事上比较烦琐，用古都里和朱候莫日根的失败来衬托夏留秋的勇武过人，后面三关的叙述则相对简要，体现出歌手在叙事和演述中繁简得当的剪裁技巧，也迎合了听众的欣赏习惯。解答难题之后，巴尔堪德都终于出场，对于她的描述是：十分美艳照人，好像日月一样。此时，这位德都要自己增加一关难题以考验夫君，叙述里面叫作“出了一个岔子”，就是要把帽子投给自己未来的丈夫。这时候，叙述经历了一个由紧张到放松再到紧张的过程，一下子将听众放松的精神再次集中，使得叙事一波三折、张弛有度。最终夏留秋和巴尔堪喜结连理。以难题的难度，反衬了夏留秋的勇武和神通。女萨满的钟情，则是英雄获得神力庇佑的体现。

（4）比武择配型

我们以《阿格弟莫日根》为例。阿格弟莫日根的妻子黑斤德都对他说：前边不远有个部落，城主的名字叫芒占玛法，他有个神通广大、本领高强的女儿叫芒根德都。黑斤德都劝自己的丈夫去求亲。比武的条件有三个：一是箭射穿钱眼，要求三支利箭，支支命中；二是力举千斤卧牛石，看谁能把它举过头顶，连举三次；三是摔跤，看谁能把芒根德都的哥哥芒奎莫日根摔倒三次。比武中，阿格弟莫日根脱颖而出，三个条件都做到了。于是他便娶了芒根德都做妻子。相对于难题考验，比武择配的婚姻类型较为单一，尤其是在其记录的伊玛堪文本中，比武择配多为英雄之间的摔跤活动，这与蒙古族史诗中的比武择配情节非常类似。

（5）许配婚型

这类婚姻类型在伊玛堪中也十分常见，主要是由女方的老人、兄弟或者萨满神灵将德都许配给英雄，是赫哲族许配婚的反映。以《满都莫日根》为例，满都莫日根打死伯丘仁莫日根和伯库仁莫日根，他们的贺妮德都变幻成一位彪悍的年轻莫日根与满都莫日根摔打，最后博尼恩德都的父母来了，把博尼恩德都当面许配给了满都莫日根。《阿尔奇五》中，在萨满妈妈面米尔金的安排下，以吴木喜妈妈（赫哲族司掌婚姻的神灵）的名义，将克库尼德都许配给阿尔奇五。还有《莫土格格》中，白发妈妈将莫土许配给土尔高，尽管土尔高没有中意莫土，但是碍于情面，依然答应了，这才有了后来莫土奔月的情节。许配婚带有一种家长专制的婚姻色彩，是女性地位逐渐丧失的表征。因此，莫土奔月一定程度地张扬了女性渴望婚姻自由的心理。在赫哲族现实生活中，一般男女之间的恋爱是较为自由的，这种许配婚应该是后来较晚出现的婚姻类型。

（6）求婚型

求婚的情节在伊玛堪中也很常见，体现出男女对于爱情的自由向往。而且不同的是，在伊玛堪中不仅有男性的莫日根要娶某位德都而历尽艰险的描写，也有大量的描写是女性德都主动示好。例如《安徒莫日根》中安徒征途上遇见了尼莫内德都化身的“歇脚包”（临时休息的小房子），看见“有一位很漂亮的姑娘，正坐在炕上做针线活。姑娘一见安徒，就像老熟人似的，又给他点烟，又给他倒水，接着又给他炒菜做饭”，安徒心生爱慕便向她求婚，姑娘很高兴地答应了。同时，还有德都主动示好，例如《阿尔奇五》中巴尔珍尼德都和杜勒尼德都再见到阿尔奇五之后都心生爱慕，装烟献茶，暗许芳心，最终与之结亲。

关于女萨满和莫日根之间婚姻关系的深层寓意，孟慧英曾经做过较为深入的剖析。她在《莫日根的婚姻》中指出：二者之间的肉体关系，是萨满信仰中领神的一种形式，就是说“与女性精灵有性关系的萨满会获得萨满巫力”（孟慧英，1998a：87）。因此，英雄的娶亲历程既是一个获得财富和奴隶的建功立业的过程（成为城主或者新的额真），也是一个增加神通的成神过程。

2. 神奇婚姻母题反映了择偶和婚恋观念

英雄的神奇婚姻母题最直接地反映了当时的择偶和婚恋观念。难题考验等系列条件婚姻体现着赫哲人的英雄观，在莫日根的妻子们身上我们看到了赫哲族对理想女性的刻画和期待。

赫哲族史诗式的长篇伊玛堪，产生于恩格斯所说的军事民主制时代，那是一个歌颂英雄的时代。处于那个时代的赫哲人也是如此。他们所崇拜的英雄，正是力量和勇敢的化身，把掠夺看得比创造劳动更荣耀，这就是英雄时代的英雄——莫日根的事业。生活在这一特定的时代的赫哲人，有着和时代相协调的审美标准。不同于汉族的故事和传说中的难题内容，赫哲族的难题在设置上极其深刻地体现了渔猎文化时代和地域色彩。要求猎杀的神兽、神鸟、千年鳇鱼等都是赫哲人生活中与之休戚相关的形象化身。射箭要求百步穿杨，摔跤要求力拔千斤，能举起巨石，推动大船，攀山跳涧，一刀削出个鱼叉，这些都是赫哲人在艰苦的生活条件下所必备的生存技能。拥有这样的技能，就能带来渔猎的收获，就是族人眼中的英雄。因此，赫哲人的婚姻考验都是围绕武力决斗——而并非汉族和其他少数民族英雄故事中的智斗——产生的。

需要指出的是，尽管史诗中的莫日根（英雄）大多气宇不凡，然而容貌往往并未被列入女性择偶的标准。于是常有像阿格弟一样的莫日根变幻成邋遢不已的秃头老汉形象来参加比武招亲，还有木竹林一样具有神形的人，在成亲的时候才会显露真身。然而，即使英雄变形后容貌丑陋，仍然不曾动摇德都成婚的决心，从而更加衬托了勇武能干才是英雄和女性择偶的决定性标准。

比之女性的不以貌取人，英雄则常常被德都的美貌所吸引，也会因为其丑陋而厌弃。因此苏完德都在成婚时也一直保持半红半黑脸的面容，以此作为对英雄的考验；莫土格格在被白发妈妈许配给土尔高的时候，也是赤脚不雅的毛丫头的形象，不过在对英雄的考验过后，皆会露出美好的形象，体现出赫哲人对女性容貌的重视和要求。

英雄的妻子还具有不同寻常的身份，通常是神通广大的德都，有的还是城主的女儿，在关键的时候会帮助丈夫解难题、过险关。可以未卜先知为丈夫探路并提供警戒；可以腾空高翔，变成神鸟"阔力"从空中打败敌手；甚至可以过阴追魂让莫日根起死回生。她们一旦认定，就不计回报，可以帮助丈夫娶妻纳妾，乃至奉献生命。比起莫日根在娶亲之前的功利思想（不是垂涎美貌，就是觊觎其神通和财富），伊玛堪中的女性形象更加无私和纯净。

关于神奇的妻子形象的塑造在众多史诗中都广泛存在。"在蒙文《格斯尔》中，英雄遇难，她的三位姐姐飞翔而来，用泉水使其弟格斯尔死而复生。类似具有飞翔神力的女性形象，在蒙古、突厥、满－通古斯等阿尔泰语系民族的史诗中，悉为常见。"（郎樱，1999：108）在《玛纳斯》的人物体系中，妇女形象塑造得最为光彩夺目。玛纳斯之妻卡妮凯美丽而高贵，精明能干，并具有未卜先知、使人死而复生的神力；玛纳斯之子赛麦台依的妻子阿依曲莱克，是位具有倾国倾城美貌的仙女，遇到紧急情况，她能幻化作白天鹅在蓝天中飞翔；玛纳斯之孙赛依铁克的妻子是仙女库娅勒，她可以轻而易举地用矛尖挑起山一般大的巨人（郎樱，1999b：106）。因此，伊玛堪中的女性形象具有北方民族史诗中女性形象的共性，展现了从母系氏族社会向父系氏族社会过渡时期女性地位的衰落和抗争。同时，萨满信仰传统中对于女神的尊崇使女性在伊玛堪中仍然占据重要的地位，这些女性形象与英雄共同构筑了伊玛堪气韵生动的叙事节奏。或者说，在某种程度上，她们已经超越了英雄的形象，是神性和人性的完美结合，是赫哲人理想的女性形象和伴侣。

四　凯旋酬神

伊玛堪中的英雄——莫日根的一路征战乃至复仇，都离不开萨满神灵的护佑，因此，在最终胜利后要祭祀和酬谢神灵。凯旋酬神这一母题最典型地出现在每部伊玛堪作品的结尾处，伊玛堪几乎无一例外地有关于隆重的祭祀谢神场面的详细描写。这是主人公在他的众多妻子、姐妹、结义兄弟以及他们的妻子帮助下，南征北战，最终救出了被西方部落掳去的年迈父母，或为死去的亲人复仇雪恨之后必然要举行的隆重仪式。以《满都莫日根》为例，其在结尾处凯旋祭祀神灵的情节中对狂欢的酬神场景进行了渲染和铺陈：

> 这时那五位莫日根，还一味地喝起个没完没了的。那几位德都也告诉霍通中所有大小萨满都快准备好。等明早太阳出山，就扎起腰铃，掌起鼓来，穿好神衣，戴好鹿角帽，都要赶来跳鹿神。几个博什库早已吩咐下去，抽出十个精壮汉子，剥皮的剥皮，开膛的开膛，剔肉的剔肉，没过吃一顿饭的工夫，就把乌鲁古力、狍子、飞鸟等祭品都拾掇了个利利索索。又找上十个老玛法，支上十口大锅，点起干柴烈火，把水烧得滚滚的，煮上了血红的鲜肉。霎时，城中烟雾腾腾，照得黑夜也通亮通亮。那五位莫日根还是痛饮不止。这一宿，他们眼也不闭，是乐得太蝎虎（“过分”的意思，是夸张的形容词）啦。也不知咋的，那酒咋喝也喝不醉，（饭菜）咋吃也吃不饱。越是喝，神灵也越是跟着欢喜，也

越是紧紧地附在人身上，神降临的时候也就越来越久。原来那酒菜都尽被神灵们给暗暗喝光、吃去了。

莫日根们喝了一宿，眼见太阳冒红了，正要出来。他们刚想穿戴，只见神衣、神帽、手鼓、腰铃和一些神物，都带着风声由天上呼啸而来，在每个人面前飞下来一个鹿皮包儿。满都她们几位萨满，打开包裹，就穿戴上了，看上去好威严啊。满都莫日根拿着神鼓，敲打几下，“咚咚”山响。牟牛他们几个，也都一一穿戴整齐。满都走在前头，大声高唱：

赫哩啦——赫哩——赫雷
天上和地下的神灵都听见了吗？
哪位神灵也不要落下哟！
都来享用这供奉吧！
享受全霍通烧起的达子香烟吧！
吃上刚打来的兽肉，
躺四天，待三天，
都来附在木头上、草尖儿上、蒿子梢儿上，
自己找好神位休息吧，
来接受我们虔诚的祭祀。
让我再请上几位斯翁前来，
那南海岸边老林里的库迟卡玛法，
还有那慈祥恩德的库迟卡玛玛，
有了你们的帮助我才大仇得报，
才在松花江边建立起两座霍通。
在这桩桩大事都做完的时候，
才来到这里摆起敬神的祭坛。
如今已请来所有莫日根的萨满和斯翁，
请来所有德都和夫人们护身的神灵，
用煮好的十锅神肉来向你们奉献！
在南海住着的我那恩人哪，
库迟卡玛法和库迟卡玛玛，
听到我的喊声就赶到这里来吧！

南边山上的显根玛玛也赶快前来，
送我兽皮宝衣的显吉勒玛玛也赶快前来，
赶在太阳出来以前，
都来接受我们的跪拜和祝愿吧！
你们全附在我的托落上面，
来听一下我们对诸神的感念！
赫哩啦——赫哩——赫雷
贺妮德都姐妹们也要听着，
告知你们的神灵们都来降临在托落上。
莫尼德都和黛勒德都，
把你们的神灵们也都请来吧！
如今神肉已经供上，
所有祭物都摆在托落下面。
围着托落转上三圈儿，
让霍通中百姓也跟着在后面左跳右转。
转过三圈儿再去到霍通的四周，
东西南北角上也转上三圈儿。
跳过鹿神再重新进献酒肉，
神灵们也都使劲地吃使劲地喝哟，
躺上四天再待上三天。
如今咱弟兄也打了胜仗，
还建起了两个霍通，
又相互交好结盟了。
只有神灵的恩光庇护，
满都才得以西征获胜重建家园。
我那阿爸的阴魂也可以安息了，
满都兄妹已将你的尸骨背还。
如今征战已经结束了，
请天地诸神享用这祭祀的酒宴吧！
啊啷——

（黑龙江省民间文艺家协会，1997：110～113）

祭祀场面和人物的唱词描绘了一个酒山肉海、人神共舞的狂欢画面，充满了浓厚原始信仰的古朴与狂野，是赫哲人萨满祭祀仪式的写照。同现代生活中我们可以观看到的萨满祭神场面相比较，简直可以将其视为跳神仪式的准确记录。作品中记录的萨满神词保存了大量萨满崇拜的神灵名称，以及对萨满服饰、用具和仪式的详细描述，有关于上天赐给男女主人公全套萨满神服的描写，也有关于主人公身穿全套萨满神服的形象的描写：他们身穿神衣神裤，围着神裙，头戴神帽，腰系银铃，胸佩铜镜，手拄蛇皮神杖。他们口唱神词，把大大小小的萨满神灵全都请来享受为它们准备的牺牲，以答报他们在征途中对主人公的护佑，最鲜活地展现了赫哲人在万物有灵的萨满信仰基础上产生的自然崇拜、灵物崇拜等观念。

而作为母题，凯旋酬神祭神的观念深刻存在于赫哲人的文化传统不单纯地体现在终极胜利之时，在英雄盛大的斗争行动获胜以后，也会出现这一母题的情节表述，认为英雄的胜利源于萨满神灵的庇佑和帮助。萨满信仰和跳神仪式作为一项宗教活动极其普遍地存在于赫哲人的日常生活之中，在赫哲人的婚丧嫁娶、节庆仪礼之中悉为常见，体现出萨满神灵在赫哲人的观念世界中是与人共生共存的，而万物有灵基础上产生的自然崇拜观念也是根深蒂固的。例如，在葛德胜说唱的《希尔达鲁莫日根》中，苏完德都、文金德都和希尔根德都为了使希尔达鲁平安成人举行了一次祭神仪式："三位德都各自穿上全副萨满神装，胸前背后带着托力（护心镜）。腰上扎着哈其翁（腰铃）。苏完德都的萨满神通大、法术高，她头戴着左右各三支鹿角的神帽，每支鹿角分十二个杈，闪着金光。脖子上还挂着萨日卡护身神，左手拿温提（神鼓），右手握鼓槌，真像天神下了凡。文金德都和希尔根德都穿着萨满神装，文金德都神帽上的鹿角每支七个杈，脖子上接着额其合小银神，手里提着神刀；希尔根德都神帽上的鹿角每支三个杈，脖子上挂着她家供奉的布克春小铜神。"（黑龙江省民间文艺家协会，1998：33）祭礼开始了，四人一齐跪拜在神桌前，苏完德都击起神鼓，唱起祈祷词。

赫雷尼——赫勒——赫那尼——赫啦——

诸位斯翁和萨满神灵，
我们的祷告请仔细听：
希尔达鲁和希尔根，
来到这里已五年整。
希尔达鲁要长大成人，
他练箭法学出一身本领。
希尔根德都学萨满，
她已能变阔力飞腾。
这都是各位色翁帮助，
各位萨满神灵照应！

（黑龙江省民间文艺家协会，1998：33）

成人仪式对于英雄具有重要意义，通过萨满仪式对其进行肯定，向外界昭告他从此成为生命个体的合法身份，同时在感谢中为其邀约神灵的护佑。类似的场景，还发生在莫日根在完成某项重大任务之后，例如上山打猎灵兽等，在猎获后，回到村子里酬神。而在凌纯声记录的赫哲故事中英雄凯旋酬神情节并不普遍，或者仅仅是一带而过，多代之以英雄分封、四方进贡的描述。《木竹林莫日根》的结尾处有木竹林跳神、感谢神灵的描述，然而与后来20世纪70年代末伊玛堪中的极力铺排相比，显得较为简单。这种现象貌似不符合赫哲人萨满信仰逐渐淡漠的规律，然而恰恰体现了萨满信仰在赫哲人生活中的弱化和转变。

在凌纯声记录的伊玛堪叙事情节中，萨满祭祀仪式往往体现在英雄出征之前进行的祝祷，或者英雄生病时候的祭祀，抑或是在愿望不能实现时候进行的祈祷，如祭祀乞子。《木竹林莫日根》中的土尔马玛法生病时，通过野猪祭祀，最终病症渐渐消失而痊愈。《香草莫日根》中萨布勾汗的妻子新福尼德都久而未育，在春季祭祀的时候，“萨布勾汗命奴才预备肥猪绵羊各一只，又请竹深达、嘎深达、木昆达、巴彦玛法等来吃喜猪。萨布勾汗将祭祀的主旨对众人宣布，先祭神树，令佛日朗虔诚祝祷天神，俯念大汗无嗣，请赐子以继香火”（凌纯声，1934：402）。之后新福尼德都梦中遇见神明，受孕，生下香草。

如此情节，在凌氏记录的伊玛堪中十分普遍，与后来的作为仪式活动的萨满祭祀行为相比，早期的萨满活动不单纯是一种仪式，也是一种生活方式，是赫哲人观念中根深蒂固的思维方法和行动逻辑，带有极其原始和古朴的思维特点。

在后期的凯旋酬神描述中，不难发现歌手对于莫日根获胜的经历的讲述往往是匆匆带过，而对于酬神场面却是极尽铺陈夸张之能事，体现了赫哲人在伊玛堪讲述中的一种情感倾向，就是对于英雄的歌颂和赞赏。例如在阿格弟莫日根祭神的唱段中，歌手借着英雄之口列出了享受祭献的数十种神灵，他们是住在高山之巅的恩都力玛法（天神）、圣洁的保护神莫昆达莫日根、南山红松蛤的库迟卡玛法和库迟卡玛玛（山核桃树神）、佑中哈里部落之神、树神、水神、河神、海神、鹿神、天鹅神、虎神、金钱豹神、大雕神、鲤鱼神、传递信息的克库神（布谷鸟神）、萨日卡神（萨满保护神）、爱米神（萨满保护神）、穆佳神（家中供奉的神）、托布通神（律槐乌神）、嘎斯卡斯（大雁神）、沙告克神（鹊雀神）、阔力神等（《阿格第莫日根》，1981：292～293）。这些段落使我们清楚地看到伊玛堪同萨满崇拜的仪式及萨满神话之间的密切联系，同时更看到这是英雄在宣布自己所领受的神灵，他们享受自己的牺牲献祭，必然会护佑自己和统治的部落。因此，在祭祀神灵的仪式中，除了对于神灵的邀约和酬谢，这种狂欢化的场面更根本的主旨是对于英雄功绩和神通的颂扬和夸耀。此外，被用来祭祀的牺牲不仅数量庞大，种类繁多，更是难以猎杀的珍禽异兽。通过大肆铺陈祭祀的牺牲，渲染场面的热闹非凡和神灵的繁多，体现出英雄南征北战，获得了丰厚的财富和人丁，从孤儿成长为百姓敬仰臣服的额真莫日根，是神通广大众神庇佑的大萨满。通过对英雄的力量与神通的赞扬，夸耀了人的主体地位的上升，以及作为群体的氏族部落的兴旺发达。由此可见，在赫哲人天地人神同一的精神世界中，随着自我意识的滋长和主体地位的提升，已经越发呈现人神对应的二元模式。

史诗产生的年代，人类已经逐渐从极其低下的社会生产力中解放出来，并在长期的与自然斗争的过程中积累了一定的生产经验和科学知识，尤其是后期民族和文化的碰撞融合，极大地促进了赫哲人的精神世界的变化，伊玛堪作为其文化的载体，是赫哲人现实生活之外所构筑的意义世界的展现。“征服自然的初步胜利，唤起了他们的安全感、自豪心和对新胜利的希望，并激发了他们去创作英雄史诗。英雄史诗是人民自我认识和自我要求的宝藏。于是神话与史诗结合起来，因为人民塑造了史诗的人物，就把集体精神的一切能力都赋予这人物，使他能够与神对抗，甚至把他看作与神同等。”（高尔基，1959：54）酒池肉林的祭祀与狂欢，在感谢神明的同时，也凸显了对自身力量壮大的自豪和夸耀。英雄时代的来临，对于神明的赞美和敬畏中分化出对以英雄为代表的半神甚至完全世俗化的人的歌颂。就像恩格斯在《反杜林论》中说的那样：“正如早期的神话时代，人按照自己的形象创造了神一样，在这时期的人们也同样创造了这些氏族社会后期的英雄。”赫哲人正是要通过酬神的场景来强化这种人与神的界限，建立人间的英雄的权威。在为萨满信仰保留了精神领域的地位的同时，也赞颂了群体的接触代表——莫日根（英雄）及其代表的部落群体。要证明神明世界之外的人间世界的存在和兴旺，并通过祭祀和歌唱在二者之间建立联系。

第三节　伊玛堪史诗母题的文化内涵

郎樱在《史诗的母题研究》中谈道：“母题的文化内涵及象征意义的涵盖面是很广泛的，它们所揭示的多为人类原始思维的特点，所反映的也是古代社会生活的民风民俗。母题义与民族生活、民族思维及心理特点、宗教信仰、生活境遇有着密不可分的关联。因此，世界各民族民间文学的母题既具有共性，也具有民族与地域的特点。”（郎樱，1999b：15）伊玛堪的母题亦不例外，具有英雄史诗的共性，也呈现赫哲族渔猎文化特有的意味，并随着社会语境的变迁而不断发展，呈现文化成分多元化，内容世俗化、生活化等特征。

一　多元文化融合发展

伴随社会历史发展、民族人口大量迁徙和文化的不断融合，以古老的萨满文化观念为基本核心孕育于三江流域的赫哲族口头传统在这一过程中受到来源于不同地区、不同民族的程度不等的多种文化的影响，叙事中包含着丰富多样的精神文化现象和物质文化现象，使其逐渐呈现多元文化结构特征。有研究者将其文化层次概括为操满－通古斯语族语言的民族的江河渔猎文化成分、蒙古族的草原牧猎文化成分和晚近时期来自女真（满）、汉等农耕民族的文化成分（徐昌翰、黄任远，1991：153）。作为文化传统的缩影，这一现象直接反映在伊玛堪的叙事之中。

文化总是特定时空中的产物，在三江流域孕育发展的伊玛堪中无处不带有渔猎民族文化的烙印，作为主导和基础的文化成分，渔猎民族的生产生活、三江流域的风土人情都被囊括于伊玛堪的叙事之中。笔者在第一章中论述了渔猎文化与伊玛堪产生的密切关系，这里主要阐述伊玛堪在传承和发展中所呈现的多重文化结构，包括游牧民族和农耕民族之间的文化关联。

第一，在伊玛堪的母题中我们可以看到渔猎文化之外的游牧民族文化事项的出现，主要是受到操突厥语族和蒙古语族语言的民族的口头叙事的影响。

考古学、民族学和语言学方面的大量材料令人信服地表明，中古时期的突厥、蒙古各部对黑龙江一带的通古斯部落，包括今赫哲族的先世，有着极其深刻的全面影响。①“苏联学者在探讨黑龙江流域和苏联远东地区土著民族的精神生活及其发展史的时候，如讨论该区域土著民族萨满崇拜现象的起源时，多次把注意力集中于西伯利亚南部突厥－蒙古民族于中世纪时期对位于他们以东的通古斯民族的巨大文化影响。”（克鲁沙诺夫，1989：341～359，转引自徐昌翰、黄任远，1991：1529）凌纯声在调查中亦发现有的赫哲人自称其祖先为蒙古人（凌纯声，1934：58），一个专家组在大量研究后也认为“蒙古族成分融于赫哲族中是可信的”（《赫哲族简史》编写组、《赫哲族简史》修订本编写组，2009：29）。元代在黑龙江中下游、松花江下游及乌苏里江一带设

① （例如沙弗库诺夫在《金上京城址出土的铜鱼和鹿角的用途》中，记录了苏联远东地区的沙伊金古城考古遗址出土了大量骑马的人形偶、半人半兽偶等神偶，它们同西伯利亚南部突厥民族古代及现代流行的神偶在外形诸特征上就十分相像（沙弗库诺夫，2011）。苏联民族学家还发现，20世纪90年代在黑龙江流域某些通古斯民族中流行的衣服式样，尤其重要的是萨满服装的式样，还同西伯利亚南部突厥民族的服饰花纹相一致。）

立军事和行政机构，对赫哲、鄂伦春等民族进行有效统治和管理。因此我们就不难理解，作为赫哲族文化的载体——伊玛堪在叙事中出现了大量游牧民族文化事项和母题。

莫日根的战马是伊玛堪中出现的游牧民族文化事项的典型。赫哲族在历史上被称为“使犬部”。因为狗在这个民族的经济生活和日常生活中曾经起到过重要的作用，狗拉雪橇一直是赫哲人的主要交通工具。元代在赫哲人聚居区域设置过许多狗站，作为交通枢纽。直至19世纪60年代俄国大批向黑龙江流域移民之前，马在赫哲人的生活中并不扮演重要角色（徐昌翰、黄任远，1991：161）。而在伊玛堪中，战马却成为莫日根的重要坐骑，任何场合反而都不见狗的踪影。例如在《阿格弟莫日根》中，有多处关于宝马的描述：这是一匹由阿格弟的妻子黑斤德都——一个神通广大的女萨满——用洁白的桦树皮剪成的；那是一匹白鬃白尾的骏马，它懂得黑斤德都对它说的话，“甩打着尾巴，刨着蹄子，打着响鼻点头”。它不用人催打，自己就紧一阵慢一阵地向前奔驰。每当下马之后，阿格弟就用手拍拍马脖子，让它自己去找水草，什么时候主人一声呼唤，马儿自会到来，它还会到主人指定的地方去等待。果然当阿格弟呼唤的时候，洁白的追风骏马就会出现在他的面前（《阿格弟莫日根》，1981：318、320、321～322、352～353）。当满斗莫日根同他的二位结拜兄弟将要踏上西汀的复仇之路时，人们为他们“挑选了四匹最好的骏马，备上了新鞍子，铺上了新垫子，戴上了新嚼子，封上了新镫子……”于是“兄弟四人走出西门，手握鞭子，飞身上马……”从此开始了骑马西征的伟业（《满斗莫日根》，1982：80～83）。对于一个在历史上从来只知使犬不知使马的民族，口头流传的作品中却经常唱出骑马出征的内容而对使犬只字不提，足见蒙古族的游牧文化对其口头叙事传统的渗透和冲击。

此外，伊玛堪中的一个典型母题——英雄结义也与蒙古族的口头叙事母题有着极大的相似性和关联性。莫日根在征途中战胜对手莫日根，有一种结果是双方结拜为兄弟，甚至与对方姐妹成亲。如香叟莫日根打败傅劳洪、傅克奥兄弟后，同他们结为金兰，并娶他们的妹妹傅兰德都为妻；满都莫日根打死德勒鲁莫日根后，与其弟飞勒鲁莫日根结拜为兄弟，又与其妹德勒鲁德都成婚。这个母题在赫哲族所属的操满－通古斯语族语言的民族，如鄂伦春、鄂温克等民族的口头传统中并不常见，确是蒙古族英雄叙事诗中不可或缺的母题。如德国的蒙古学家海西希就说过：“几乎所有的蒙古史诗都有这样一个场面：英雄同另外一个勇士相逢，英雄战胜了他，与他成为歃血为盟的兄弟，最后同他的家庭和部落结成一个大集团。”（海西希，1989：163）

与此相似的情况还有血亲复仇母题和胜利回乡的母题。前者是英雄出征的理由，后者是英雄胜利后将财富和人口大规模地迁回家乡，而根据对赫哲族的历史考察，近百年来赫哲族都不曾发生大规模的征战及作为战争后果的人口和财产迁移。这是由其生产和生活方式决定的。作为渔猎民族，赫哲族人口分布较为广泛，聚居人口较少，并且民族内部解决纷争的方式多以财产补偿为主，而很少发生暴力冲突。在现今所知的鄂伦春族、奥罗奇人等的口头传统中，这样的情节也很少出现。而在蒙古族的英雄叙事文学中，这类情节母题是十分多的，具有较明显的草原牧猎民族部落间相互关系的特点。

当然，文化之间的影响是相互的，除了上述几个母题之外，关于英雄诞生的母题，伊玛堪与蒙古族口头传统也具有相似性。其中有一辈子无儿无女，在祭祀神灵后，老年才得子的情节，或者自幼失去父母的孤儿，甚至痴傻疯癫，后来在萨满神灵保佑并传授神通，才成为具有非凡能力的萨满和英雄的情节，如安徒、香草、满都、阿格弟、希尔达鲁、马尔托等莫不如此。有的主人公如木竹林莫日根和吴胡萨莫日根等更是增加了半人半神的奇异诞生情节，这与《江格尔》等蒙古族史诗中的描述十分相近。[①] 这类情节也广泛存在于操满－通古斯语族语言的其他民族的口头传统中，如鄂伦春族的英雄史诗《英雄格帕欠》中也有英雄奇异诞生和成为萨满的描述，因此，我们无法确定这一母题究竟在哪个民族中较早出现，或者更准确地说，这是民族文化相互碰撞融合的结果，然而无论是从历史学，还是从考古学、文化学、语言学的角度都可以明确，作为赫哲族文化载体的伊玛堪确实受到蒙古族游牧文化的影响，这为我们更深刻和全面地阐释其文化意蕴

① 关于《江格尔》等蒙古族史诗中的孤儿形象和伊玛堪中的孤儿形象的关联在本章第二节中的英雄奇异诞生母题已经有所论述，故此处不再重复。

开拓了思路。

第二，伊玛堪在发展过程中，受汉族农耕文化的影响十分显著。赫哲族笃信萨满，可以说整部英雄叙事都是在萨满文化背景下——从英雄的诞生、英雄的萨满身份、英雄的萨满法术，到最后在萨满祭祀仪式中完成讲述——展开和推进的，然而随着赫哲族与汉族交往的密切和深入，其叙事中也呈现了汉族文化的特色，从主人公的身份（包括道士、狐仙等人物的出现），到修道成仙、道家宝物和幻术的情节描写，无不带有浓厚的道教文化的色彩。

这种影响集中体现在凌纯声记载的赫哲故事中，有一类是狐仙故事，以《达南布》《葛门主格格》为代表，最为典型和集中地体现了汉族文化对其的渗透和影响。《达南布》一篇说的是主人公达南布在狐仙的帮助下利用狐仙赠予的宝物“隐身帽”和“登云靴”同命中注定的妻子赫勒尼、费勒尼、依兰瑶悦尼相遇，并从普惠道士手中救出狐仙一家的传奇故事。叙事中主人公的英雄特质几乎荡然无存，而具有传奇色彩的各种生活情节则占主导地位。神幻情节在一定程度上摆脱了萨满信仰观念的影响，而植入了汉族中神仙故事、传奇故事、狐仙故事的影响。尤其是在细节表述上，弥漫着浓厚的道教文化色彩，如达南布路遇狐仙醉酒后现出原形、关于法宝“登云靴”和“隐身帽”的情节，甚至直接出现了道士形象，即用符咒禁锢狐仙的描述。

在另一篇狐仙故事《葛门主格格》中，主人公阿麻奇坎路遇狐仙，葛门主格格，与其结为眷属。由于狐仙法力神奇，婚后生活中出现种种神异的情节。《葛门主格格》有这样的情节：葛门主要摆酒，于是便从怀中掏出一个小小的木盒，放在桌上，掀开盒盖，只见壶中盛有小小的酒壶、酒盅，碗、碟、筷等器具一应俱全，并且盛有酒菜，于是一席酒菜便出现在眼前。阿麻奇坎应金兀术之召率兵攻打中原，建功立业，葛门主被红毛国元帅掳去，五年之中靠幻术保护自己的贞洁，最后被丈夫救回。在这篇故事中，主人公由传统的萨满英雄变成了幻为人形的灵狐，故事抛却了伊玛堪中英雄征战、娶亲、结义等传统母题，而融入了家庭传说、神仙传说和历史传说的成分，关于葛门主醉后现真身、呼风唤雨、撒豆成兵的法术描写，也充满了浓浓的道教神异色彩，此外在情节中所显示出来的贞操观念等，都表明了其受到中原文化的巨大影响。

此外在传统的伊玛堪故事情节中，也可以看到汉族道教文化的影响。例如从关于作为孤儿的莫日根获得萨满神灵的点化而获得神通的这一母题的描述中，可以看出道教修仙的文化痕迹。例如《阿尔奇五》中讲道：巴库利霍通对面大山中的一个洞里住着萨满祖师面米尔金妈妈。她是古时一位信仰萨满的妇人，后来得道成仙。在阿尔奇五六岁时的一天早上，面米尔金妈妈命神灵将他背到山上，让其学习神术（凌纯声，1934：623～624）；《满都莫日根》中讲道：满都的妹妹满津德都被库迟卡玛法、库迟卡玛玛这两位神灵收入山中十五年，学成后下山寻找哥哥复仇。这里的神仙住在深山古洞中、修仙得道的说法，以及把人弄上山来学习法术的做法，并非出自萨满信仰传统，而是与道教文化如出一辙。

《武步奇五》中有木杜里向格林尼求婚被格林尼拒绝这一情节。木杜里恼羞成怒，将其关入暗室，格林尼夜里土遁转入水中逃走，遁入武步奇五家中避难（凌纯声，1934：522）。窝比吉五从怀里掏出三粒金丹交给武步奇五说：吃了此丹就可以刀枪不入、力气大增（凌纯声，1934：527）。这里的水遁、土遁等法术，服用后刀枪不入的金丹等法宝也都具有浓厚的道家色彩。

此外，从《莫土格格奔月》中，我们可以明显看到嫦娥奔月这一汉族民间故事的影子。而凌纯声在《松花江下游的赫哲族》中记载的唯一由满语翻译过来的《一新萨满》则与满族地区流传的《尼山萨满》异曲同工。不难看出伊玛堪在发展过程中受到汉族、满族文化影响的痕迹，逐渐由传统单一的渔猎文化特色转向多元的文化特点。

二　单一化、世俗化的发展趋势

乌日古木勒在对蒙古族英雄史诗进行研究时，对口传史诗母题有以下认识：

> 第一，史诗母题是史诗故事情节中独立存在的最小的情节单元；
>
> 第二，史诗母题是世界性的；

第三，史诗母题不仅是一个独立的情节单元，而且也是具有丰富文化内涵的象征符号系统；

第四，史诗母题在漫长的传承过程中随着社会历史的变迁而发生变化。

（乌日古木勒，2007：29～30）

史诗的母题是程式化的叙事结构单元的意义抽象和概括，是民族文化传统的映射和表征。伴随社会语境的转换和文化环境的变迁，母题在不同时期的英雄叙事中呈现的具体形式和强度也有所不同，有些母题逐渐弱化和被淘汰，有的母题被不断扩展、强化和突出。笔者通过对在新中国成立前后，即在赫哲族进入现代社会前后两个时期采录的伊玛堪文本（凌纯声20世纪30年代采录的《松花江下游的赫哲族》中的赫哲故事和20世纪七八十年代黑龙江省民间文艺家协会采录的伊玛堪）进行比较，发现伊玛堪的史诗母题呈现单一化和世俗化的发展特点。

首先，伊玛堪的母题种类呈现单一化发展趋势。传统的伊玛堪中一般包含奇异诞生、获得萨满神通、西征复仇、神奇婚姻、英雄结义、最终凯旋和祭祀酬神等母题，在每个母题之中又包含着相对较为独立的次级母题，如在英雄结义中的打斗情节，会有变形、寄魂等情节；在神奇婚姻中又包括难题考验、比武择配等较小一级的叙事单元；也可以单独进行母题的提炼，它们的不断变幻组合使整个叙事更加丰富和生动。一般来说，母题越丰富，故事情节就越富有吸引力和艺术性。母题是文化的反映，归根结底是社会生活的艺术体现。随着赫哲族社会的发展，伊玛堪的母题种类呈现单一化的发展趋势，有些古老的母题和情节不断脱落，代之而起的是某个特定母题的强化、膨胀和变异，这是民族文化传统的选择，也是民族叙事传承的规律和必然。

例如，英雄奇异诞生的母题在叙事中不断萎缩。凌纯声记载的赫哲故事是大体按照其中情节和文化事项的发展规律，推断出其出现的时间先后，进行排序和记录的。排在第一位的《木竹林莫日格》被认为是当时出现较早的一部伊玛堪。关于英雄诞生的母题，融合了汉族天鹅处女故事情节，纳丹神女在与姐妹们洗澡的时候被偷取衣物而与凡人成婚，生下蛤蟆形的木竹林。抑或是《香草莫日根》中描述的，不孕额真夫妇在举行祭祀后，梦中遇到神灵而感孕生下英雄。这类主人公形象从出生开始就具有半神的英雄身份。而在后来的伊玛堪中，英雄的出生也有类似情节描述，但是数量较少，也较为简单，更多地被简化为某位额真被掳走后幸免的孩子成了孤儿，并发展了孤儿英雄被萨满点化而获得神通的情节。如《满都莫日根》是在妹妹的点化下吃了苏布顿灵丹而恢复神智、获得力量的。

在讲述英雄出征的理由时，血亲复仇的母题不断被强化。在早期的伊玛堪讲述中，英雄出征的理由有很多，有为了部落生存，直接出征占领城池、抢夺财物的，如西热勾的父母就是主动扩张部落的范围而不断征伐；也有为了娶亲而出走的，如杜布秀莫日根就是为了娶亲而与人比武搏斗，开始征程的；也有没有明确交代因由，主人公随性出走，有神奇遭遇的，如《莫土格格》中的土尔高只是出门打猎，遇到白发妈妈，将莫土许配给自己；也有为血亲复仇而西征的，如沙日奇五为了给哥哥报仇在家神的庇护下，获得神通，征战复仇，又如什尔大如莫日根就是为了救回父母而西征复仇。在20世纪七八十年代采录的伊玛堪中，血亲复仇的母题被不断强化：一方面受到蒙古族叙事传统的影响，另一方面源于赫哲族伦理观念的发展，使其倾向于为英雄出征和掠夺贴上正义性和合理性的标签，说明民族共通的伦理道德观念正在逐渐形成。

在母题呈现横向的数量单一化的同时，某一母题也向纵深的丰富型不断发展。最典型的表现是英雄的婚姻母题。难题求婚被逐渐从各种婚姻形式中凸显出来，在难题的设置上呈现多样性。早期的难题设置多围绕赫哲族传统的生产生活方式，要求捕捉山中的野猪、怪兽、水中的天鹅、鳇鱼，或者干脆是摔跤、搏斗等，体现出赫哲族渔猎文化和地域特色，且难题数量较少，多为一至三个。而后期的史诗发展中逐渐加入了更加丰富和生动的表现形式，难题的数量逐渐增多。最典型的表现是《夏留秋莫日根》中巴彦玛法家举行比武招亲，夏留秋要娶巴尔堪德都。巴彦玛法提出了六个很刁难的条件：射箭（狩猎），搬石头和推大船（力量），找回金鱼叉（驾船捕鱼能力），攀登悬崖找回金踏板、银拐棍（勇敢），最后是拿到长虫金冠上的小金人（勇敢）。一般来说，要娶的女子的法力越大、条件越好，难题婚姻的条件就越难以达到，因而最显著地体现出赫哲人对于理想英雄和男人的期待和刻画。勇和力的结合，首先就要是生产和生活的能手。最终在英雄通关之后，巴尔堪德都自己又加上了一关，可见在后来的伊玛堪中难题考验母题曲折生动的艺术特色。

其次，伊玛堪母题发展的第二个趋势就是曾经的神圣叙事呈现世俗化和生活化的面孔。

英雄的身份，从人神结合的半神像逐渐变化为某位城主额真的遗孤，有时甚至连王子的身份也失却了，而变化为平常百姓。与之相对的是伦理道德观念的不断增强，一方面通过血亲复仇母题的强化，直接赋予了英雄斗争和占有财富、奴隶的正义性和合理性，另一方面通过对于婚姻母题的强化，英雄可以以各种方式娶亲，而间接地获得女子一方的财富和神灵庇佑，这和英雄结义母题一样，都是一种较为隐蔽和合理的财富占有形式。比之从前叙事中的单纯抢掠，以力量为唯一衡量手段的价值判断更体现了社会公正的伦理要求。

在叙事的细节上，原始粗犷的社会形态和战争背景逐渐退却，逐渐显现的是文明社会的生活景象和逻辑，使整个叙事充满生活化、现实化的风格。对英雄形象的刻画更加完美，呈现文明社会的人物特点。在20世纪30年代的作品中，莫日根的形象往往是更为粗犷和野蛮、更贴近原始社会中以力量为美审美评价标准的，例如阿尔奇五变成疯子偷窥德都聊天，并与二人共行鱼水之乐（凌纯声，2012：633）。早期的伊玛堪中，英雄往往都带有好色的特点，对于两性行为的描述也较为直接。此外，有些较为暴力血腥的场景描绘，也是早期采录的伊玛堪中呈现出来的较为明显的叙事风格，如香草莫日根在与仇人韩子五汗交手之后，打了二十五六日，最后将其碎尸万段（凌纯声，1934：687）。亚热勾来到西边一个大屯，无人居住，只见四处都是白骨，这一切都是疯萨满所为（凌纯声，2012：727）。此类风格的场景描述在20世纪七八十年代采录的伊玛堪作品中则十分少见，意在突出莫日根作为政治首领的额真身份，而对于其萨满神通的描绘只是为其树立威严、获得敬仰而存在，反映了当时民族对于英雄人物的界定和标准。20世纪七八十年代的赫哲人逐渐步入了现代生活，接受了现代教育，增强了与汉族及其他民族的文化交往融合，在民族气质和文化精神上都发生了转变。

一种文化是在一个地方共同体中发现的文化规则的聚合（巴格比，1987：124）。一种民族传统艺术形式的风格是民族较为统一的心理结构、情感、行为方式的表达。我们在赫哲族的社会发展中阐释伊玛堪的母题变化规律，同时归纳赫哲族的母题变化规律可以帮助我们理解其社会文化的变迁。

综上，史诗的一般理论认为，史诗这个划时代的艺术形式，产生在人类从野蛮时代高级阶段向文明时代的过渡时期。从赫哲族史诗的具体情况来看，其中绝大多数作品的主人公都是氏族和部落的首领“额真”“莫日根”“汗”。具有这种荣誉称号的氏族和部落首领，正是赫哲族社会氏族制度分化、奴隶制度形成时期新兴的奴隶主贵族阶级的代表人物。其以父权制的族外婚制度为背景的婚姻主题和以氏族、部落战争为背景的征战主题，也正好反映了赫哲人社会氏族制度分化、奴隶制度形成时期的阶级关系和社会生活。同时，作为民族的叙事艺术，伊玛堪中所形成的母题蕴含着民族的文化心理，展现出较为统一的社会价值体系，包括审美观、伦理观、婚恋观等，无疑成为赫哲族走向共同体、民族意识不断形成的艺术表达。

孟慧英在论述英雄史诗的时代特征时曾经指出：“在英雄史诗中，人们的社会意识是一种群体的自我意识，史诗精神具有明显的群体性，即表现为一种民族集体的心理状态、集体情感、集体意志和集体观念。”（孟慧英，1998b：57）“在史诗的群体观念中，最有代表性的是它所表达的民族共同意识。”（孟慧英，1998b：58）伊玛堪叙事中的主人公莫日根通过征战、婚姻、结义等联盟和斗争的方式，最终实现了各个部落的统一，在这一过程中无时无刻不体现着这种共通的民族意识的发展，代表着赫哲族的传统价值观念体系和集体心理认同标准，及其反映出的民族迁徙的文化融合特点，艺术性地展现了赫哲族从氏族社会走向奴隶社会并初步形成民族共同体的历史进程。

如凌纯声所总结的：“任何民族都有口传的故事，在故事中可以找到许多他们过去的文化。所以读一个民族的故事，虽不能信以为史实，然总可以得到些关于他们的文物、制度、思想和信仰等方面的知识，对于他们的文化能有更进一层的了解，这就是我们记录赫哲故事的主旨。”（凌纯声，2012：544）我们在对伊玛堪的母题进行解读、阐释与呈现其与民族历史文化的密切关系的同时，也再次确认了其作为民族标志性文化的合法性和可能性。这一论断在后来的非物质文化遗产申报和保护成效中已经得到了确证。另外，上述章节中对于伊玛堪的形式研究，也为伊玛堪的传承保护工作提供了文化创新的尺度和依据，为其在当下的传承和发展寻找合理路径提供了铺垫。

第六章

作为社区公共文化的伊玛堪

论及文化的功能，我国著名社会学家费孝通曾说所有的文化都是“人为”和“为人”的，而任何关于文化的学术研究最终都要从理论层面落实到实际层面，让人的现实生活更加幸福和谐。前面五章梳理了伊玛堪如何在渔猎文化传统中产生，又契合于民族社会和文化环境不断发展变迁、世代传承，揭示了伊玛堪作为口头文化传统与传统社会休戚相关。而新中国成立后，赫哲族从传统社会被拉入现代社会，社会和文化生态的剧变使伊玛堪失去了固有的文化功能、存在的基础和传承的条件，与赫哲族的文化传统一样都遭遇了现代性的冲击而濒临灭绝。与此同时，赫哲族的文化自觉需要又使其重新担负起民族认同的功能。伊玛堪作为民族认同表达的载体而被重新挖掘、保护和发展，被再次从边缘文化纳入公共文化体系。

第一节　社会变迁与文化自觉

产生于氏族社会时期和渔猎文化环境中的伊玛堪，是赫哲人对历史和生活世界的诗意书写和情感表达，是一部承载着民族集体记忆的“活书”。它在一代代歌手的吟唱中，在民族文化传统的选择中沉淀和发展，折射出赫哲族现实生活和意义世界的变迁的光影。由于地理环境相对封闭，直到20世纪初，伊玛堪的讲唱活动仍然作为一个重要的文化事项存在于赫哲人民的日常生活之中。新中国成立后，在现代化的潮流冲击下，赫哲人传统的生产生活方式、社会制度都发生了剧烈变化，而外来的文化撞击使得自身本就脆弱的口头文化传统被迅速支离和淹没，传统的意义世界被强势的异文化传统抽空。于是赫哲人在物质生活上越来越现代，而在文化和身份认同上却越来越焦虑。他们迫切需要找到一个文化符号作为民族身份的表征，于是作为“民族精神展览馆”的口头叙事文学伊玛堪就被重新发现和关注，赫哲族也由此走上文化自觉的道路。

一　文化自觉

“文化自觉”是20世纪90年代初期，我国社会学家费孝通先生提出的。他说：“文化自觉只是指生活在一定文化中的人对其文化有‘自知之明’，明白它的来历，形成过程，所具的特色和它发展的趋向，不带任何‘文化回归’的意思，不是要‘复旧’，同时也不主张‘全盘西化’或‘全盘他化’。自知之明是为了加强对文化转型的自主能力，取得决定适应新环境、新时代时文化选择的自主地位。”（费孝通，1997：22）费先生形成“文化自觉”思想最初就是在其对少数民族进行社会调查的时候，针对少数民族的发展问题提出的。他说：“我在提出‘文化自觉’时，并非从东西文化的比较中，看到了中国文化有什么危机，而是对少数民族的实地研究中首先接触到了这个问题。”（费孝通，2003）20世纪80年代末和90年代末，他分别考察了内蒙古鄂伦春族聚居地区的鄂伦春族和黑龙江省以渔猎为生的赫哲族这两个只有几千人的少数民族。现代社会变迁使这两个民族世代赖以生息的森林资源和水资源急剧减少，其生存基础受到了威胁。在此基础上，费先生开始思考“在社会的大变动中他们如何长期生存下去？特别是跨入信息社会后，文化变得那么快，他们就发生了自身文化如何保存下去的问题”，“我认为他们只有从文化转型上求生路，要善于发挥原有文化的特长，求得民族的生存与发展”（费孝通，2003）。

由此可见，“文化自觉”概念的提出最初针对的就是现代社会中少数民族的发展问题。费先生在“文化自觉”的概念中强调了文化对于民族发展的重要意义，传统文化要生存下去，就必须转型变革，只有这样，才能适应变迁后的生产生活方式和社会环境；只有重新植入现代社会生活，文化才能够发生其应有的调节作用，再次获得存在的合理性。那么，面对传统与现代生活的鸿沟，文化如何才能实现转型呢？费先生认为“文化自觉是一个艰巨的过程，首先要认识自己的文化，理解所接触到的多种文化，才有条件在这个已经在形成中的多元文化的世界里确立自己的位置，经过自主的适应，和其他文化一起，取长补短，共同建立一个有共同认可的基本秩序和一套各种文化能和平共处，各取所长，联手发展的共处守则”（费孝通，1997：22）。也就是说，要实现文化自觉，首先要认识自己的文化，这种认识包括对文化对于民族发展意义和价值的了解和肯定。在现实层面，只有认识并承认传统文化的重要意义，才能主动和自觉地实现传统文化的发展，才能在继承的基础上发展和创造。现代社会中，传统文化对于少数民族的意义更多地体现在观念层面上。王明珂在论及民族作为想象社群根基历史的意义时也指出“人们想象有一种‘边界’，也就是‘根基历史’（当代民族史是其一），造成‘我们’和‘他们’间的国家与民族边界。也在此种历史想象上，强调‘我们’与‘他们’在饮食、服饰、生活习俗上的种种文化边界”（王明珂，2009）。唯其如此，作为共同体的概念和意义才能呈现。反之，失去了文化传统的族群，在功能上依然是可以正常运转的（甚至是更加快速地运转），而作为一个“共同体”的意义就不再存在了。因此，对于一个群体，只有具备了集体认同的文化体系，才能够在观念上被称为一个“民族”。由全体成员在世代生息中创造和传承的传统文化，就是具备这种功能的认同文化。这种认同文化不同于实用的消费文化可以带来直接和强烈的感官刺激和愉悦，甚至很多文化事项已经从根本上丧失了实用功能，却因为承载着民族的情感、文化心理和集体记忆而成为全体成员认同和情感投射的对象，成为维系民族作为共同体的根本。

文化认同的实现需要一定的传统文化事项作为载体和寄托。由于生存环境变迁而带来的生产、生活方式的改变使传统文化失去了生存的土壤，而外来文化的冲击又使传统文化体系变得支离破碎，因此我们没有可能也没有必要让传统文化像从前一样毫无二致地存在和发生作用，因为这本身就违背了文化发展与社会变迁之间的规律，也是违背费先生提出“文化自觉”时的本意的。文化自觉，是要实现传统文化的现代转型，让传统文化基因在民族现代社会生活中再生再殖，使民族现代性的面孔依然保有烙印着民族传统文化符号的灵魂，成为民族精神的载体。

赫哲族作为一个人口较少的民族，却有一段大历史。赫哲族是当今世界上人数最少的民族之一，中国境内目前有五千多人，主要分布在黑龙江省东北部的佳木斯、同江和双鸭山等地。赫哲族具有众多的自称和他称名称，族源比较复杂，学术界对此也众说纷纭。像中国其他各民族一样，随着中国历史上国势的兴衰，赫哲族的命运也几经起落，经历了被剥削、分裂乃至面临灭绝的危机。17 世纪中叶，清朝统治中心离开东北，大举入关，沙皇俄国趁机扩张到黑龙江流域，杀戮、掠夺包括赫哲族在内的各族民众；后来康熙皇帝派军队北上，收复了黑龙江流域，中俄签订了《尼布楚条约》，赫哲族等边境民族才得以安居乐业。鸦片战争后，中国国势衰败，依照《北京条约》，赫哲族沿黑龙江流域被分割为两半，屡遭哥萨克烧杀掠抢，家破人亡，人口锐减。日伪统治时期，日本军国主义者为了隔离赫哲族与东北抗日力量的联系，推行“靖乡清野”、归并“集团部落”，大肆抓壮丁充当劳工、特务，严重破坏了赫哲族人的传统生产生活方式；加之鸦片的流入摧毁了许多人的身体健康，赫哲族被驱赶出故土，流离失所，归入山林沼泽地，人口持续下降，几乎消亡，到抗战胜利时，仅存 300 多人（《赫哲族简史》编写组、《赫哲族简史》修订本编写组，2009）。新中国成立后，在国家民族政策的支持和关怀下，赫哲族逐渐获得了聚居区域民族主体性的地位。1956 年，抚远建立八岔赫哲族乡，1963 年同江县建立街津口赫哲族乡。“文革”期间受到“左”的路线的影响，赫哲族乡被撤销，并入公社和生产队管理，直到 1984 年又恢复建制。由于清廷对赫哲人实行编旗和编户管理，大部分赫哲族人被归入旗下，被称作“以彻满洲”，因旗人身份而被视为满族。在抗战期间，由于日本残忍的殖民政策，有部分赫哲人隐瞒了民族身份。十一届三中全会以后，在民族政策的感召下，经过专家学者的考证和识别，佳木斯敖其村的 23 户、97 人由满族恢复为赫哲族，1984 年成立敖其赫哲族村。1985 年，饶河县成立四排赫哲族乡，2002 年抚远县建立抓吉、南岗赫哲族村，2005 年抚远县抚远镇建立红光赫哲族村，形成了如今赫哲族“三乡七村”的行政体系（《赫哲族简史》编写组、《赫哲族简史》修订本编写组，2009：165～166）。

“在现代化和全球化急速发展的浪潮中，每个人和民族、国家不断发生身份认同的各种变化，并真切地感受到‘认同危机’。中国各民族拥有作为单一民族和中华民族的多重身份认同，中国及其各民族的传统和现实以及身份认同也都面临这种世界之变的巨大冲击，少数民族的身份认同危机尤为显著。”（沈卫荣，2019）作为一个人口较少的民族，经历的几千年风雨沧桑传承至今，在一次次面临民族被分裂、被殖民乃至灭绝的灾难后，通过专家学者的考证识别，赫哲人在现代社会终于被承认为一个民族共同体，一个与他民族享有平等权利和地位的群体。在享受着发展所带来的喜悦和变迁时，在与其他民族杂居的过程中，他们更迫切需要表达和巩固自己的民族身份，赫哲人对自己的民族文化有着很强的认同需要，需要从文化上自证和凝聚为一个民族。从文化特征被识别为一个民族到主动从心理上寻求民族的认同，赫哲族经历了一个艰难的蜕变和发展过程。这一点，费孝通先生在论及中华民族多元一体格局的时候已经看到，民族由具有“文化共性”的民族转变为具有“主观认同”的民族有一个历史发展过程，也就是民族文化从失落到重组和再生的过程，民族传统文化符号成为认同想象和表达的载体。

此外，从民族内部精神结构的转变和发展来看，赫哲族在现代发展过程中，因自然资源的萎缩而遭遇了生产生活方式的变迁，其原有的文化类型必然不能适应当下的文化方式，加之外来文化的冲击，快速现代化的赫哲人开始抛却渔猎文化传统，或者说忙于应对和接受新的生活方式和文化观念，形成了文化上“全盘他化”的局面。建立于传统社会中的萨满信仰体系及其支撑的天地人神的意义世界变得支离破碎，处于社会中心的文化传统因失去了体系性而被边缘化，这是现代性对于传统文化的解构力量。认同文化的丧失使赫哲人在异文化群体中变得迷茫和焦虑，他们迫切需要寻找一种文化符号作为民族心灵的归属。以伊玛堪、鱼皮技艺、桦皮技艺等为代表的民间文化事项被重新拉入现实生活，作为文化与身份认同的表达。由于已经失去了赖以生存的社会和文化土壤，这些曾经存在于赫哲族传统日常生活中的口头传统、手工技艺已经伴随着上一代赫哲族老艺人的离去而濒临灭绝。因此，赫哲族传统文化在当代的发掘和保护有着很强烈的内在精神需求。这是其文化遗产在当代得以发掘、抢救、保护和活态传承的内在驱动力量和根本动因，也是赫哲人文化自觉的起始。

二　伊玛堪的危机与转机

伊玛堪作为赫哲族的英雄史诗，从一开始就承载着与其他口头叙事一样的文化传承功能，是民族的知识体系。然而，在现代性的冲击下，伊玛堪已经失去了生存的土壤。伴随着最后一位演唱整部伊玛堪的歌手的离去，伊玛堪已经面临人亡歌息的局面。

20 世纪初到 20 世纪 30 年代凌纯声撰写《松花江下游的赫哲族》时，会唱伊玛堪的歌手还有很多，1970 年前伊玛堪歌手大约有 30 位，1995 年前有近 10 位歌手，作为伊玛堪歌手的赫哲族老人尤金良退休后一直自觉从事赫哲族文化遗产的搜集整理工作，留下两部长篇伊玛堪，遗憾的是这最后一位伊玛堪歌手也在 2003 年 5 月去世了。会唱长篇伊玛堪的传承人相继病逝，使赫哲族民族英雄史诗伊玛堪成为真正的绝唱。现在，只有几个年龄在七八十岁的老人会表演伊玛堪的片断或者简短的唱词，以及复述简单的故事梗概，如不及时加以抢救和保护，伊玛堪很快就会彻底走向消亡。

文化自觉就是要了解其过去、现状，了解其价值和衰落的原因，找到病根才能使其重新焕发活力。作为曾经活跃在日常生活中的文化事项被推移到社会乃至历史的边缘，伊玛堪不能够适应现代社会而逐渐衰落有其深刻的历史原因和现实原因。

在众多导致伊玛堪传承中断的因素中，赫哲族语言的濒危是伊玛堪走向衰亡的直接原因。由于赫哲族人口较少，且很早就与汉族、满族杂居，很多赫哲人都会用汉语交流和书写，本民族的语言——赫哲语因缺少应用环境而逐渐消亡。尤其是进入现代社会后，民族语言已经基本丧失交流的功能而走向自然消亡的境地。赫哲语属阿尔泰语系满－通古斯语族满语支，无文字，目前赫哲族通用汉语。赫哲语当前的实际使用情况明显体现出这种语言在中国濒临灭绝的实际处境。根据《中国人口较少民族经济和社会发展调查报告——赫哲族》（2000

年）的调查数字，赫哲族使用本民族语言的能力可以以代际为主要区分手段，80 岁及以上的赫哲族老人可以讲赫哲语，70 ~ 80 岁的赫哲族人能流利地讲赫哲语的人就已经寥寥无几，50 ~ 70 岁的人可以听懂日常用语但基本不具备完整表达能力，50 岁及以下的人只有少数能听懂一些日常用语。实际上，赫哲族的民族语言早已经丧失实际使用的功能，汉语已成为赫哲族的主要语言。

赫哲族是一个有语言而无文字的民族，民族历史发展、生产生活技能、人生礼仪、宗教信仰、口头叙事艺术等文化传统都依靠口耳相传的方式世代承袭。作为在民族传统的神话、故事、歌谣、萨满祝词等一系列口头叙事样式基础上产生和发展的民族英雄史诗——伊玛堪具有讲唱结合的特点，讲究在故事情节主干上和程式化叙事单元运用基础上的临时创作，对于歌手的语言储备和操作能力有着极高的要求。在歌手传承上出现危机的同时，也失去了共享同一语言和文化传统的受众，从而使伊玛堪在交流层面的功能逐渐丧失。因此民族语言的濒临衰亡就成为伊玛堪讲述逐渐消亡的直接原因。

伊玛堪遭遇的现代危机，其根本原因在于赫哲族在现代化进程中经济和生活方式的快速变迁，而作为民族内部结构的精神文化传统还没有完全赶上社会变迁的节拍，导致传统文化与现代生活断裂，失去了生活的土壤而成为无本之木和无源之水，因而必然走向消亡。现代化进程打破了赫哲人原有的封闭自然环境，水源污染和环境恶化又迫使他们不得不放弃传统渔猎生产方式，转向农耕和畜牧养殖的生活方式。新中国成立后，赫哲族逐渐与满汉杂居、通婚，原有的生活习俗不断被同化和放弃。赫哲族在衣食住行上悉如汉人。人口较少而居住又相对分散，使伊玛堪失去了讲唱的场合和平台，过去渔猎之后作为休闲的族人聚会讲唱，如今只能在四年一次的乌日贡大会上再见踪影。

同时，多媒体技术的发展，书刊、报纸、电视、电影、广播、网络等多重文化传播渠道，为赫哲人提供了更多精神消费的选择。生长于现代语境中的文艺创作和文化成果，从形式到内容上也更加契合赫哲人的心灵需要。大众文化制造了消费文化，这种更为快捷的感官享受使传统文化被搁置和驱逐。同时。伊玛堪自身的形式和内容也决定了它在现代社会的命运，其只有在传承中不断发展才能寻求属于自己的文化空间和地位。

此外，一些历史原因使赫哲族的伊玛堪讲唱一度面临中断的危险。一方是日本在侵华期间，为了防止赫哲人反抗而对其实行种族灭绝政策。为了便于管理，他们将赫哲人合并为一、二、三部落，将其从三江流域驱逐到山林沼泽地中，在恶劣的自然环境中生存的赫哲人衣不蔽体、食不果腹，瘟疫疾病流行，婴儿出生率低、死亡率高，导致到新中国成立前整个民族只幸存了三百余人。这样的历史遭遇使赫哲族整个民族元气大伤，几近灭绝。在温饱生存受到威胁的情况下，伊玛堪的讲述活动也必然受到影响。

总之，伊玛堪的现代危机是在政治、经济、文化、环境、生态等综合因素影响下而产生的。“在‘现代化’的社会变迁过程中，任何‘发展中’的族群接受‘现代化’时，都要面临内部的文化、制度、心理、情感等方面的顽强抵抗，经历痛苦的转变。就连欧洲的德意志、俄罗斯等民族都有过类似的经历。中国汉、满等民族从 19 世纪中叶开始有目的地进行现代化努力，一百多年来经历着跨越农业社会、工业社会、信息社会的急剧变迁，从文化、心理到制度层面的解体、崩溃、重建，千回百转，起伏跌宕。”（于长江，2001：51 ~ 59）赫哲人在其原文化呈现碎片化之后，在对新文化的适应中产生了身份失落的焦虑，走上了寻找传统文化符号作为认同表达的文化自觉之路。这种内在的需要，是伊玛堪在今天乃至以后重新回归到公共文化体系之中的根本原因。它的价值和功能被重新发现和认同，才有人愿意将自己的生命活动投入其中，而只有有人参与的文化事项才是真正富有生命力的。

此外，少数民族的文化自觉是在现代民族国家的文化自觉和全球保护人类文化多样性大背景下进行的。类似赫哲族的文化遭遇世界各地都在发生，全球化的格局使人类文化呈现惊人的同一和相似，传统文化在现代性的冲击下慢慢衰亡，人类文化的多样性和创造性在此过程中渐渐失去活力，民族身份的危机感和认同的焦虑大肆蔓延。如何将失去体系性的文化符号重新植入现代生活的土壤、构建民族认同的表达方式、保持人类文化的多样性和创造性，成为中国乃至世界共同面临的课题。因此，在 2003 年 10 月 7 日在联合国教科文组织第 32 届大会上通过了《保护非物质文化遗产公约》，我国也于2004年加入该公约，在国内开展非物质文化遗产保护工作，通过制度建设、政策支持、财政投入，并调动社会力量、商业资本等进行非物质文化遗产的抢救和保护，伊玛堪就在这样的社会背景下迎来了生存和发展的新机遇，也为非物质文化遗产的保护和发展提供了一个可参照的个案。

第二节　伊玛堪作为公共文化的社区保护和传承

非物质文化遗产的保护必须落实在特定社区。根据中国现有体制的特点，县域是进行活态保护、整体保护和社区保护的较好单元，伊玛堪生长的赫哲族是一个自然的民族和社区的结合体。人数较少的赫哲族集中生活于同江街津口、抚远，佳木斯敖其民族村和双鸭山饶河四排赫哲民族乡等地，一个个民族聚居区构成了自然的文化社区，共享统一的文化传统。非物质文化遗产在这个区域内既有民族的文化自觉的内在需要，又与行政区划呈现一致性，还能进行立法、行政的制度建设，调动公共财政来支持公共文化，从而使代表性的非物质文化在现代的学校体制和传统的社会生态中都能够有效传承。这是通过文化遗产保护完成少数民族文化自觉的过程，也是对传统的非物质文化纳入现代的公共文化予以制度支持的一次探索。

“非物质文化遗产”是一个新的概念，它的对象来自民族民间文化。民间文化本来是相对于现代国家体制所支持的公共文化而言的，现在它借助非物质文化遗产保护工程的“代表作名录”这一筛选机制，部分地进入公共文化的范畴。民间文化一直是社会自发地传承着，而公共文化是国家的教育部门、文化机构在现代逐渐引进、培育起来的。两者在传播上具有不同的主体，并且占据着不同的社会空间。民间文化见诸庙会、节庆场地、庭院、禾场、田间、墓地，公共文化见诸各类学校、图书馆、博物馆、交响乐团、歌舞团。在两者被政治的和学术的精英建构成对立关系的时期，前者是藏污纳垢的地方，是愚昧的标志；后者是知识的殿堂，是文明的象征。当前，中国各级政府正在建立“非物质文化遗产代表作名录”体系，从民族民间文化中挑选部分项目，命名为“非物质文化遗产”，成为国家体制所支持的对象。

民族民间文化被政府确认为非物质文化遗产代表作，也就拿到了进入政府的文化支持体系的入场券，成为新的公共文化。从 2005 年 3 月 26 日国务院办公厅向各级政府发出《关于加强我国非物质文化遗产保护工作的意见》开始，全国启动了建立“非物质文化遗产代表作名录”体系的工作，在省级和县级名录的基础上，各地从中择优申报国家级代表作，国务院从 2006 年 5 月以来分四批共确认了 1372 项国家级代表性项目。列为省级、地市级和县级代表作名录的项目比国家级项目多达十倍以上。也就是说，迄今被各级政府认可为非物质文化遗产的民族民间文化项目已经是成千上万。这样一个规模的民间文化加入到公共文化中来，为中国社会的文化生活带来了勃勃生机，也给各级政府的公共文化服务工作提出了新的责任。

政府公布认定的非物质文化遗产代表作名录，其实都是以县域为基础的，因为国家级和省级都是对县级名录的再选择。而非物质文化遗产保护实质上就是保证它们能够继续在原地活态传承下去，也就是在其所属的文化社区继续保有活力（周星，2004）。县级政府是最贴近文化社区而又具有综合的行政资源的一级政府，因而政府对非物质文化遗产是否能够承担起公共文化的责任，关键要看县域的保护实践如何。

一　“保护”：纳入公共文化进行传承

联合国教科文组织在 2003 年 10 月 7 日通过的《保护非物质文化遗产公约》第二条明确，“‘保护’指采取措施，确保非物质文化遗产的生命力”（文化部非物质文化遗产司，2009：395）。从联合国教科文组织的全球视野来看，非物质文化遗产保护要达到的目标是确保对象的生命活力。在现代化成为全球广泛的运动之后，工业化、城市化带来大量、大范围的人口流动，传统的社区与社群被打破，人们传统的日常生活被改变，于是传统的社会生活、精神生活受到外来生活方式的冲击乃至被代替，后果就是传统的活态文化在形式上失去了体系性，甚至变得支离破碎，在社会位置上呈现为边缘现象。等到国际社会达成共识，开始重新看待它们的价值，建立“非物质文化遗产”的范畴时，它们在现代逐渐衰落的命运才出现转机。

虽然全世界各个共同体的传统文化都受了现代化的冲击而出现衰落，但是每个地方传统文化的衰落历程有自身的社会特性。高丙中（2006）曾经对中国的非物质文化遗产做出一个发生学的论述，传统的日常生活被学术和政治的合力打成“文化遗留物”，传统生活文化不再呈现在作为社区中心的任何空间，其中的学理解释就是：它们已经不是社会的公共文化，而是主要限于农村的民间文化。新的公共文化是依托以学校、图书馆、电影院为代表的新型文化空间的。

非物质文化遗产保护运动的兴起，恰恰是要赋予或发现散落在民间的传统活态文化的价值（乔晓光，2004），并且要重新让它们成为整个社会的认同对象。这样的目标是需要通过一个系统的社会工程才能够达到的。当然，专业的、专门性的制度设计是这一社会工程整体的基本组成部分，这就产生了《保护非物质文化遗产公约》对“保护”的定义所代表的一系列举措。《保护非物质文化遗产公约》第二条陈述了“保护”（safeguarding）的完整定义：“‘保护’指采取措施，确保非物质文化遗产的生命力，包括这种遗产各个方面的确认、立档、研究、保存、防护（protection）、宣传、弘扬、承传（主要通过正规和非正规教育）和振兴。”（文化部非物质文化遗产司，2009：395）[①] 这是以国家和地区为主体的公约，界定的是政府和公共文化服务机构可以发挥作用的众多方面。大致划分起来，保护的行动涵盖四大类的工作。

其一是非物质文化遗产的普查与代表作名录建设。通过广泛的调查摸清非物质文化遗产在社会中的蕴藏量，编造基本信息，再对它们进行研究，在研究的基础上筛选其中的代表性项目，向各级行政机关

---

① 英文原文是：“‘Safeguarding’ means measures aimed at ensuring the viability of the intangible cultural heritage, including the identification, documentation, research, preservation, protection promotion, enhancement, transmission, particularly through formal and nonformal education, as well as the revitalization of the various aspects of such heritage.”一些中文译本把 safeguarding 和 protection 都译为“保护”。为了有所区别，后者可以译为“防护”，因为前者表达更抽象、更宽泛的意义，后者指防止具体危害的行动。中文译文参见文化部非物质文化遗产司《非物质文化遗产保护法律文件汇编》，非正式出版，2009 年印发，第 395 页。英文收入文化部外联局，2006：95。

申报代表作名录，由这些机构组织评审、确定并发布名录。这就是“确认、立档、研究”的义项所指的工作。正是这些步骤赋予了非物质文化遗产以公共文化的地位。

其二是文化生态博物馆的理念与措施。非物质文化遗产涉及各种载体（实物），需要以博物馆的手段加以保存；此种遗产因为在社会生活中存在，处于活态，还要引入文化生态保护的理念，把它们所处的社区作为保护场所，防止各种人为的（不管动机是恶意的还是善意的）消极影响。这是“保存、防护”的义项所指的工作。

其三是“宣传、弘扬”的义项所代表的公共领域的推介活动。“宣传”在这里所对应的英文是“promotion”，其意思是采取措施，使对象扩大影响，被更广泛的范围所接受；“弘扬”的英文对应词是“enhancement”，其意思是通过行动增加对象的价值。这里涉及的主要是（但不限于）大众媒体和会展，还有政府特别设计的像“文化遗产日”这样的特殊时间的展示活动。在公共领域的推介是非物质文化遗产公共文化属性的直接表现。

其四是利用各种教育手段进行人才培养和人际传递，也就是遗产保护终究要落实的人与人的“承传”（transmission）。传统生活中有技术难度的文化不能顺利在社会中传递，与现代的学校教育对它们的排斥大有关系。中国当代的正规学校被设计来传播现代的科学技术，很少有传统技艺的位置。新近兴起的非物质文化遗产保护与学校联结，让学校的教育功能为其所用，并同时为传习班之类的非正规教育注入活力，试图由此解决非物质文化遗产的传承问题。

综合上述四个方面的保护行动，归根结底是要达到遗产的“振兴”，按照英文原文的翻译就是“使这类遗产的各个方面都重新焕发活力”。这是“保护”的定义在一开始就作为目标来强调的内容。前述四类的工作都是要为非物质文化遗产焕发活力创造环境，扩大影响，提供社会的支持，但是否真正能够焕发活力，还要依靠项目所具有内在的潜力和品质。譬如，节日传统要继续下去，需要它的核心活动有魅力；剪纸能够传下去，得靠它有自己的技巧和独特的审美品质。反过来看，只有遗产项目的内在潜质被确认，并且有人把自己的生命活动投入其中，遗产才能够在社会中“活”起来，这才是遗产焕发生命力的真正意义。因此，前述四类工作最终要落实在公众对遗产的认知、认同以及实际的参与上。而所有这一切都必须发生在一个具体的地方，一个文化社区。唯其如此，遗产项目才得以注入活力、重新具备旺盛的生命力。

联合国教科文组织在 1998 年公布了《宣布人类口头和非物质文化遗产代表作条例》。中华人民共和国政府正式参与其事，在 2000 年申报昆曲成为其中的代表作，至今已经 20 年。最初，国家的参与主要体现为在国际上争取国家的荣誉，但是随着联合国教科文组织对工作的调整并在 2003 年推出《保护非物质文化遗产公约》，国内激发起非物质文化遗产保护的极大热情，我国也开始把这项工作当作公共文化事业来开展，在 2005 年启动了全国的非物质文化遗产普查工作，并在 2006 年公布了《国家级非物质文化遗产保护与管理暂行办法》，成立了相应的专家委员会，成立了专职的行政机构。

把非物质文化遗产作为公共文化来保护，涉及国家制度和公共领域的各个方面，所以国务院主持成立的非物质文化遗产保护工作部际联席会议的成员机构主要包括文化部、国家发展改革委员会、教育部、国家民委、财政部、建设部、国家旅游局、国家宗教事务局、国家文物局。《国家“十一五”时期文化发展规划纲要》专门列入了非物质文化遗产保护的内容，财政部给予了专项的资金支持。2011 年 2 月 25 日，第十一届全国人大常委会第十九次会议通过了《中华人民共和国非物质文化遗产法》，以法律形式对我国非物质文化遗产加以保护，这是我国非物质文化遗产保护进程中的一个具有里程碑意义的事件，标志着我国非物质文化遗产保护进入依法行政的历史阶段。在公众参与方面，“非物质文化遗产”在 2006 年成为年度关键词，从 2006 年开始，每年的“文化遗产日”的项目展示都吸引了大量的民众，主要的传统节日本就是媒体关注的焦点。可见，从体制支持与公众参与来看，非物质文化遗产已经被承认是一类新的公共文化。但是，非物质文化遗产要与现有的公共文化服务体系达到良好的契合，让联合国教科文组织所提出的保护要求得到全面落实并且真正发挥焕发项目生命力的作用，政府机构、学者队伍都有很多事情要做。

无论中央和省区市的政府部门采取什么样的举措，这些举措都必须落实在一个具体的社区。中国社会的“非遗热”表达了“要保护”的全国意志，但是如何“有效保护”仍然是需要探索的问题。伊玛堪的现代保护和传承在一定程度上符合了这种“保护”的要求，同时在推进保护的过程中也存在一些争议，我们可以从伊玛堪作为传统文化符号体系重新进入社区文化中心、成为公共文化的转换过程，在认同和争议中看到民族通过民族成员、政府和社会合力的共同支持实现文化自觉的操作过程，期待可以为更大范围的非物质文化遗产保护提供有益的启示。

二　制度创新与落实民族文化社区保护

伊玛堪作为非物质文化遗产的发掘和保护是在国家文化自觉的背景下提出的，然而作为民族文化的抢救和保护，却是与赫哲族发展变迁的历史联系在一起的。赫哲族是历经苦难和沧桑最终融入现代成为一个与其他民族一样拥有平等地位的共同体，经历了放弃民族身份和重拾民族身份的心路历程，面临着其他民族文化的冲击和融合，因此他们更要求在公共认知上证明自己是名副其实的赫哲族，取得自己的民族主体地位，因此重视发掘本地的民族文化是必然的。1986 年，在赫哲族知名人士的组织下，佳木斯市赫哲族联谊会成立，其主要宗旨是做好民族团结工作，推进民族文化研究，开展民族文体活动。1985 年，赫哲族自发组织了街津口乡赫哲族首届文体大会。第二届赫哲族文体大会在二年后召开，并正式命名为“乌日贡”（赫哲语，意为“吉祥欢乐”“喜庆节日”）并协商每三年在赫哲族聚居地区轮流举办，时间定于农历五月十五，内容包括叉草球、射箭、划船、投叉等体育项目的比赛，天鹅舞、萨满舞，伊玛堪、特仑固等传统民族文体项目都被纳入其中（《赫哲族简史》编写组、《赫哲族简史》修订本编写组，2009：171～172）。1993 年，由赫哲族知识分子自发组织成立了黑龙江省赫哲族研究会，从事赫哲族历史、文化等方面的研究，并在 1995 年召开了首届学术讨论会，又陆续出版了一系列有关赫哲族历史文化研究方面的著作，结束了他民族学者研究本民族文化的历史。同时，黑龙江省赫哲族研究会的成立标志着民族本土学者和本族学者群体的形成，体现了赫哲族实现民族认同的情感维系需要。作为民族历史悠久的英雄史诗，对伊玛堪的发掘、保护和传承都能反映民族的文化自觉过程对认同符号的需要。

2004 年 10 月，黑龙江省文化厅划拨专款 5 万元，用于在全省进行非物质文化遗产的普查、摸底工作。黑龙江省文化厅于 2004 年 10 月组织开展了一次伊玛堪说唱艺术现状的调研工作，调研报告上交黑龙江省政府，对赫哲族伊玛堪说唱艺术的现状进行了陈述。2005 年 3 月 26 日发布的《国务院办公厅关于加强我国非物质文化遗产保护工作的意见》提出在认真开展非物质文化遗产普查的基础上建立国家级和省、市、县级非物质文化遗产代表作四级名录体系。代表作名录体系的建立确定了非物质文化遗产项目的公共文化地位。伊玛堪被作为民族非物质文化遗产代表项目申报国家级名录，并于 2006 年成为第一批入选国家级非物质文化遗产名录的代表作。此后，确认了吴明新、吴宝臣为伊玛堪说唱艺术代表性传承人。从此伊玛堪从文化的边缘再次进入文化中心，成为赫哲族以及赫哲族以外民族所关注和研究的文化事项。对于伊玛堪的保护工作也开始在理论指导、制度支持和资金投入下开展起来，逐渐进入公共文化领域，成为法定的保护对象，并被纳入公共服务体系。从我们从联合国教科文组织的“保护”定义所引申出来的四类行动来看赫哲族伊玛堪的保护实践，大致能够呈现其在民族文化社区的整体状况。

根据黑龙江省文化厅《关于下达国家级非物质文化遗产名录 2007 年度保护工作任务书的通知》（黑文发〔2007〕90 号）规定，赫哲族伊玛堪名录领导小组在黑龙江省非物质文化遗产保护中心的指导和黑龙江省艺术研究所的支持下，按计划积极开展名录的保护工作。

2007 年 8 月中旬，考察组分别在同江市和饶河县召开了会议，在同江市文体局和饶河县文体局的配合下，遍访黑龙江省内赫哲族聚居区，对赫哲族伊玛堪说唱艺术进行了一次大规模的普查、摸底、采访和调研；重点走访了十几户民间老艺人，认真听取并记录了他们说唱的伊玛堪，以及他们对伊玛堪说唱艺术抢救和保护工作的意见；在调查研究的基础上，结合已有文献资料，完善了赫哲族伊玛堪档案体系，搜集、记录、编辑、整理和录制了长篇故事和传统曲目等相关资料，其中编辑整理了伊玛堪长篇故事 45 集、传统曲目 60 集（陈恕，2007）。

自此，伊玛堪的保护工作逐渐由省级机关下移到各级政府（同江、佳木斯、双鸭山等地的各级政府参与其中，拟定规制，并向下推行到具体的赫哲族村），保护工作扩大到了具体的赫哲族聚居区域内。

自2006年非物质文化遗产保护工作正式启动以来，同江市委市政府召开了“同江市非物质文化遗产保护工作会议”，出台了《中共同江市委、同江市人民政府关于加强赫哲族传统文化保护和发展工作的意见》，确定了指导思想、保护范围、具体措施和专项资金，增设街津口、八岔两个民族乡文化站的编制，配备了专业的照相机、摄像机、投影、电脑以及其他基础设施，并特别设立了伊玛堪研究、民族语言、民族服饰、民族歌舞、传统体育、民族习俗、传统居室餐饮、传统工艺美术等领导保护小组，做到事事有人抓，事事有人管，建立了抢救、保护、传承为一体的保护机制。同江市实际上把文化社区内具有民族代表性却长期被边缘化的项目用政府政策的形式赋予了公共文化的地位和给予了必要的制度保障。有了依据，就可以在公共平台上实施保护行动了。

截至2010年8月末，同江市已顺利完成第四阶段赫哲族非物质文化遗产普查任务和佳木斯市第二批非物质文化遗产项目申报工作，确立同江市赫哲族第一批非物质文化遗产9类44项名录，命名全国民间文化杰出传承人2人，即吴宝臣（伊玛堪）和尤文凤（鱼皮制作技艺）；省级民间文化杰出传承人4人，即吴玉梅（天鹅舞、胡萨德克德依尼）、孙玉林（鱼骨工艺）、吴福胜（赫哲族婚俗）和尤伟玲（鱼皮贴画）；市级民间文化杰出传承人5人，即吴奇（口弦琴）、尤俊丽（鱼皮服饰技艺）、孙玉森（宗教礼仪）、付兴珍（稠李子饼）、毕红兵（杜烈其）（同江市非物质文化遗产保护中心，2010）。

通过设立文化生态保护区的体制，把遗产保护工作开展在遗产项目的现实生活现场。中共同江市委、同江市人民政府通过在各族群众中调查研究和征询意见，最终确立了以北方内陆特色的渔猎文化发展民族旅游，弘扬赫哲族文化，带动赫哲族发展。当地政府组织有关专家学者编制了《街津口赫哲旅游度假村总体规划》，规划中的项目包括赫哲民族博物馆、赫哲民族文化村、乡村（渔农）休闲区、小动物狩猎区、钓鱼台景区等含有民族文化成分的项目。其中赫哲民族博物馆、赫哲民族文化村本身就有直接恢复和传播赫哲族传统文化的功能（于长江，2001）。除了传统的建筑民俗、饮食民俗的展示，村中自发组织的伊玛堪艺术团，每到旅游旺季就进入赫哲文化村，为游客表演独具特色的民族歌舞。这种将民族文化保护纳入整个社区经济和文化建设发展、建成以社区为单位的民族文化生态保护区的做法，一方面使传统文化的保护更具有原生态的意味和体系性，另一方面“联姻”使其发展更具有生命力。非物质文化遗产保护的核心理念是在实际生活环境中传承遗产，不让遗产脱离生活的母体。目前，文化生态保护区的方式已经在全国得到广泛的认可，各地政府都在提出自己的文化生态保护区方案。在特定项目被确定为非物质文化遗产代表作之后，文化生态保护区的设立是在本地社区确立项目的公共文化地位的举措。

非物质文化遗产是“原产地”社区的公共文化，还是大共同体的公共文化。在这两个范围之间需要一个转化的过程。公共领域的推介就是完成这种转化的主要方式。在节日时间、公共场所进行展示，呈现给媒体，都是在增加项目的曝光度，增加为公众所认知的机会。在2007年饶河四排举办的“乌日贡”大会上，来自各个赫哲聚居区的参赛队伍都表演了伊玛堪。此外，还借助省市及地方组织的“文化遗产日”宣传活动宣传赫哲族传统文化。2008年6月14日，黑龙江省文化厅以“保护文化遗产，构建和谐社会”为主题，在哈尔滨中央大街举办第三个“文化遗产日”活动中，以展板的形式专门介绍了国家级非物质文化遗产名录“赫哲族伊玛堪”，其后举行了国家级非物质遗产保护名录“赫哲族伊玛堪”及歌舞的专场演出。在2010年佳木斯市“文化遗产日”的宣传演出活动中，同江市参演的伊玛堪片段《萨满神歌》荣获金奖。2010年6月，同江市民族歌舞团代表黑龙江省赫哲族走进了上海世博会，在那里他们展现了北方渔猎民族独有的民间说唱艺术伊玛堪片段《希尔达鲁莫日根》。这一系列举措都是通过各种平台展示和宣传赫哲族的传统文化，使其获得更广泛的公众认知，推进伊玛堪由文化社区的在地文化向民族国家共同体公共文化的转化。

非物质文化遗产的保护无论采取什么措施，最终都要落实到人与人、代与代的传承。现代的学校及其教育方式是非常有效的知识技能的传承方式。这种方式以前通常被认为与传统文化的传承是分开的，甚至是对立的，但是非物质文化遗产的保护却要大胆地借助这种方式。自2006年以来，同江市通过赫哲族民间伊玛堪艺术团、少儿艺术培训中心、民族歌舞团等组织开展伊玛堪的传习和培训工作，并在街津口、八岔两个民族乡建立伊玛堪传习所，由伊玛堪传承人进行伊玛堪以及赫哲族语言和历史文化的讲授。这是利用非正规的教育机构进行伊玛堪的传习和普及，鼓励学员自发自觉地学习，实现伊玛堪在民族内部的传承。2008年4月9日至11日，黑龙江省艺术研究所主办的第一批国家级非物质文化遗产名录“赫哲族伊玛堪”培训班在哈尔滨召开。来自佳木斯敖其村、同江街津口乡、同江八岔乡和双鸭山饶河四排乡的伊玛堪艺人及有关专家学者40余人参加了培训班，哈尔滨师范大学音乐学院30余名师生也参与了培训。2010年11月中旬，第三期伊玛堪培训班在同江举行，参赛选手人数增加，曲目增多，展示了伊玛堪传承和保护工作的显著成果。除了传习所中的讲授，伊玛堪的保护也要从根本抓起，那就是语言。因此，语言和伊玛堪的学习也被纳入了同江街津口民族乡中心小学的教育体系之中。通过编制专门的语言教材，开设传统的体育和文化学习课程，在赫哲族学生中普及传统文化教育，从根本上打通文化传承的路径。与现代的教育教学体制衔接，是提升非物质文化遗产传承效率的机制。这种教学改革，在全面提高中小学生的文化艺术素养的同时，也传承民间文化，使孩子们更有机会成为新一代的文化传人。

三　文化自觉：从社区到国家

赫哲族曾经被分裂、被殖民，甚至被迫放弃过自己的民族身份，如今重新发展和恢复民族的主体地位，是一个艰辛的历程。为了证明是一个民族，就需要将那些基本的文化（当然是民间文化）突出出来，并给予高度重视，使之逐步成为地方社会的认同文化。赫哲族的文化自觉是整个中国少数民族文化自觉的一个代表。中国是在近代列强侵入之后逐渐形成现代的中华民族意识的，现在，中国在经济发展和思想意识上已经是一个现代国家了，但是社会上多年来弥漫着一种在民族文化上丧失自我的焦虑。在这个历史时期，费孝通提出文化自觉（费孝通，1999：151～167；2001）的命题，是对于这种民族集体心理的回应。但是，通过什么实现文化自觉，却是一个需要社会实践来回答的问题。恰恰在这个时候，非物质文化遗产保护兴起，中华民族的文化自觉有了一个便捷的路径。

赫哲族重视民族民间文化，并顺应时代的发展，摸索出一套非物质文化遗产保护与发展的模式。相对于各地通行的项目保护，赫哲族的伊玛堪保护实践比较好地体现为一种符合地方优势的整体性的社会保护，也就是文化生态的整体保护。从上述主要的保护行动来看，政府都在其中承担主要责任，提供法规、资源、组织上的公共物品，开展权威的认证与宣示，协调文化、教育、宗教、民族等各个部门形成新的文化体制，以便非物质文化遗产被纳入现代体制之内传承。从以同江市为代表的赫哲族聚居社区达到的良好效果来看，民族文化社区证明是一个比较有效地对非物质文化遗产实施公共政策保护的平台，直接统属该文化社区的行政单位，是拥有完整的行政资源的、能够自主推动公共政策的基层行政单位。诚如周星（2004）教授所说的“把民族民间的文化与艺术遗产保护在基层社区，好处很多。首先，由于社区文化生态和社区人文背景的支撑，不仅有可能使‘遗产’持久地‘活’在民众的生活之中，而且在新的条件下，它还可能获得‘再生产’的机会，亦即成为社区文化创造力的源泉。其次，不用花太多的钱，只要其意义被社区居民理解或认同，马上就可以做起来。最后，实施基层社区的遗产项目保护，还可促进社区乡土教育的发展，并有利于探讨使民间智慧在社区内获得世代传承的新路径”。“国际组织和源于海外的各种相关项目或计划，应该像联合国教科文组织在中国实施的一些项目那样，既借助中国政府的行政支持，又深入扎根于中国的地方社区，目标是促使这些地方社区最终能够逐渐自主地担负起相关文化遗产保护的责任。”（周星，2004）通过对伊玛堪以及其他传统民族文化事项的保护实践，伊玛堪已经从现代社会的“异类”（文化遗留物）进入主流的传播方式，逐渐转化为主流社会文化的有机部分。在一个基层的文化社区，传统的民间文化比较容易通过地方公共文化的渠道变成地方的主流文化。如果有更多的乃至大多数的县域能够达到这个状态，中国的非物质文化遗产的保护以及中国的公共文化构成就会进入一个新的时代。伊玛堪保护的阶段性成果也是国家范围内的非物质文化遗产保护要达到的阶段性目标：由对于民族民间文化的制度排斥转变为制度支持，重新形成反传统的社会意识，重新调整“教育”的内容，让非物质文化遗产成为公共领域的正常部分，被给予正面评价。不过，这是一个相当长时间的公共文化建设和非物质文化遗产保护相结合的过程，由民族文化社区实践的经验和成效到全国性的效果是一多主体的工作过程，需要学术研究机构和人员与公共部门互相合作推进。

第七章

伊玛堪的本真性基础与传承发展

“原生态”和“本真性”是中国非物质文化遗产保护的实践与学术研究中发挥重要作用又广受批评的两个关键概念。相对于凌纯声记录的赫哲故事或者20世纪七八十年代采录的伊玛堪文本而言，作为非遗代表作的伊玛堪在当下的存在和传承状态似乎都与之颇有差距。这是许多语言濒危遗产项目在保护过程中面临的一个共同问题。非遗保护工作强调本真性原则，那么当下舞台上展现的面貌一新的伊玛堪，是否还能作为赫哲人的代表性文化，如何确认新的传承条件和面貌的伊玛堪与赫哲人历史上的伊玛堪的同一性，都需要引入本真性的概念进行论证。同时，伊玛堪这一具有极端典型性质的非遗项目的保护和传承历程，也正适用于讨论非遗保护工作中一直难以论定的本真性概念及其应用。

本章首先尝试辨析非遗保护中难以规避的原生态和本真性概念，通过概念史的梳理，寻求建立一种把它们界定为一对姊妹关系的认识框架，以关系论取代原子论、以过程论取代本质论、以对话取代独断，澄清这对概念在非物质文化遗产保护中的真实功能和意义要点，使这对概念更有条件发挥积极的理论作用。继而以这种动态过程论的目光看待伊玛堪保护工作、保护措施和保护成果，这可以被视为理论对实践的支持，也是实践对理论的验证。

第一节　原生态与本真性概念辨析[①]

文化遗产的认定与保护是多方面、多主体合作的过程，需要借助一系列理论工具达成共识，其中，“原生态”和“本真性”（authenticity，或译为“真实性”“原真性”）就是两个既广为使用又广受批评的基本概念。通过对学术史文献的检索，可以发现在民俗、民间文化、非物质文化遗产的研究中，“原生态”显然是一个诞生于中国本土学术土壤的概念。直至2000年后，当这一概念已经是“邻家有女初长成”之时，“本真性”才开始被中国学者尝试性地用于非物质文化遗产保护的实务工作和学术研究中。“原生态”和“本真性”在中国因非物质文化遗产保护而际会，在被逐渐广泛应用的过程中形成了一种互补共生的关系，其间始终不乏文章针对这对概念本身或相关理念进行反思和质疑。因此，在当下的学术研究和文化实践中，对于这组概念的运用陷入了无从规避又心存疑忌的两难境地。因此，本章尝试从学术史和发生学的角度，对这两个概念及其功能进行阐述和界定，将其在学术上从大量的质疑中拯救起来，使理论知识更好地为中国非物质文化遗产保护实践提供积极的专业支持。

一　原生态概念在中国学界的形成

联合国教科文组织颁布的《保护非物质文化遗产公约》并没有使用本真性概念，但是从这个文化遗产保护项目进入中国之初，本真性的理念就一直发挥着基本理论的作用。确保遗产项目处于原有状态是文化遗产保护工作中“虽不能至，心向往之”的理想状态，是保护工作成功的参照标准之一。“本真性”在中国语境中就是表达这种保护理念或理想尺度的一个概念。

在中国的非物质文化遗产保护语境中，本真性的理念并不仅以“本真性”的概念形态出现，而是惯与“原生态”的概念联袂登场，

① 本章节以题为《从学术上拯救“原生态”和“本真性”概念》，发表于《广西民族大学学报》（哲学社会科学版）2015年第6期。

二者或隐或显地呈现为互注、互文关系，可谓中国非物质文化遗产保护实践与学术讨论中的一对姊妹概念。这两个概念的关联已经受到学界同仁的关注（刘晓春，2008），但是它们何以形同姐妹、如何相遇又如何互动发生作用，其内在逻辑和作用机制至今并未得到明确阐述，这与学界对于这对概念的产生和内涵理解存在忽视与误解有直接关系。笔者以为，将其视为一对姊妹概念，并非说二者均为由非物质文化遗产保护运动所孕育催生的产儿，而意在强调它们是在这场运动中义结金兰的姊妹。如果回溯一下它们在中文语境的历史，它们的结义性质就很清楚了。

2004 年，即经全国人大常委会批准，中国加入联合国教科文组织的《保护非物质文化遗产公约》这一年，"原生态"和"本真性"开始在保护非物质文化遗产的讨论中流行起来。但是，2004 年最多只是这两个概念"义结金兰"的时间，却不是它们在中文世界面世的时间，当时"本真性"在汉语学界刚刚出现，而"原生态"俨然已经是一个热词。

"原生态"成为热词得益于"原生态音乐"这个新时尚在中国的强力传播。中国音乐学界与媒体传播中的"原生态"并非外来语的翻译，而是转自中国神话学界已经讨论十多年的概念与理念。自"原生态音乐"向前追溯，我们可以发现早在 1986 年，"原生态神话"就已经是神话学界的新概念，"原生神话"则在 1984 年就已经被使用，而其中的理念则可以追至袁珂在 1982 年发表的关于广义神话的论述。

中国的神话学最初是关于古文献资料的神话学，学者们相信神话是文明早期的产物，以夸父逐日、精卫填海所代表的先秦文献所记的文化事物发明、神奇故事为代表，所以中国神话就是中国古神话。这种观点可以茅盾在新中国成立前的著作为代表［玄珠（茅盾），1929］。改革开放后神话学恢复，这一观点则可以冯天瑜的著作为代表（冯天瑜，1983）。袁珂原本也是这样界定神话的，在其 1950 年至 20 世纪 70 年代末出版的神话选集中所收录的神话都是古神话（袁珂，1950；1979），均出自诸如先秦诸子、《山海经》等各种古籍文献。后来，他受到中国少数民族神话研究学者的影响，考虑到接受多民族现实生活中传承的神话的必要性，提出了"广义神话"的概念，让中国神话不再只是一种死人现象、不再局限于文字资料，从而成为包含民族地区活态传承的神话（袁珂，1982；1984）。

中国少数民族神话研究者们并不都满意袁珂这种广义神话的认知，因为其根本上依然是以古籍神话为中心和根本，附带论及少数民族神话，没有给予活态神话足够的重视。黄惠焜在1984年进一步提出了“原生神话”的概念，认为应该把神话分为三期，即原生神话、次生神话和现代神话。他说，“原生神话又叫自然神话或蒙昧神话，其产生是基于对自然的恐惧”，其特征和要素包括：承认自然是人的绝对主宰、相信神是人的亲戚和朋友、相信血缘道德、口头流传等；而次生神话是英雄神话或父权神话，产生于从野蛮时代的高级阶段到资本主义萌芽的时期；之后产生的神话则是现代神话（黄惠焜，1984a：121～124）。他认为“原生神话是神话的本源”（黄惠焜，1984b：26）。黄惠焜提出的“原生神话”的概念，打破了以文献时间为参照的分期，采取以神话内容为依据的分期，让含有人与自然关系的原始思想的民族地区活态神话在神话学中处于最重要的地位。这一概念的提出得益于学者个人在民族地区对活态神话的关注，同时进一步深刻影响了他人乃至学界对此类神话的调查与采录，在全国广泛开展的民间文学集成工作就把这一类神话包括了进来（中国民间文学集成总编委会办公室，1987：71），从而为民族地区活态神话的大量采录提供了可能性（云南省民间文学集成办公室，1988）。

原生神话的概念很快就有了改进版，即被“原生态神话”取代，在1986年，后者就进入了神话学的研究文章（武世珍，1986）。在1986年的这篇文章中，武世珍用“原生态神话”指原始社会产生的神话，似乎与黄惠焜的“原生神话”是同样的意思。但是，“原生态”的表达方式具有双重优点：第一，数千年前特定语境下的原始时代的神话毕竟不同于当代少数民族的神话，以活态传承之名将两者等同无疑不够准确，这个概念应该包含类型、形态的意义，因此“原生态”是更为准确的用词；第二，“原生态”显然比“原生”更富有学术意涵，也更有转用的学术潜力。

后来，陈建宪的相关研究完成了形态学的转变，既使神话学的形态学得到系统表述，也使“原生态”成为具有一般形态描述的衍生或扩张能力的概念。陈建宪认为，随着神话定义的调整与范围的扩大，神话不再是一个历史的概念，而是一个当代现实的概念；对于当代存在的神话，可以用一组概念进行形态的分类，它们以原生态神话、再生态神话、新生态神话、衍生态神话等四种形态存在（陈建宪，1995）。我们在此无须细究这四种形态的具体界定，只是就其对原生态神话的界定来说，他是用“类”和“类型”的概念将“原始氏族公社时期及其以前的初民所创作和讲述的神话”与中国当代一些少数民族仍然传承着的相似神话一起归入原生态的。最为关键的是，他提出，“原生态神话的典型形态是神话故事与宗教巫术、祭仪、族谱、风俗、生产、生活、音乐、歌舞等等混融一团”（陈建宪，1995：55～56）。这一表述明确指出了原生态神话与其他社会、文化因素具有不可割裂的密切联系，因为它们实际上是一个整体。这就为“原生态”的概念使用从神话类型转向其他文化现象的类型提供了转机，即既然可以说“原生态神话”，似乎也就可以说“原生态音乐”“原生态歌舞”，如此等等。而一旦“原生态”可以作如此延伸使用的时候，它本身就成为一个相对独立的学术概念。

“原生”一词内涵侧重于“历时的原点”，而“原生态”则是将其包含的时间原点的意涵转化为类型的意义，从而使其基本意义超越时间的约束，在理论上获得了可以被广泛使用的潜力。也就是说，“原生”受固定的时空约束，离开了这个时空就不是它自身了；而“原生态”指“原生”所具有但是已经抽象化了的性质、概括了的形态，即使换一个时空仍然是有效的。这个关键区别已经包含在神话学的论述中，但是并未得到清楚自觉的辨析，以致这个区别的意义在后来的使用中虽一直发挥作用，但仍有人不断混淆“原生”与“原生态”的这个核心区别。“原生民歌”只能指原有生活之中的民歌，如果同样的民歌在比赛的舞台上唱，就不能说是“原生民歌”，只能说“原生态民歌”。“原生态民歌”既可以指生活中的、自然状态的民歌，也可以指这种民歌出现在其他情境或语境之中的状态。

正是借助了非物质文化遗产保护的强劲力量，“原生态”才得到了从神话学用语提升到跨学科、多学科概念的机会，其中标志性的事件就是音乐类非物质文化遗产的保护活动所创造的公共传播契机。

第一届“中国南北民歌擂台赛”于2002年在浙江仙居举办，这是由文化部民族民间文艺发展中心组织的一项全国性民歌演唱比赛，其设计的时间框架是每两年举办一次。2004年在山西左权举办的第二届擂台赛，在名称中加注了“原生态”而成为“中国南北（原生态）民歌擂台赛”①。在此之前，音乐学界谈及类似的意思，通常采用“原汁原味”之类的说法，如郭建民、赵世兰在2002年成稿，2004年才发表的文章用“土”“洋”作对比，采用“中国传统民族声乐艺术那原汁儿原味儿、味儿浓味儿厚、乡音乡情、意犹未尽的回归”等说法，“原生态”的概念呼之欲出，却始终付诸阙如（郭建民、赵世兰，2004）。然而到了与其成稿时隔两年的2004年，音乐学界已经开始大谈“原生态”了，当年的《艺术评论》第10期发表了几位权威音乐学家的观点，对“原生态”概念的适用性予以了肯定。中国艺术研究院音乐学研究所原所长乔建中教授认为，原生态是一个保护民族传统的理想主义概念，“二十多年来，民族民间音乐的集成工作、地方政府对于传统节日的恢复、中国民族民间文化保护试点工程、中央电视台的西部民歌大赛、此次的南北民歌擂台赛等等工作都是在推行对‘原生态’民间艺术进行保护的理念”（刘晓真，2004：33～34）。显然，从2004年以民歌为中心的音乐学界已经同时在演唱活动与学术讨论中大量采用原生态概念，再到2006年中央电视台第十二届青年歌手大奖赛新增“原生态”组，这个概念的传播达到了非常广的范围（徐乐娜，2007）。

“原生态”从神话学中脱胎而出，成为一个可以独立运用的学术概念，其间它在音乐学界的推广只是第一波有规模的测验，事实证明这是一个有力量的概念。其实，同样是在2004年，多学科的民族文化研究也开始大量采用“原生态”。在2004年8月19～21日由云南大学在云龙县召开的“中西部山区民族原生态文化学术研讨会”上，60多篇参会论文中就有20篇在标题中使用了“原生态文化”（金少萍，2004）。吴仕民在2006年曾给这个概念下了定义：“所谓原生态文化，是指文化的一种初始的、质朴的、更贴近艺术源头的状态。”（吴仕民，2006：1）我

① 其宗旨为：抢救、挖掘、整理、繁荣原生态民歌，为中国原生态民歌的展示提供舞台，促进各民族间音乐的广泛交流与发展。

们可以据此给“原生态”下一个基本的定义：原生态是指具有初始属性、贴近该文化的源头的一种状态。从原生态神话到原生态民歌、原生态舞蹈、原生态戏剧，再到原生态民族文化（傅丽，2005；张云平，2006），“原生态”显然已经成为一个被赋予特定含义并被寄予解释信度的学术概念。等到2009年初《原生态民族文化学刊》在贵州凯里学院创刊，可以说是“原生态”和“原生态文化”被现行学术与出版体制所认可的一个标志。

二　本真性概念在中国非遗保护中的引入

就目前而言，当国际非物质文化遗产保护在2000年后进入中国时，中国学界已经储备的关于原生态（文化）的概念与理念为这些新兴的公共事业准备了最核心的学术资源，而后来引入的本真性概念一方面固然是与国际理论接轨的表现，另一方面则弥补了原生态概念的不足。“原生态”是中国学界为非物质文化遗产保护进入中国做的概念准备，“本真性”是这个知识群体为提升非物质文化遗产保护的专业性、国际性而引入的通用学术概念。原生态与本真性概念的配合使非物质文化遗产保护这项国际社会的公共事业同时具有了中国特色和国际规范。

中国非物质文化遗产保护所依赖的专家群体以民俗学学者、民族学学者和艺术学学者为主，其中，民俗学学者发挥着主要的理论建设作用。把本真性概念引入中国非物质文化遗产保护的是民俗学界。几乎就在原生态概念流行的同时，民俗学界针对民俗与现代国家的文化关系、活态文化遗产的变与不变的问题开始采用本真性概念。在2003年11月纪念中国民俗学会成立二十周年的研讨会上，高丙中的会议发言使用了“本真性”概念，他指导的博士生赵玉燕专文评介了本迪克丝以本真性概念为中心对于民俗学发展史的解释，使该概念成为会议讨论现代民俗传承与非物质文化遗产保护的一个亮点（高丙中，2015；赵玉燕，2003）。时任中国民俗学会会长的刘魁立教授于次年发表了非物质文化遗产保护的理论反思文章，把本真性作为理论问题之一（刘魁立，2004：54）。此时，他认为本真性是一个可用的理论概念，但是还未顾上给这个概念下定义。

对于非物质文化遗产研究的理论建设来说，2008 年是一个具有标志性意义的年份。刘晓春发表文章把原生态与本真性相提并论，点明了这两个基本概念的姊妹关系（刘晓春，2008）。高丙中发表文章阐明了非物质文化遗产项目成为代表作进入名录，即经过再次命名成为公共文化（高丙中，2008）。高丙中的论述看起来似乎与原生态、本真性没有直接的联系，其实它们的内在联系在今天看来是非常清楚的：民族民间文化在其自在状态下是无关原生态和本真性概念的，恰恰是它们被置于另外的关系与情境中，才有用原生态来标示它们与原来的存在状态的关系的必要，才有用本真性来衡量它们在“变”中是否保持不变的必要，这就是高丙中把非物质文化遗产代表作视为公共文化的论述所指涉的先后两种存在状态的叠加现象。

在接下来的几年，从非物质文化遗产保护的角度使用本真性概念的文章纷纷出现，在理论检讨和个案研究上各擅所长。刘魁立在 2010 年发表的理论文章中综合民俗学界在参与非物质文化遗产保护中的经验与认识，对这个概念给出了明确的定义。他说，本真性“是指一事物仍然是它自身的那种专有属性，是衡量一种事物不是他种事物或者没有蜕变、转化为他种事物的一种规定性尺度”（刘魁立，2010：26）。王霄冰在 2010 年发表了针对本真性的个案研究的第一篇论文（王霄冰，2010）。笔者在 2011 年结合对于赫哲族伊玛堪的经验研究，也开始参与对于本真性概念的适用性的讨论（韩成艳，2011）。此后，相关的文章更加多了起来。

民俗学者把本真性概念运用到非物质文化遗产的研究受益于三个文献来源。其一，许多民俗学者是研究文学出身的，对德国哲学家和文艺批评家本雅明的本真性概念是熟知的（阿伦特，2008）。本雅明分析了绘画、雕塑、戏剧等古典艺术的创作与欣赏对本真性的依赖，而以照相、电影为代表的在现代机械介入后形成的艺术与欣赏方式方面没有给本真性保留位置，以机械复制方式生产的现代艺术压倒传统时代的艺术而流行的过程，就是展览价值全面取代崇拜价值的过程。[①] 其二，德国民俗学者瑞吉娜·本迪克丝在 1997 年用英文出版专著，用

---

① 本雅明《机械复制时代的艺术作品》，完成于 1935 年，中文译文参见阿伦特，2008。

本真性的追寻来解释民俗学在世界的兴起（Bendix，1997）。其三，本真性概念是国际物质文化遗产保护工作从1964年在意大利通过的《国际古迹保护与修复宪章》（《威尼斯宪章》）就正式采用的概念，1972年通过的联合国教科文组织《保护世界文化和自然遗产公约》把本真性和完整性列为指导原则，并给出了实践性的建议。中国的古建保护与城市规划专家虽然早先已经对这些信息进行过介绍，但是结合中国的保护实践进行研究的文章实际上在2003年之后才面世。其中开拓性的学者是古建保护专家阮仪三（阮仪三、林林，2003）和人文地理学者谢凝高等（张成渝、谢凝高，2003）。他们的研究开启了本行业学者对本真性（他们分别采用“原真性”和“真实性”的中文）的适用性的研究，也启发非物质文化遗产研究的学者考虑如何兼顾这个概念的通用性与非物质文化遗产的针对性。

这三个文献来源对本真性的定位是不同的。本雅明在一般艺术的现代变革中发现了本真性在现代的逐渐失落，本迪克丝在民俗学对现代国家建设的作用中发现民族民间文化提供了宝贵的认同资源，国家的建设与民间文化的传承、民族自我的本真性的维护是同一个增长的过程。同样是现代过程，本真性在本雅明那里是失落的过程，在本迪克丝那里是维护的过程。而国际文物古建保护的文献提供的是解决文化保护问题的实施规范与技术要求。如果把这三个文献来源的贡献理顺为对于非物质文化遗产保护有益的东西，我们可以尝试这样一种表述：面对用本真性检验的传统文化艺术若干宝贵要素的丧失，人类需要从社会中发现尚在流传的活态传统文化作为各种民族、社群的本真性的代表，维持其活力，并用历史连续性和自我一致性的本真性尺度评估、矫正各种保护与传承措施的得失，使这些代表性的文化项目能够真正传承下去，维护人类文化的多样性。

三　原生态和本真性概念的“姊妹”关系

原生态和本真性的概念在中国的使用大概分为两种倾向，在非物质文化遗产保护的实践领域，实务工作者大都从正面使用这对概念，肯定特定项目的独特价值；在非物质文化遗产保护的学术领域，研究者大都从批评的角度看待这两个概念，其中，完全正面论述的是少数，认识到其局限性而主要是肯定的也是少数，认识到其实际作用而主要是质疑的是多数。这种倾向与物质文化遗产保护领域学者的态度非常不同，他们基本上都是以完全正面的态度使用本真性概念。这里的两组反差值得我们进一步琢磨。我们当然可以继续与物质文化遗产领域专家的心态不一样，也可以继续质疑实务者，但是，是否也可以尝试调整心态，以另一种建设性的方式为实务工作者提供澄清概念困扰的理论服务呢？

理论工作为实务工作的服务应该有两种路径，其一是提供理论工具，其二是提供理论工具运用的批评意见。最初，是因为理论工作提供了原生态、本真性的概念工具，实务工作者才在各种申报书中采用这两个概念肯定特定项目的价值，在各种决策中证明自己的判断、决定的正确。显然，这两个概念的使用遭遇了诸多问题，引起了各种批评，造成了对这两个概念的质疑或否定。实际上，这种处境需要的是一个新层次的理论建设，也就是通过改造这两个概念的方式以改善它们的适用性的理论建设。物质文化遗产保护领域对于“本真性”概念的使用能够积极正面，恰恰是因为该领域的专家对这个概念进行了适时的修正。《威尼斯宪章》（1964）和《保护世界文化和自然遗产公约》（1972）的“本真性”要求是保持古建的原貌原状，当然包括原材料的不可更动。这对于欧洲以石材为主的建筑来说容易做到，但是，对于东方以木材为主的建筑来说就是问题。于是世界遗产委员会第18次会议通过了《奈良文件》（1994），接受地方差异，让原来的“苛求”不再影响东方遗产的本真性评估。阮仪三、林林对这个概念在中国的运用又进行了有针对性的分析，认为，“文化遗产原真性（本真性）的架构是一个开放的、融合的、发展的体系”（阮仪三、林林，2003：5）。这个领域的专家对于本真性概念的运用更多地发挥了理论指导的作用，固然是因为该领域的规范文件对“本真性”有明文规定，但是我们也应该承认，他们的积极作用也源于他们不断地进行理论改进。

本章意在发掘原生态和本真性概念对于非物质文化遗产保护的适用性，试图对它们的真实作用给予一个清楚的陈述。我们的陈述建立在一个基本的认识之上，这就是：原生态和本真性是中国非物质文化遗产保护实践的一对姊妹概念，这种亲和的、天然合作的关系一直都体现在实际工作中，现在是我们在理论上该予以明确陈述的时候了。

如果把原生态和本真性作为一对姊妹关系的概念来思考，所谓非物质文化遗产保护，就是“发现原生态文化，保持其本真性”的系统工作。中国的非物质文化遗产保护实践主要包括普查、四级名录建设、代表性传承人命名、传承机制与传承基地建设，用原生态和本真性把这些步骤串联起来就是：通过普查发现原生态文化，通过名录确认原生态文化中的重点保护项目，然后创造条件（传承机制与传承基地建设）确保选中的原生态文化项目保持本真性，其中，如果能够发现项目的代表性传承人，就以他们为中心进行项目的传承，项目的本真性就能获得更好的监测、评估，其传承也能更好地予以保障。

非物质文化遗产保护的前提工作是发现非物质文化遗产候选项目。通常认为非物质文化遗产是活态文化，是现实生活中的文化，是日常生活中的文化，可是，现实的日常生活中的活态文化却是无以穷尽的，人们如何在其中界定非物质文化遗产候选项目呢？这里必须有支持达成共识的概念，这就是原生态的概念。它通过普查与申报的多方合作程序发挥作用，使较多的项目被发现。进而人们挑选特定的项目提出申报，就该项目如何是一个独特的项目、何以具有代表性做出陈述，请专家委员会和上级文化主管部门审核，审核通过后就可纳入非物质文化遗产代表作名录。文化部在 2006 年至 2009 年在全国调动“千军万马”，开展了非物质文化遗产普查，获得了 87 万条项目线索。经过培训的调查人员到村社和街道访问，被调查对象讲述、展示自己的文化项目，而对于调查员来说，一些项目能够被登记，就在于它们被判定为“本地的或本地特色的民族民间文化”，这实际上是文化的原生态观念的运用。对于这个环节与原生态概念的关系，苑利和顾军的文章曾经指出，非物质文化遗产普查、申报的实质是依据原生态对于项目的评价，结果是将那些已经被严重改造过的、不具有原生态性质的项目剔除，而将原生度和优秀度都较高的项目列入代表作名录（苑利、顾军，2009；2010）。

普查、申报和评审是需要原生态和本真性概念一起发挥作用的。原生态的理念帮助参与的各方共同判断这是一个当地（社区或民族）的遗产项目，但是申报哪一个，却需要明确哪一个项目（最）能够在一个大社会的文化平台代表这个地方或社群。这就是本迪克丝所论述的本真性概念发挥作用的环节，即确定什么项目能够代表这个地方或社群的自我。这几个相互依托的步骤都是多方合作的过程：普查需要调查员与本地文化实践者配合，申报需要文化项目的持有人群与地方文化主管部门配合，评审既是一个专家组与申报方的沟通过程，也是专家组成员之间的协商过程。所有的合作都依赖共同的价值与尺度，其中，原生态与本真性各自的作用、相互契合所发挥的共同作用，都是显而易见的。

原生态在保护实践中发挥了基本概念的作用，但是许多学者对这个概念的认识包含着误解，其中关键的是把“原生态文化”误等于“原生文化”。如前所述，当“原生态神话”从“原生神话”脱胎出来的时候，原来的发生学概念就转化为形态学概念，而当“原生态民歌”被提出来的时候，恰恰表明言说的语境已经不在原来的“自然”环境，而在新的环境，如向外开放的、公共的竞赛场所。“原生态”恰恰表明不是原生，而是说，虽不是原生却保有原生的（基本）属性或形态。石奕龙曾经指出，采用“民族传统文化”来指称前现代文化形态，比生造一个没有指称对象的“原生态文化”概念更恰当（石奕龙，2005）。高小康认为，我们实际上不可能单纯地以“原汁原味”的原生态保护标准解决非物质文化遗产的传承和发展问题。文化传统可以在当代文化环境中继续转换生成（高小康，2007；2008）。他们的否定如果是针对“原生文化”就是比较准确的，而“原生态文化”恰恰是创造出来用于代表、衡量不断转换生成却仍然保持内在的连续性与一致性的那种传统文化的。一些学者即使肯定原生态（文化）概念的积极功能，也不一定是基于对这个概念的准确理解。张云平建议以一种宽容的态度包容原生态文化概念的模糊性，承认原生态文化存在的现实合理性（张云平，2006）。这个概念不可替代的作用不在于概念的模糊性，恰恰在于它的明确定位与功能是为自在状态的生活文化进入开放的、公共的空间提供了理论支撑。

申报各级非物质文化遗产代表作名录，都需要在申报书中提供该项目的保护规划，承诺保护责任方将投入什么、采取什么措施来保证项目的可持续传承；特别要承诺如何发挥代表性传承人的作用（如下一代传承人的培养、项目进校园、参加公共展示等宣传活动）。许多申报书都会承诺保护项目的原生态，保持项目的本真性。专家评审、上级文化主管部门确定申报项目入选各级代表作名录，就意味着该项目的申报书所列的规划成为双方同意的契约，后续的督查与评估涉及两个方面，一方面核查规划的执行（履约评估），另一方面评估各种保护措施与行动对于项目传承的效果（效果评估）。因为代表作项目都是活态文化，必然都有各种适应性的或创新性的变化，那么，评估的实质就是判定该项目是否在各种变化中保持了它的独特性，或者说是否历经变化却仍然保持了自身特性的连续性。这就是本真性概念作为衡量尺度发挥作用的环节。在活态中保持稳定性，在变中保持不变，这就表明非物质文化遗产代表作在传承中保持了自己的本真性。

相对来说，因为有国际民俗学界比较细致的理论建设，本真性概念在非物质文化遗产保护中的运用得到了较多学者的积极肯定。中国学者把握了运用本真性概念的真谛，即用以判断维持文化遗产历时的动态同一性。出于对文化活态性的强调，刘魁立认为非物质文化遗产的“本真性”应该是文化遗产在历史演进中形成并保持的同一性，“是衡量一种事物不是他种事物或者没有蜕变、转化为他种事物的一种规定性尺度”（刘魁立，2010）。在宋俊华（2012）看来，因为文化的活态流动性，文化的原生态很难把握。不过，非物质文化遗产确有一种“让其成为自身的相对稳定的东西”，这是本真性概念所针对的现象（宋俊华，2012）。

在保护实践中采用本真性进行内部评估和外部评估，都不应该是独断性的，而常常是协商性的。学界充分认识到对本真性的评判要尊重文化主体的自主性。通过观察浙江衢州一个村落的“九华立春祭”，王霄冰发现，尽管有地方政府、新闻媒体、知识精英参与立春祭祀仪式的恢复以及非物质文化遗产项目的申报，但并不能简单地将其视为民俗主义的伪民俗而否认其本真性，因为确有一个活跃的民间传承主体即村民群体的存在，村民始终担任主角，祭祀仪式面向当地人生活的定位并没有改变，如此，非物质文化遗产的本真和活态传承就可以得到保证（王霄冰，2012）。与此相似，笔者在赫哲族伊玛堪传承的曲折经历中发现，项目诸要素的存亡只是衡量本真性的一个方面，另一方面又要以“文化负荷者”的判断和选择为依据，要透过文化持有人的文化认同诉求来理解文化的活态变异，再做本真性存续的判断（韩成艳，2011；袁年兴，2011）。行政督察和第三方评估在充分考虑项目实践主体的认知的前提下运用本真性尺度对项目传承的成功与失败进行评判，其实都是某种意义上的协商。非物质文化遗产保护的各个环节都是多方参与的，因此，毫不奇怪，协商性体现在原生态和本真性概念使用的各个环节。

四　结论与认识框架的讨论

本章所针对的现象是原生态和本真性概念一方面被广泛运用，另一方面被广泛质疑的矛盾。笔者通过对这两个概念在中文学术中的意义生成与使用语境的发掘，肯定它们是在中国非物质文化遗产保护实践中所结成的一对姊妹概念。我们将其作为一对具有内在联系的概念看待，能够佐证中国非物质文化遗产保护在理论上是国际规范与中国创新的结合。不能简单地将这一保护实践看作一项外来的工程，而要看到它所包含的中国本土学术的重要渊源。

非物质文化遗产保护的代表作名录建设是把开放性与公共性赋予原本处于沉寂的自在状态的文化传统项目，使之成为一种被正式承认的公共文化。这一目标在原生态概念的生成过程中就逐渐确定了：神话学从完全脱离生活文化的文献之学到附带兼及民族地区的活态文化的学术，再到把这些活态文化作为同样重要甚至更主要的调查研究对象，就是广义神话、原生神话到原生态神话的概念演进方向；原生态的概念在自在的文化传统与公共文化之间的转化搭建了过渡的桥梁。原生态概念的生成已经具备了让原本被轻视、无视的文化现象进入特定的话语体系，成为被关注的对象的基本功能。非物质文化遗产保护发挥了它的既有功能，并与本真性概念相配合，使完整的选择机制得到理念支撑，使特定的文化项目能够被承认是实践群体或民族的文化自我的代表，能够被确认是大社会的文化多样性的代表，因而被列入各个代表作名录。

原生态和本真性作为理念和评价尺度使非物质文化遗产保护的多方主体能够在对话、讨论、协商中具有共同的基础，它们各自的功能和相互配合的功能都是不可替代的。因此，运用这对概念进行判断的方式不能是独断性的，而应该是协商性的，是多主体之间的对话。学术界对此的一些模糊认识、矛盾认识甚至误解可能源于认识方法的局限。这提醒我们需要澄清看待它们的功能的认识框架。

原生态，可以指一个原生的点，但主要是指突破原生情境的事物，例如原生态文化，固然可以指真实生活中的文化原貌，但主要是指来自生活中真实的文化进入其他话语或情境的情况。本真性，是一个在活态中确认稳定性、在变化中确认连续性与一致性的概念。人们讨论文化的本真性，不是谈静态的文化。它们都是用以认识时空变动的过程的概念，都是被用来在流动性、变化中辨识出传承性的概念。

第二节　伊玛堪的本真性基础与传承实践

不同于具有感性形式和固定形态的建筑、器物、经籍等物质文化样式，非物质文化存在于人们的日常生命活动之中，在世代的口传心授、言传身教形式的传承中，既保持着文化的相对稳定性，又呈现活态的流动性和变异性。我国许多民俗学者都曾经论述过它的这一特质，[①] 并基于此提出过“活态”保护、整体保护、“本真性”保护等保护原则，让脆弱的非物质文化遗产项目既可以生存，又能够发展，最终又不会丧失其质的规定性。

文本化的史诗是一种口传史诗在当今的现实和必然选择，因为语境和文化变迁带来史诗本身由精神的展览馆和民族的百科全书蜕变为形式上看起来不够完整的代表性文化事项，由日常生活和娱乐消费方式蜕变到特殊的时间节点舞台上的展演，歌手和受众曾经共享的文化传统渐渐被异文化群体的出现而割裂，因此一种符号的转换成为必然，而史诗创编作为活态的即时的表演就被固定为静态的文本。然而随着史诗功能的转变，我们对于史诗文本记录的要求其实也应该有所变化。

① 中山大学宋俊华曾在《论非物质文化遗产的本生态与衍生态》一文中指出，非物质文化遗产相对于物质文化遗产而言，带有“无形性”、“活态性”和“实践性”的特点。民俗学家贺学君在《关于非物质文化遗产保护的理论思考》一文中也用“活态性”、“民间性”、“生活性”和“生态性”来形容非物质文化遗产的特征。

在评价和判断的时候，我们能够有意识地承认和辨析书写和口头之间的并能够从影像技术等方面去还原和弥合这种阐述的断裂，了解史诗“活”在民众口头上的历史，然而这种在文本上、媒体上的复活意义何在，而判定这种复活是否成功的主体是否应该是单一的学者队伍、政府官员或社区民众？尽管对于伊玛堪的保护和传承路径、效果依然有质疑的声音存在，然而不能否认的是，经过近二十年的非遗保护努力，伊玛堪已然从一个几近消亡的民族史诗，再次回到了赫哲人的社区生活中，在对街津口赫哲民族乡持续进行近十年的调研观察中，笔者非常明确地感受到，伊玛堪在社区成员中从默默无闻到已经有了较为广泛的认同感，在村寨建设中自觉推动民族传统文化符号、文化事项之间的互嵌共生，重新织补和丰富着民族文化特色的意义之网，再次嵌入赫哲人的现代日常生活之中，为民族认同和社区凝聚提供了有力的自觉意识和约束力量，并成为推动社区文化产业和经济发展的积极要素。

回顾伊玛堪的保护进程，其主要可以分为两个阶段。第一个阶段就是在没有明确理论指导下的自发性保护，例如20世纪30年代凌纯声先生撰写的《松花江下游的赫哲族》对于伊玛堪的记录，还有20世纪70年代末期，相关学者对于伊玛堪进行的社会调查，包括采录、翻译和书写。这都是在没有明确提出文化自觉概念之前进行的文化抢救和保存工作，尽管由于时代等各方面的局限性，保护工作只是停留在保存的层次上，属于静态保护，但为后来的伊玛堪研究做了重要的铺垫和准备工作。第二个阶段就是伊玛堪作为非物质文化遗产的保护，调动民族内部和外部的各方力量，在明确的理论指导和制度支持下，目的鲜明地要求伊玛堪重新回到公共文化体系之中，进行活态、动态保护。

文化的演进总是伴随着不断的反思。回顾在第一个阶段的保护工作，学者们在肯定成绩的同时，也检讨了文字书写对于口头传统的局限，尽管这种伤害是非自觉的，这在前面的第二章中我们已经讨论过，此处不再赘述。重点要说明的是，在第二个保护阶段，伊玛堪作为非物质文化遗产代表作，是活态保护的对象，不仅被书写，而且重新出现在舞台上。只是这种被重新保护和发展的伊玛堪在形式上已经告别了传统伊玛堪徒口讲唱的局面，甚至变成了多人的歌舞剧，华丽的服饰和舞台灯光音响，极大地丰富了作品的表现力，然而这种被保护和发展之后造型华丽的伊玛堪遭到了很多学者的质疑。关于其是否违背了非物质文化遗产“本真性”的保护原则，一直是学者们争论不休的焦点。

近几年，在非物质文化遗产的研究和保护过程中，一直存在着两种不同的声音：一种是保护本真的、原生态的非物质文化遗产，另一种是在现代化前进路径中“开发”和“利用”非物质文化遗产，使之完成现代转化。我们不得不承认，现代社会中对于功利的追逐已经超出了对意义的追问，在两种论调中后者往往占据支配地位，更有甚者短视地将能够为经济和文化发展提供助力的非物质文化遗产作为追逐功利的手段，使保护工作无视文化自身发展规律而与保护的初衷背道而驰。于是，悖论问题逐渐显现，当作为传统社会中地方性知识的非物质文化遗产进入现代化的全民族的公共文化体系时，语境的转换必然打破原有的传承节奏和轨迹，引起文化表现形式的变更，失去“本真性”。如何在保存和发展、本真性与变异性之间寻找一个合适的平衡点，是我国学者们反复论证的课题，而长期以来对于“本真性”标准和程度界定的模糊表述，一定程度上限制了“非遗”变异性发生的有效幅度，成为我们确立保护工作步骤和评判保护工作成效的障碍。也就是说，只有确定“本真性”概念自身的衡量标准，才能确认“非遗”项目的利用和开发可以多大幅度地使其变异和流动而不失本性。本真性既是“非遗”保护工作追逐的目标也是评价的标准，然而在纷杂的“非遗”对象面前，这个抽象的概念怎样去界定和使用，一直没有定论。

一 “本真性”的评估标准

“本真性”（authenticity）原是西方哲学中的一个重要概念，源于希腊语的“authentes”，意为“权威者”或“某人亲手制作”。20世纪60年代文化工业兴起，机械复制时代来临，一系列现代性的光晕遮蔽了艺术作品的“本真性”，也激起了人们对于“本真性”的渴求和追寻。来自民间的传统的文化事项被认为是“本真”的代表，从而整合不同领域中的相关现象之后确立了民俗学的研究对象和学科的合法地位。“本真性”由此进入了文化研究领域，成为建构民俗学科及其对象之一——民间叙事的基本要素。

当下我国的非物质文化保护实践中，“本真性”诉求越来越成为主流话语。那么什么是“本真性”呢？著名民俗学家刘魁立先生在界定“非遗”保护中的“本真性”时说：“笔者这里所说的本真性，是指一事物仍然是它自身的那种专有属性，是衡量一种事物不是他种事物或者没有蜕变、转化为他种事物的一种规定性尺度。”（刘魁立，2010）刘魁立先生的观点一定程度上代表了当下学术界的主流观点，明确了“本真性”概念本身的内涵及其对民族文化本体的重要性。

“本真性”成为民俗学及其研究对象衡量的一个重要标尺，在流动发展的现代化潮流中，怎样的状态才是保持了文化事项的“本真性”，关于达到“本真性”评估标准的论证一直付诸阙如。正如德国民俗学家瑞吉娜·本迪克丝（Regina Bendix）的说法，“欧美民俗研究伊始之时，便受到渴求本真性之强烈影响。坦率而言‘本真性’一词，隐含着对真实性的探求，因为这种探求具有多义性和不易把握的本质，学界和社会均难以达成共识”（本迪克丝，2006）。

我们习惯将量变引起质变这一马克思主义哲学理论作为逻辑起点，秉持“本真性”的原则，在探讨“非遗”项目保护工作时反复强调而不越雷池一步，生怕文化变形的幅度过大，从而引发“变质”的恶果。多少的“量变”是一个合适的尺度，政府官员和学者们一直在尝试界定，然而林林总总的文化事项本身就存在着差异性，要找到一个量的规定性，似乎是强人所难和不切实际的。模糊标准和过分强调“本真”往往又使保护工作走向了另一个极端，与我们倡导的活态保护原则以及“非遗”项目自有的流动变异性相抵牾，同时造成了这个概念本身的逻辑冲突，最终导致从“本真”保护出发却造成文化的“失真”。“正如赫尔曼·鲍辛格（Hermann Bausinger）所言，学者的裁断将‘民俗的真正范例’放置到了一块不断缩小的土地上，将之从动态的文化进程中隔离出来，而这种进程正是人类交流传播的一种特质。简言之，对真实性的保护，必定引致适得其反的非真实性。一旦一种民间习惯、一首民歌、一篇民间叙事作品被宣称为‘真实的’，它势必更为引人

注目，会变得僵化守固，会被市场化，按照本真性的说法，它就成为虚假不实的了。”（本迪克丝，2006）

那么导致概念本身矛盾的症结究竟在哪里、应当如何去化解矛盾是我们要反思的首要问题。笔者认为，我们对于“本真性”概念内涵的界定和理解并没有问题，只是我们过于强调学者眼中的“本真性”标准，而忽略了“本真性”判定的主体，即民族文化的创造者、拥有者和传承者。我们应当尝试从文化创造主体和文化功能的角度分析和反思，重新建构“本真性”评估标准。现行一系列的非物质文化遗产保护工作的目的从宏观来看是要保护人类文化的多样性，为人类文化的持续和创新发展提供助力，具体到某个民族层次，就是为了实现该民族文化的认同，增强民族自信心和凝聚力，使其持续生存和发展。因此，检验保护工作是否成功，保护策略是否合理，都要以上述保护目的是否达到，或者实现的完全程度作为标尺。作为文化的拥有者和传承者的该民族成员才是非遗保护的文化主体，评估“非遗”项目的“本真性”也必然应当以该民族成员是否认同作为判定标准。长期以来，我们对于“本真性”的讨论陷入了一个误区，即忽视了谁是“非遗”的文化主体。作为民族文化旁观者的政府和学者，在一定程度上建构了理想中的文化发展模式，并将其作为文化事项“本真性”的评价标准，这种对文化主体的误解使得整个逻辑推理开始于一个主观先验的起点，最终使本真性的论证自相矛盾。基于这种逻辑判断，笔者愿意结合一个具体的项目，即赫哲族史诗伊玛堪的保护进程来进行分析和论证。

二　赫哲族伊玛堪的保护进程和现状分析

我们所谓的“本真性”参照标准一般是官方话语体系中所进行的描述，笔者愿意将自己在田野调查中的伊玛堪表演与之对比，希望从中发现伊玛堪在传承和保护中的变化，从而为我们的“本真性”判断和讨论奠定基础。

1. 作为非物质文化遗产的伊玛堪的官方文本表述

赫哲族伊玛堪史诗于2006年成功申报为第一批国家级非物质文化遗产曲艺类保护项目，并于2010年由我国向联合国教科文组织申报濒危保护项目，是非常有特色和代表性的非物质文化遗产形式。我国非物质文化遗产保护名录中对于伊玛堪的文本介绍如下，可以看作是比较权威的对传统伊玛堪的描述。

> 赫哲族伊玛堪是赫哲族的曲艺说书形式，流行于黑龙江省的赫哲族聚居区。据现有资料，它至迟在清末民初就已经形成。
>
> 伊玛堪的表演形式为一个人说唱结合地进行徒口叙述，大体上以说为主，以唱为辅，没有乐器伴奏。传统节目长、中、短篇均有，代表性作品有《什尔达鲁莫日根》、《满格木莫日根》、《木竹林莫日根》、《英土格格奔月》、《亚热勾》和《西热勾》等。
>
> 伊玛堪的节目类型及演出风格有“大唱”和“小唱”之分。“大唱”即“伊玛堪大唱”，是指以说为主的表演，侧重和擅长表现英雄与传奇性的节目内容，如各种“莫日根（英雄）”故事和赫哲族人的创世传说；“小唱”即“伊玛堪小唱”，是指以唱为主的表演，侧重和擅长表现抒情性内容的短篇节目。
>
> 伊玛堪的唱腔音乐具有鲜明的民族特色，因流行地和艺人的不同，所采用的唱腔曲调也各有区别，常见的曲调有赫尼那调、赫里勒调、苏苏调、喜调、悲伤调和下江打鱼调等。①

伊玛堪是赫哲族人民的生活中不可缺少的一种艺术品类和一种娱乐审美的方式，它同时还具有传承本民族历史文化的“教科书”功能，价值独特，意义重大。

2. 现代传承中的伊玛堪

笔者于2009年2月、2010年2月和2015年8月分别去往赫哲族聚居的佳木斯敖其村、同江街津口进行调查，并参与了当地传习所的伊玛堪传习活动，对国家级传承人吴明新和吴宝臣，省级传承人尤文凤、尤秀云以及传习所的学员们进行了访谈，同时在当地开展了问卷调查，目的是了解伊玛堪的传承现状，以及当代赫哲本族人对于伊玛

---

① 《赫哲族伊玛堪》，国务院新闻办公室门户网站，http://www.scio.gov.cn/ztk/xwfb/09/8/Document/656139/656139.htm，最后访问日期：2020年5月18日。

堪的理解和认知。2010 年 11 月，笔者参加了在同江举行的国家非物质文化遗产伊玛堪第三届培训班汇报会议。自 2008 年起，伊玛堪汇报会议每年举行一次，以各个传习所为单位的学员都在汇报会议上以比赛形式进行演出，由黑龙江省文化厅非遗保护中心领导和学者进行验收和指导。尤其在 2011 年伊玛堪被列入联合国教科文组织急需保护的非遗代表作名录之后，这种集中的成果汇报形式更为正规和频繁。该会议可谓最集中地展现了伊玛堪在现代的保留形态和该项目保护工作的成果。

结合伊玛堪申报文本、文献资料和笔者的调查报告，现从表演的形制、人员和整体特征上将传统的伊玛堪与实施保护工作后现实中活态传承的伊玛堪进行对比，可以明晰地看到二者之间的差异（见表 7 – 1）。

表 7 – 1　伊玛堪保护前后对比

	传统的“伊玛堪”	传承的“伊玛堪”
篇幅	大唱和小唱	片段的演唱，包括萨满歌、民歌
演述形式	讲唱结合，一人演述	或讲，或唱，或讲唱结合，一人或多人表演
语言	赫哲语	赫哲语，汉语
伴奏	一般无乐器伴奏	清唱或者有乐器
服饰	民族服饰	民族服饰
曲目	传统曲目《希尔达鲁莫日根》、《满都莫日根》等	传统曲目的某个情节片段，一段民歌、萨满神歌等，国家级传承人吴明新表演自己新创作的一段“新伊玛堪”《美人鱼姑娘》
听众	赫哲族人	赫哲族人、他民族参与者（包括政府工作人员和专家学者）
演述场域	日常生产生活情境，山中打猎、撒网捕鱼，传统节庆（跳鹿神等）、婚礼葬礼等仪式现场	乌日贡大会、民族节日、汇报演出等非日常生活的时间节点

通过表 7 – 1 中的对比分析，我们可以明确看到，现在流传或者说我们传承和保护后的伊玛堪在形式和内容上都已经发生了明显变化。

20 世纪 30 年代凌纯声采录的伊玛堪和七八十年代的伊玛堪的传统曲目与形式大致相似，而且篇幅往往较长，甚至可以演述几天几夜，唱调丰富，讲唱结合，现代我们可见的舞台上的“伊玛堪”则只是传统篇目中的一个或几个片段，讲一段故事，或者表演一段萨满舞。现在传承中的“伊玛堪”表演场域已经从婚丧嫁娶的人群里、猎场江滩的篝火边、黄昏休息的火炕上等转移到了灯光四射的舞台上；曾经一个人面对一个熟人圈子的说唱，变成了一个或者几个人面对更大规模的陌生群体的艺术表演；日常生活着装也变成了华美的节日盛装；乐器、音响设备和摄像机等现代传媒元素的介入逐渐代替了徒口的无伴奏讲唱。由此可见，当下传承的“伊玛堪”讲唱在形制和内容上都明显区别于传统的“伊玛堪”。这种变异是不是破坏了文化本身的“本真性”呢？笔者认为，这种变异恰恰是伊玛堪从传统社会的日常生活进入现代社会赫哲族人的日常生活的必然要求，是赫哲族人民根据自身文化特点进行的新时期的文化传承和自觉创造。

首先，各种富于特色的民族文化符号的综合运用体现出对民族文化的认同。场景布置，主题选取，服饰、语言等传统文化元素的充分调动，展现出赫哲族特有的生活方式和精神气质。同江市街津口国家级传承人吴宝臣等人表演的曲目《日出一族》（赫哲族人自称为东方最早看见太阳的“日出一族”），模拟再现了赫哲族人撒网捕鱼、热爱生活的场景。表演者身着华丽的传统民族服饰，戴上赫哲族萨满跳神时的神帽，载歌载舞，旁边两名赫哲族的姑娘伴舞形成问答唱和的局面。完全突破了原来的传统演唱格局，渔网被当作道具搬上舞台，一面展示传统赫哲族人的生活历史，另一面彰显着赫哲族人丰富的渔猎文化和勤劳勇敢、顽强自信的民族精神。

赫哲族人是全世界穿用鱼皮服装时间最长的民族之一，也是至今唯一仍有鱼皮制作技艺传承的民族，可以说鱼皮服饰是赫哲族独具特色的民族符号。尤文凤是赫哲族鱼皮文化的国家级传承人，在汇报演出的时候穿上了亲手制作的鱼皮衣裙，戴着鱼皮装饰的帽子进行表演。由于年纪较大，精通赫哲语，因此她的伊玛堪讲唱流利生动，表情丰富。由于台下的受众已经不再是单一的通晓赫哲语的人群，缺乏共同的知识结构和沟通载体使得表演者和受众的互动产生障碍。因此每讲完一段，老人就会用汉语把情节和内容大致翻译一遍。我们在讨论非物质文化遗产之所以濒危的时候，常常将口头传统危机的直接原因归咎于民族语言的困境，这是现实也是恢复传统的最大障碍。现在懂得民族语言的赫哲族人已经寥寥无几，因此在赫哲语表演之前用汉语翻译情节、交代背景逐渐固定为现代伊玛堪表演的模式。尽管如此，赫哲族却没有因此而放弃使用民族语言讲唱伊玛堪，赫哲族人普遍认为这是一个原则性的问题。因此，在传习所进行伊玛堪传承的时候，不仅仅要模仿唱段，语言和民族历史文化也是重要的学习内容。以佳木斯敖其传习所为例，学员每周都要学习十几个单词和几个句子，由国家级传承人吴明新老人讲授，同时还有专门的教材《中国赫哲族》，要求学员了解民族的语言和文化。艺术是情感的表达，也是为了唤醒情感的共鸣。伊玛堪的学员在学习中加深了对民族的理解，在演述中就更加自觉地加入可资凭借的传统民族文化符号进行创作和表达，展现民族的悠久历史和文化特色，引起族内成员的共同体认，形成强烈的情感召唤，增强民族的凝聚力。

任何一种具有生命力的文化形式都是不断演进的、以符合当下审美需求的形式对现实生活和情感的诚实表达。现行的伊玛堪除了对民族文化符号加以运用，还广泛借鉴融入了现代传媒技术和外来民族文化元素，体现了兼蓄的文化品质。对于大众传媒手段的大胆借用，最大限度地丰富了伊玛堪表演的艺术形式。传统伊玛堪一般是在夜间进行，“伊玛卡乞玛法”在黑暗中借助火光开始讲述民族英雄征战杀戮、建功立业的古老传说，平添了几分原始性、可信性和神秘性。舞台上的伊玛堪的演述则更具备渲染气氛的技术条件，灯光音响和乐器伴奏随着故事情节和内容的演进而变换不绝，使得整个叙事更加流畅和富于观赏性。总体来看，大量现代舞台表演元素的介入使伊玛堪的表演形式发生了较大改动，而其演唱的曲调基本没有发生变化，在保留原有唱腔和文化传统的同时，也符合现代观众的接受心理和审美需求。

除了表演形式的变化，在伊玛堪传习过程中，传承人和学员们也在有意识地吸收外来文化进行自觉的创作。在2009年第三次伊玛堪汇报演出中，国家级伊玛堪代表性传承人吴明新老人就表演了自己创作的新曲目《美人鱼姑娘》，借鉴了西方童话中美人鱼的原型，同时加入了汉族龙女的故事情节。《美人鱼姑娘》讲述了在三江交汇的地方，赫哲族人世代居住打鱼为生，有一年当地闹起鱼荒，一位美丽的赫哲姑娘为了族人能够富足地生活而离开亲人跳入江中，被龙王救起化为人鱼，以后每年春天的时候，姑娘都会赶着大批的鱼来家乡造福族人。对这种完全新创作的伊玛堪，大多数赫哲族人表示能够接受，还有一起学习伊玛堪的赫哲族老人和学员对这个故事提出了更加完善的建议。也有人认为新伊玛堪在内容上过于现代和缺少历史感而不能被接受，只有传统的伊玛堪才是民族的历史和文化的代表。这个内容创新的伊玛堪能否进入赫哲族人认同的文化体系之中还需要时间检验，重要的是从中我们看出赫哲族的成员在以自己的情感和认知对伊玛堪传承的内容和表现形式进行选择和判断，寻求一种彼此认同的民族文化样式作为民族象征和心灵归属。而作为文化的拥有者和传承者，他们的判断和认同才是文化“本真性”最权威的评价标准，也是推进文化保护、传承、发展和创新的内在动力。

总之，当下的非物质文化遗产保护是专家学者、政府部门和商业资本等多重社会力量共同作用的一个复杂工程。在较为脆弱的少数民族传统文化被现代性和全球化浪潮冲击得支离破碎时，政府部门的制度支持、专家学者的理论指导和商业资本的积极推动，才使其重新焕发生机。也由此，在评估文化保护项目的“本真性”时往往由代表学术权威的专家学者充当评判者，而关于“本真性”的认定和标准总是难以达成共识。问题就在于对文化事项中“人”的忽视。“构成本真性的基本要素是该事象的基本性质、基本结构、基本功能、基本形态和作为主体的个人、社群、族群对该事象的价值评估。”（刘魁立，2010）认知人类学认为，任何个体和民族都有不轻易为他者知悉的心灵世界，真正的文化存在于“文化负荷者”的心中，他们是文化的创造者，承载者、传播者和分享者（覃德清，2009）。非物质文化遗产的保护最终是要将传统社会日常生活中的文化样式重新唤醒导入现代少数民族的日常生活之中，外力作用下变形的民族传统文化被嫁接和植入后是否能够被接受和存活，是由民族内部全体成员来选择和评判的，而并非单纯的理论推断所能够代替的。因此，在该民族之外的成员以他者的目光审视一种民族文化样式是否具有“本真性”的时候首先要尊重文化的发展规律，也要以“文化负荷者”的判断和选择为论证依据。正如劳里·航柯在对史诗进行定义的时候所说的那样："在文化研究中对认同表达的强调标志着一个历史转折。它便利地将我们的关注点放在信息提供人的自识意识上，它让我们这些研究者去接受那种事实，即文化的承继者有对他们传统的拥有和解释的权威性。"（航柯，2001：89）

结语

从表达认同到认同表达

所谓表达认同，是指在传统社会中，民族的文化传统约束力十分强大，所有的语言表达从日常生活进入艺术化的叙事之中，要经过传统和受众的认同和选择，才能形成固定的表达形式程式和母题，最终在一代代歌手的创造和传承中累积成为内容丰富、情节生动的伊玛堪。因此伊玛堪从渔猎文化的摇篮中孕育到发展成为恢宏的史诗巨制，始终伴随和反映着赫哲族的历史文化变迁，是民族共同的历史记忆。

认同表达，则是指在现代社会中，面对外来文化的冲击，民族传统文化式微甚至被淹没，于是族内的成员产生了一种文化焦虑，丧失了身份的归属感，需要借助一种凝聚民族文化因子的符号系统作为民族文化身份的表征，这种表征必须是民族成员能够肯定和归依的，于是历经传统选择，负载着民族历史和传统的史诗伊玛堪再次为公众所瞩目。

本书尝试描绘伊玛堪从表达认同转变为认同表达的成长历程，也是这一文化事项从传统社会穿越到现代社会中的生命状态的展现。从作为日常生活事项的口头传统，到逐渐被现代性冲击和边缘化的文化传统，再到当下被重拾和保护的非物质文化遗产，其必然要经历发展和变化才能适应现代社会的语境，才能实现活态的传承。我们纠结于“活态”和“本真性”概念的张力之中，一方面要发展，另一方面害怕文化的变异，那么如何寻找一个平衡点作为判定标准，是许多学者都在论述和关注的问题，也是我国当下非物质文化遗产保护进程中普遍存在的矛盾。

对此，芬兰著名民俗学家劳里·航柯（Lauri Honko）就史诗在当代的认同功能曾经做过一段精辟的论述，他认为：在认同的表达与沟通的各种层面上，史诗所具有的功能差异似乎很小。其主要功能是为认同的表达提供可以理解的符号。集体不间断地进行认同沟通的需要，激活了那些被默认的关键符号系统的衍化，甚至有的符号解释枝杈丛生；同时，它们还能够在不同的人群、地方社会、民族和国家中，创造整体意识。史诗是丰富的文化储藏库，是这类符号的最初源泉。由史诗而表达的符号常常派生于一个久远的（历史上的或虚构的）被特别“编纂”的过去，派生于一种文化类型和一个在人们的认同沟通中产生史诗的那个相当特殊的社会经济环境。从遥远的过去和（或）文化边缘到充满活力的当代政治文化中心，其间所经历的传统承继，事实上增加了符号按照变化着的文化自我表现需求自由发展的能力。某些符号的最初拥有者在疑惑中改变了他们对传统的控制力，并且接受它们广泛地采用新的形式并发挥新的功能。史诗的权威性不再像以前那样由于使用者信奉原有传统基础而成为重要依赖，它们被更灵活地解释，即成为多义符号，因为这样才使得它们能够被接受并保持下来（航柯，2001：89）。这段话揭示了史诗作为认同表达的真正意义，也就是以史诗为代表的传统文化事项究竟要以怎样的面孔在当代承担文化认同功能。他们的历史感和符号体系为我们提供了认同的基础和对象，也提供了文化传承的原料。而对于这种原料的选取，则是应该由共同体成员来完成的，因为他们是文化的创造者和承担者。

在整个非物质文化遗产保护活动体系之中，专家学者、政府、社会商业资本等多重力量的介入，使文化的真正主体被遮蔽和置换，导致了判断标准的缺失。我们要实现文化事项的功能转换，使之服务于当下的生活，因为“被需要”“被肯定”，有人愿意将自己的生命活动投入其中，只有这样，文化遗产才能真正“活”起来。因此，伊玛堪在具有文化认同表达的意义上实现功能的现代转换是十分必要的。在这个立场上，我们就要充分尊重文化的创造者和拥有者，也就是赫哲族人的理解和判定。

当然，传统社会中成长起来的文化事项要再次植入现代生活是需要一个过程和一系列的力量和措施推进与保障的。非物质文化遗产保护工程为这个目标提供了推进的条件和动力。而民族自身的内在需要则是文化事项得以重生的根本动力，二者为民族文化遗产的复兴提供了保障和可能性。从目前对于赫哲族文化遗产保护工作的进展和成效来看，可以肯定对其实践的社区保护和整体性保护的原则是具备合理性的。赫哲族的传统文化事项在外力的推动下逐渐焕发出新的生机，再次被公众所认知。然而从何种角度和方式去推进二者的有效对接，促进文化自身的自觉发展，使其形成良好的生命循环机制，还是需要我们不断地进行研究、摸索和实践的。

由于调查资料和语言水平的限制，对于国外（主要是德国和日本）同时期学者对伊玛堪的研究资料和成果没有充分掌握，这是长久以来伊玛堪研究的一个遗憾，一定程度上限制了伊玛堪研究的视野，也是本书论述的缺憾之一。

任何个案的研究都不仅止步于具体观照的某一对象，笔者也希望能够通过赫哲族伊玛堪的研究，展现文化事项在现代化进程中从中心到边缘，再回到中心的轨迹，以及文化事项自身的发展变迁规律，为民族的文化自觉和非物质文化遗产的保护工作提供启示，尝试参与拓展非遗保护的理论。

参考文献

Э. В. 沙弗库诺夫，2011，《金上京城址出土的铜鱼和鹿角的用途》，孙危译，载《东方考古》第00期。

阿尔伯特·贝茨·洛德，2004，《故事的歌手》，尹虎彬译，中华书局。

《阿根弟莫日根》，1981，《黑龙江民间文学》第2集。

埃里克·哈夫洛克，2003，《口承－书写等式：一个现代心智的程式》（上），巴莫曲布嫫译，《民俗研究》第4期。

巴莫曲布嫫，2004，《"民间叙事传统格式化"之批评——以彝族史诗研究中的"文本迻录"为例》（下），《民族艺术》第2期。

白晶，2009，《赫哲族文化遗存数字化抢救若干问题研究》，《图书馆学刊》第5期。

曹柯平，2003，《中国洪水后人类再生神话类型学研究》，博士学位论文，扬州大学。

（清）曹廷杰，1997，《东北边防辑要》（清光绪十一年刻本，上卷），辽海出版社。

朝戈金，2000a，《口传史诗诗学——冉皮勒〈江格尔〉程式》，广西人民出版社。

朝戈金，2000b，《口传史诗文本的类型——以蒙古史诗为例》，《民族文学研究》第4期。

朝戈金，2006，《口头传统：人文学术新领地》，《光明日报》5月29日。

朝戈金、尹虎彬、巴莫曲布嫫，2010，《中国史诗传统：文化多样性与民族精神的"博物馆"（代序）》，《国际博物馆》（中文版）第

1 期。
陈建宪，1995，《试论神话的定义与形态》，《黄淮学刊》第 4 期。
陈建宪，2005，《论中国洪水故事圈——关于 586 篇异文的结构分析》，博士学位论文，华中师范大学。
陈恕（项目负责人），2005，《国家级非物质文化遗产代表作申报书·赫哲族“伊玛堪”说唱》，9 月。
陈恕，2007，《2007 年度国家级非物质文化遗产名录“赫哲族伊玛堪”工作总结》，内部资料，11 月。
陈铁镔，1981，《荷马（Homer）史诗与〈诗经〉史诗的比较研究》，《锦州师范学院学报》第 4 期。
陈玉平，1996，《孤儿角色与成年仪式》，《民族文学研究》第 4 期。
恩格斯，1962，《路德维希·费尔巴哈与德国古典哲学的终结》，人民出版社。
恩格斯，1965，《反杜林论》，人民出版社。
恩格斯，1972，《自然辩证法》，载《马克思恩格斯选集》（第 2 卷），人民出版社。
房玄龄等，1986，《晋书·四夷传》，《二十五史》，上海古籍出版社、上海书店。
菲利普·巴格比，1987，《文化：历史的投影——比较文明研究》，夏克、李天钢、陈江岚译，上海人民出版社。
费尔巴哈，1953，《宗教的本质》，王太庆译，人民出版社。
费孝通，1997，《反思·对话·文化自觉》，《北京大学学报》（哲学社会科学版）第 3 期。
费孝通，1999，《反思·对话·文化自觉》，载《费孝通文集》（第 14 卷），群言出版社。
费孝通，2001，《人文资源在西部大开发中的作用和意义》，《文艺研究》第 2 期。
费孝通，2003，《关于“文化自觉”的一些自白》，《群言》第 4 期。
冯天瑜，1983，《上古神话纵横谈》，上海文艺出版社。
傅丽，2005，《赣南原生态客家文化保护初探：从中村傩舞看客家原生态文化》，《江西社会科学》第 12 期。

富育光，2000，《萨满论》，辽宁人民出版社。
高丙中，2006，《日常生活的现代与后现代遭遇》，《民间文化论坛》第3期。
高丙中，2008，《作为公共文化的非物质文化遗产》，《文艺研究》第2期。
高丙中，2015，《民间、人民、公民：民俗学与现代中国的关键范畴》，《西北民族研究》第2期。
高尔基，1959，《个人的毁灭》，载《论文学续集》，人民文学出版社。
高荷红，2005，《赫哲族伊玛堪歌手研究》，《满语研究》第2期。
高小康，2007，《非物质文化遗产保护是否只能临终关怀》，《探索与争鸣》7期。
高小康，2008，《非物质文化遗产：保护与利用的再思考》，《探索与争鸣》4期。
郭崇林，1997，《中国东北地区赫哲、鄂伦春族与蒙古族民间英雄讲唱的比较研究》，《民族文学研究》第2期。
郭建民、赵世兰，2004，《六十年来中国民族声乐艺术"土"、"洋"关系的微妙变化》，《黄钟》第2期。
韩成艳，2011，《论非物质文化遗产"本真性"的评估标准——以赫哲族"伊玛堪"为例》，《贵州民族研究》2期。
韩成艳，2015，《从学术上拯救"原生态"和"本真性"概念》，《广西民族大学学报》（哲学社会科学版）第6期。
韩成艳，2020，《非物质文化遗产的主体与保护主体之解析》，《民俗研究》第3期。
汉娜·阿伦特编，2008，《启迪：本雅明文选》，张旭东、王斑译，生活·读书·新知三联书店。
郝庆云、纪悦生，2016，《赫哲族社会文化变迁研究》，学习出版社。
郝时远"序言"，2005，载马曼丽、张树青《跨国民族理论问题综论》，民族出版社。
贺学君，2005，《关于非物质文化遗产保护的理论思考》，《江西社会科学》第2期。
《赫哲族简史》编写组、《赫哲族简史》修订本编写组，2009，《赫哲族简史》(修订本),民族出版社。
黑格尔,1981,《美学》(第三卷),朱光潜译,商务印书馆。
黑龙江民间文艺家协会,1997,《伊玛堪》(上卷),黑龙江人民出版社。
黑龙江民间文艺家协会,1998,《伊玛堪》(下卷),黑龙江人民出版社。
侯儒,2017,《赫哲族"伊玛堪"说唱家族式传承口述史研究——以吴氏家族为个案》,《佳木斯大学社会科学学报》第1期。
黄惠焜,1984a,《论神话》,《民族文学研究》第4期。
黄惠焜,1984b,《再论原生神话》,《云南民族学院学报》第2期。
黄任远,1992,《相邻民族多元文化对赫哲族伊玛堪的影响》,《中央民族大学学报》第2期。
黄任远、刁乃菊、金朝阳主编,2013,《伊玛堪论集》,民族出版社。
黄任远、傅明静,2003,《伊玛堪与优卡拉——中国赫哲族与日本阿伊努的民间文化比较之三》,《佳木斯大学社会科学学报》第3期。
黄任远、闫沙庆,2000,《伊玛堪与摩苏昆——赫哲族与鄂伦春族说唱文学之比较》,《黑龙江民族丛刊》第2期。
贾宏斌,2002,《赫哲族起源神话谈》,《黑龙江史志》第5期。
蒋满娟,2020,《赫哲族伊玛堪代表性传承人生命历程研究——以尤文凤为个案》,《贵州民族研究》第2期。
降边嘉措,1985,《从史诗与史诗研究谈起》,《青海社会科学》第3期。
金少萍,2004,《"中西部山区民族原生态文化学术研讨会"综述》,《思想战线》第6期。
克洛德·布雷蒙,1989,《叙述可能之逻辑》,转引自张寅德编选《叙述学研究》,中国社会科学出版社。
蓝华增,1985,《简论黑格尔的史诗观》,《云南民族学院学报》第4期。
郎樱,1991,《〈玛纳斯〉论析》,内蒙古大学出版社。
郎樱,1997,《贵德分章本〈格萨尔王传〉与突厥史诗之比较——一组古老母题的比较研究》,《民族文学研究》第2期。
郎樱,1999a,《论北方民族的英雄史诗》,《社会科学战线》第4期。
郎樱,1999b,《史诗的母题研究》,《民族文学研究》第4期。
劳里·航柯,2001,《史诗与认同表达》,孟慧英译,《民族文学研究》第2期。

李熏风，1983，《赫哲族英雄叙事诗〈满斗莫日根〉》，《民族文学研究》第00期。

（唐）李延寿，1975，《北史》（勿吉传），中华书局。

李子贤，1981，《创世史诗产生时代刍议》，《思想战线》第1期。

梁圣琪，2009，《伊玛堪的历史记忆与自我认同》，《黑龙江民族丛刊》第3期。

《列宁全集》第十卷，1958，人民出版社。

《列宁全集》第十卷，2017，人民出版社。

凌纯声，1934，《松花江下游的赫哲族》，国立中央研究院历史语言研究所。

凌纯声，2012，《松花江下游的赫哲族》，民族出版社。

刘洪一，2002，《走向文化诗学：美国犹太小说研究》，北京大学出版社。

刘魁立，2004，《关于非物质文化遗产保护的若干理论反思》，《民间文化论坛》第4期。

刘魁立，2010，《非物质文化遗产的共享性、本真性与人类文化多样性发展》，《山东社会科学》第3期。

刘守华，1984，《鄂西古神话的新发现——神农架神话历史叙事山歌〈黑暗传〉初评》，《江汉论坛》第12期。

刘守华，2002，《中国民间故事类型研究》，华中师范大学出版社。

刘守华，2003，《〈黑暗传〉：汉民族神话史诗》，《广西民族学院学报》第3期。

刘晓春，2008，《谁的原生态？为何本真性——非物质文化遗产语境下的原生态现象分析》，《学术研究》2期。

刘晓真，2004，《专家谈原生态民歌》，《艺术评论》第10期。

刘亚虎，1999，《南方史诗论》，内蒙古大学出版社。

路易斯·亨利·摩尔根，2007，《古代社会》，杨东莼等译，中央编译出版社。

马克·本德尔，2002，《怎样看〈梅葛〉"以传统为取向"的楚雄彝族文学文本》，付卫译，《民俗研究》第6期。

《马克思恩格斯全集》第三卷，2002，人民出版社。

《马克思恩格斯选集》第四卷，1995，人民出版社。

马名超，1981，《赫哲族伊玛堪调查报告》，《黑龙江民间文学》第2集。
马名超，1984，《赫哲族英雄叙事诗的纵横观》，《黑龙江民间文学》第12集。
马名超，1986，《伊玛堪、摩苏昆、柔卡拉——中国、日本北方渔猎民族英雄史诗形体论》，《民间文学论坛》第1期。
马名超，1987，《论东北冰缘区少数民族英雄史诗类型及其文化联系》，《黑龙江民族研究论文集》（一）。
《满斗莫日根》，1981，《黑龙江民间文学》第2集。
孟慧英，1998a，《莫日根的婚姻》，《黑龙江民族丛刊》第3期。
孟慧英，1998b，《萨满英雄之歌——伊玛堪研究》，社会科学文献出版社。
《民族问题五种丛书》黑龙江省编辑组，1982，《赫哲族社会历史调查》，黑龙江朝鲜民族出版社。
潜明兹，1981，《创世史诗的美学意义初探》，《思想战线》第2期。
乔晓光，2004，《活态文化：中国非物质文化遗产初探》，山西人民出版社。
《清圣祖实录》（卷八）1985，中华书局。
秋浦，1985，《萨满教研究》，上海人民出版社。
仁钦道尔吉，1989，《蒙古英雄史诗情节结构的发展》，《民族文学研究》第5期。
仁钦道尔吉，2001，《蒙古英雄史诗源流》，内蒙古大学出版社。
阮仪三、林林，2003，《文化遗产保护的原真性原则》，《同济大学学报》第2期。
瑞吉娜·本迪克丝（Regina Bendix），2006，《本真性》，李扬译，《民间文化论坛》第4期。
S. 汤普森，1991，《世界民间故事分类学》，郑海等译，上海文艺出版社。
沈卫荣，2019，《我们应当如何看待身份认同》，《中央社会主义学院学报》第6期。
石奕龙，2005，《浅谈民族传统文化保护的若干问题》，《中央民族大学学报》（哲学社会科学版）第1期。
斯莫良克，1991，《萨满：萨满其人、功能、宇宙观》，科学出版社。

宋德胤，1988，《伊玛堪中的民俗美》，《黑龙江民族丛刊》第4期。

宋俊华，2008，《论非物质文化遗产的本生态与衍生态》，《民俗研究》第4期。

宋俊华，2012，《非物质文化遗产传承人的若干理论与实践问题》，《思想战线》第6期。

覃德清，2009，《民生与民心——华南紫村壮汉族群生存境况与精神世界》，中国社会科学出版社。

陶立璠，1983，《谈少数民族英雄史诗》，《中央民族学院学报》第3期。

田丽华，2015，《简论赫哲族的鹰崇拜》，《佳木斯大学学报》第2期。

同江市非物质文化遗产保护中心，2010，《2010年同江市非物质文化遗产赫哲族"伊玛堪"保护工作情况汇报》，赫哲族伊玛堪第三期培训班，同江会议，11月18日。

瓦尔特·海西希，1989，《〈蒙古英雄史诗叙事材料〉序》，那·哈斯巴特尔译，《民族文学研究》第6期。

王克勤，1984，《第一届全国少数民族史诗学术讨论会在西宁召开》，《民族文学研究》第1期。

王明珂，2009，《英雄祖先与弟兄民族——根基历史的文本与情境》，中华书局。

王平凡，1984，《史诗研究要为建设社会主义精神文明服务》，《民族文学研究》第1期。

王先霈、王又平主编，1999，《文学批评术语词典》，上海文艺出版社。

王霄冰，2010，《试论非物质文化遗产本真性的衡量标准——以祭孔大典为例》，《文化遗产》第4期。

王霄冰，2012，《民俗文化的遗产化、本真性和传承主体问题——以浙江衢州"九华立春祭"为中心的考察》，《民俗研究》6期。

文化部非物质文化遗产司编写，2009，《非物质文化遗产保护法律文件汇编》，非正式出版物。

文化部外联局，2006，《联合国教科文组织保护世界文化公约选编》，法律出版社。

乌日古木勒，2007，《蒙古突厥史诗人生仪礼原型》，民族出版社。

乌日古木勒，2008，《主题研究和母题研究的结合——对斯钦巴图〈蒙古史诗：从程式到隐喻〉研究方法的思考》，《民族文学研究》第4期。

吴仕民，2006，《原生态文化摭谈——兼谈少数民族传统文化的保护与发展》，《西南民族大学学报》第11期。

武世珍，1986，《神话研究的对象和范围——评现行“广义神话”论的广义性》，《西北师大学报》3期。

徐昌翰、黄任远，1991，《赫哲族文学》，北方文艺出版社。

徐国琼，1959，《藏族史诗〈格萨尔王传〉》，《文学评论》第6期。

徐乐娜，2007，《青歌赛新增“原生态”组引发的思考》，《中央音乐学院学报》第1期。

徐英国，1988，《关于史诗若干理论问题的探讨》，《青海民族学院学报》第3期。

玄珠（茅盾），1929，《中国神话研究ABC》，世界书局。

亚里士多德，1982，《诗学》，收录于《诗学·诗艺》，罗念生译，人民文学出版社。

叶桂桐，1986，《中国古代没有产生长篇史诗的原因的猜想》，《曲靖师专学报》第1期。

尹虎彬，2008，《史诗观念与史诗研究范式转移》，《中央民族大学学报》（哲学社会科学版）第1期。

于长江，2001，《小民族，大课题——以赫哲族为例》，《北京大学学报》（哲学社会科学版）第1期。

袁珂，1950，《中国古代神话》，商务印书馆。

袁珂，1979，《古神话选释》，人民文学出版社。

袁珂，1982，《从狭义的神话到广义的神话》，《社会科学战线》第4期。

袁珂，1984，《再论广义神话》，《民间文学论坛》第3期。

袁年兴，2011，《文化的人本寓意与非物质文化遗产的本真性》，《中国人民大学学报》2期。

苑利、顾军，2009，《非物质文化遗产普查申报工作需要注意的几个问题》，《原生态民族文化学刊》第3期。

苑利、顾军，2010，《非物质文化遗产项目普查申报的五项原则》，《温州大学学报》1期。

约翰·迈尔斯·弗里（John Miles Foley），1997，《口头程式理论：口头传统研究概述》，朝戈金译，《民族文学研究》第1期。

约翰·迈尔斯·弗里（John Miles Foley），2000，《口头诗学：帕里-洛德理论》，朝戈金译，社会科学文献出版社。

云南省民间文学集成办公室编，1988，《纳西族东巴文学集成·祭天古歌》，中国民间文艺出版社。

云南省民族民间文学楚雄调查队，1959，《论彝族史诗〈梅葛〉》，《文学评论》第6期。

张成渝、谢凝高，2003，《“真实性和完整性”原则与世界遗产保护》，《北京大学学报》第2期。

张嘉宾，1996，《埃文基人的“尼姆嘎堪”与赫哲人的“伊玛堪”》，《黑龙江民族丛刊》第1期。

张嘉宾，2004，《赫哲人萨满教研究》，收录于《赫哲族研究》，哈尔滨出版社。

张云平，2006，《原生态文化的界定及其保护》，《云南民族大学学报》（哲学社会科学版）第4期。

张云平，2006，《原生态文化的界定与保护》，《云南民族大学学报》第4期。

赵秀明，1984，《试论英雄史诗——伊玛堪》，《黑龙江民间文学》第12集。

赵秀明，1994，《论伊玛堪与英雄史诗》，《佳木斯教育学院学报》第2期。

赵玉燕，2003，《另一种眼光：读瑞吉纳·本迪克的〈对本真性的追寻——民俗学的形成〉》，“纪念中国民俗学会成立二十周年研讨会”会议论文，11月22~23日，北京。

郑树森，1990，《〈黑暗传〉是不是汉族长篇史诗》，《上海师范大学学报》（哲学社会科学版）第1期。

中国民间文学集成总编委会办公室编，1987，《中国民间文学集成工作手册》。

中国民间文艺研究会黑龙江分会编，1981，《黑龙江民间文学》第2集，内部资料。

中国民间文艺研究会黑龙江分会编，1984，《黑龙江民间文学》第12集，内部资料。

中国民间文艺研究会黑龙江分会编，1986，《黑龙江民间文学》第20集，内部资料。

中国民间文艺研究会黑龙江分会编，1987，《黑龙江民间文学》第20集。

中国民间文艺研究会湖北分会编，1986，《汉族长篇创世纪史诗神农架〈黑暗传〉多种版本汇编》。

钟敬文主编，1980，《民间文学概论》，上海文艺出版社。

周发祥，1997，《西方文论与中国文学》，江苏教育出版社。

周星，2004，《民族民间文化艺术遗产保护与基础社区》，《民族艺术》第2期。

周星，2004，《文化艺术遗产保护与基层社区》，《民族艺术》第2期。

朱天顺，1964，《原始宗教》，上海人民出版社。

祝贺，2014，《金代女真族萨满信仰的社会功用探析》，《兰台世界》第15期。

Bendix, Regina. 1997. *In Search of Authenticity*: *The Formation of Folklore Studies*. The University of Wisconsin Press.

Foley, John Miles. 1991. *Immanent Art*: *From Structure to Meaning in Traditional Oral Epic*. Bloomington: Indiana University Press.

后　记

我对于赫哲族史诗伊玛堪的关注和研究始于自己的博士学位论文撰写，本书中关于伊玛堪作为民族史诗的文化阐释也主要由我的博士学位论文《从表达认同到认同表达——赫哲族史诗“伊玛堪”研究》修改完成而来，而以伊玛堪为对象进行的非物质文化遗产的代表性和本真性等理论概念的讨论则源于近年来参与非遗保护和研究工作的思考。故而本书的写作跨越了十个年头，这是伊玛堪保护工作的探索实践、赫哲族文化自觉的形成和社区发展与我个人学术研究成长共进的十年。

过去的十多年，伊玛堪的保护工作是在不断探索中开展和推进的，并取得了令人瞩目的成绩。2011 年，国家级非物质文化遗产代表作伊玛堪入选联合国教科文组织“急需保护的非物质文化遗产名录”。依托于《中华人民共和国非物质文化遗产法》的法律保障，又担负着在国际上的履约责任，各级文化相关部门将伊玛堪的保护纳入工作重点，在传习、研究和传播等诸多方面都取得了切实的进展。2013 年，《中国赫哲族史诗伊玛堪》（英文版）问世；2014 年，由黑龙江省文化厅主持编写的《伊玛堪集成》出版，收录了迄今发现的所有存世赫哲族伊玛堪说唱文本。2016 年出版的《赫哲族伊玛堪代表性传承人的口述史》，为了解和研究近百年来伊玛堪与赫哲人的社会生活提供了鲜活生动的史料。截至目前，作为非遗保护工作的相关内容，非物质文化遗产项目伊玛堪拥有国家级非遗代表性传承人 2 人、省级非遗代表性传承人 4 人，他们通过传习所讲授伊玛堪和赫哲族的语言文化，培养了上百位学员，使学员能够完整或者片段地讲唱伊玛堪，达到了伊玛堪传承和保护的初步目标。这些努力使伊玛堪保护工作顺利通过了联合国教科文组织的项目验收，而在国内，非物质文化遗产项目伊玛堪则于 2019 年入选了“国家级非遗代表性项目优秀实践案例”。

在非遗保护工作全方位推进的同时，作为赫哲族的代表性文化，伊玛堪的活态传承与创新发展也切实影响和推动了赫哲族的社区发展与文化自觉的形成。对伊玛堪的重新发掘与保护激活了赫哲族的文化网络，为现代社会生活冲击下碎片化的民族文化符号提供了一个支撑性的骨架和整合性的结构。非物质文化遗产的一个根本的属性就是活态性，伊玛堪作为赫哲人世代讲唱的史诗，天然地活跃在赫哲人的日常生产生活中。当伊玛堪再次被唱响的时候，一度静静陈列在博物馆中的鱼皮衣、萨满鼓和桦皮船也都借助着歌手的声音、动作和身体语言复活起来，重新呈现在赫哲人面前，与古老的歌谣一起重新嵌入了社区生活。民族风情园、赫哲文化一条街，以精致的鱼皮画、鲜美的杀生鱼、优美欢快的“嫁令阔”为标志，在伊玛堪保护与传承的背景下，共同点缀和勾画着赫哲社区的景观。

2009 年，我第一次到赫哲人的社区调查，向当地人问及伊玛堪，很多人都是一脸迷惘，一问三不知。如今，伊玛堪已经是所有赫哲人耳熟能详并引以为傲的民族文化瑰宝。提到对赫哲人的印象，当地人也从开始的用语，如“爱喝酒”、“爱打架”和“打鱼的”，转变为“说赫哲话”、“唱伊玛堪”和“穿鱼皮衣服”等用语。赫哲人的伊玛堪，鱼皮衣、萨满祭司歌舞和桦皮制作都被列入了不同级别的非遗代表作名录。随着非遗保护工作的整体性推进以及赫哲语的讲授和民族文化宣传活动的开展，越来越多的赫哲人认识到了自己的民族文化特色，喜爱并参与到民族文化的学习与传承之中。我想赫哲人在这十年间发生的情感与观念的变化，可以被视为费孝通所说的“文化自觉”的真实注脚。

伊玛堪经历了从被论证为赫哲族的民族史诗再到确认为非物质文化遗产而成为国家的公共文化的过程，在这个过程中，我自己的学术兴趣也随之走向更为广泛的议题。尽管有些观点尚未来得及整合到书中，但毫无疑问，伊玛堪这一民族史诗的案例总是能够从不同角度给我启示。在田野调查过程中，赫哲文化精英群体对于民族文化执着的珍爱，总是让人感动。因此，在本书即将付梓的时候，我要感谢国家级伊玛堪代表性传承人吴明新老人和吴宝臣先生、省级伊玛堪代表性传承人尤文凤和尤秀云两位老人，以及所有参与伊玛堪学习传承的骨干学员，是他们发自心底的热爱和不懈努力，让这颗即将熄灭的文化火种得以保留，并重新熊熊燃烧。感谢同江市文化广电新闻出版局时任局长尤明忠、同江市非遗保护中心主任李鼎仁，他们为我的调查提供了重要的信息和线索。感谢街津口的鱼皮画制作者王丽梅大姐，以及所有在田野过程中给予我帮助的赫哲老乡，他们的质朴和热情让我在一个陌生的社区中感到如此亲切和温暖。

感谢黑龙江省艺术研究院的陈恕研究员，她是国家级非物质文化遗产名录项目伊玛堪的主要执笔者，也是我第一次进入赫哲社区的“领路人”。感谢黑龙江省非遗保护中心宋雪傲副主任、非遗研究部吴璇主任，黑龙江省社科院的黄任远老师，佳木斯大学的陈学军老师，他们一直致力于伊玛堪的保护和研究工作，为本书的撰写提供了重要的文献和信息。

感谢一路教导、引领我成长的各位师友。感谢我的硕士导师郭崇林教授，他是我进入民间文化研究的引路人；感谢博士期间给予我悉心指导的刘守华教授、黄永林教授和陈建宪教授，他们勤奋严谨的学术风格一直感染鼓舞着我。感谢我的同窗学友肖远平、徐金龙、桑俊、李丽丹和侯姝慧博士，这份来自朋辈之间的砥砺与支持，始终激励陪伴我不断前行。

在书稿修改的过程中，我的电脑中重复播放着用赫哲语演唱的“嫁令阔”。有一天，当无意间听到三岁的女儿竟然像模像样地用赫哲语唱完了整首的《街津山上飘彩云》时，我惊诧于音乐超越年龄和语言的感染力，也更强烈地感受到每一种独特文化对于文化多样性的意义。感谢她让我的生活充满乐趣与惊喜。

最后，要特别感谢本书的责任编辑胡庆英女士，她的严谨和精益求精，让本书避免了诸多错误。尽管如此，我深知本书仍有诸多不尽如人意之处，愿得诸位师友批评指正。

韩成艳

2020 年 5 月 8 日 于中关园

图书在版编目(CIP)数据

伊玛堪：从民族史诗到非物质文化遗产／韩成艳著
. -- 北京：社会科学文献出版社，2020.5
ISBN 978-7-5201-6706-2

Ⅰ.①伊… Ⅱ.①韩… Ⅲ.①伊玛堪-研究 Ⅳ.
①I207.925

中国版本图书馆 CIP 数据核字（2020）第 092136 号

伊玛堪：从民族史诗到非物质文化遗产

著　　者／韩成艳

出 版 人／谢寿光
责任编辑／胡庆英

出　　版／社会科学文献出版社·群学出版分社（010）59366453
地址：北京市北三环中路甲 29 号院华龙大厦　邮编：100029
网址：www.ssap.com.cn
发　　行／市场营销中心（010）59367081　59367083
印　　装／三河市东方印刷有限公司

规　　格／开　本：787mm×1092mm　1/16
印　张：14　字　数：214 千字
版　　次／2020 年 5 月第 1 版　2020 年 5 月第 1 次印刷
书　　号／ISBN 978-7-5201-6706-2
定　　价／98.00 元

本书如有印装质量问题，请与读者服务中心（010-59367028）联系